Ralf Kramp
Kurz vor Schluss

Vom Autor bisher erschienene Bücher bei KBV:

»Tief unterm Laub«
»Spinner«
»Rabenschwarz«
»Der neunte Tod«
»Still und starr«
»... denn sterben muss David!«
»Kurz vor Schluss«
»Malerische Morde«
»Abendgrauen« (Hg.)
»Abendgrauen II« (Hg.)
»Wenn Goldfinger rauskommt«
»Hart an der Grenze«
»Ein Viertelpfund Mord«
»Ein kaltes Haus«
»Abendgrauen III« (Hg.)
»Totentänzer«
»Nacht zusammen«

Ralf Kramp, geboren 1963 in Euskirchen, lebt und arbeitet als Karikaturist, Krimiautor und Veranstalter von Krimi-Erlebniswochenenden in der Eifel. Für sein Krimi-Debüt »Tief unterm Laub« erhielt er 1996 den Eifel-Literatur-Förderpreis. Zusammen mit Manfred Lang ist er Herausgeber der umfangreichen Eifel-Schauergeschichtensammlungen »Abendgrauen«.

Im Jahr 2002 wurde er für den »Rheinischen Literaturpreis Siegburg« nominiert und erhielt den Kulturpreis des Kreises Euskirchen.

Ralf Kramp

Kurz vor Schluss

Mörderische Geschichten

1. Auflage 2001
2. Auflage 2007

© KBV Verlags- und Mediengesellschaft mbH, Hillesheim
www.kbv-verlag.de
E-Mail: info@kbv-verlag.de
Telefon: 0 65 93 - 99 86 68
Fax: 0 65 93 - 99 87 01
Redaktion: Dorothee Steuer, Sankt Augustin
Satz: Volker Maria Neumann, Köln
Umschlagillustration: Ralf Kramp
Druck: Grenz-Echo AG, Eupen
www.grenzecho.be
Printed in Belgium
ISBN 978-3-934638-99-0

Für mein Monikächen.

Inhalt

Unter allen Wipfeln ist Ruh'

Wald. Wuchs, Kraft, Gewalt, Moder und Tod. Hier im Kermeter kämpften seit Jahrhunderten die Naturgewalten einen nie endenden Kampf. Der harte Eifelwind mit seiner unbändigen Zerstörungskraft und die Pflanzenwelt, die ihm trotzte. Dichte Baumbestände, die der Sonne entgegenstrebten, von dem ersten Augenblick an, in dem das Samenkorn in den Waldhumus fiel. Früher dichter Buchenwald, dem aber die Eisenindustrie mit ihren hungrigen Öfen erbarmungslos ein Ende bereitete. Später dann, von den Preußen angepflanzt, Fichten, die in anderthalb Jahrhunderten vom zarten Sprössling zu Kolossen herangereift waren, von denen man nicht annahm, dass ihnen der Sturm noch etwas anhaben konnte.

All das schoss Andres durch den Kopf, als er den gewaltigen Wurzelteller der Fichte vor sich sah, wie er, der Erde entrissen, schief und tot in der Luft hing. Der heftige Sturm vor anderthalb Wochen hatte den mächtigen Koloss getötet, ihn zur Seite gedrückt, bis das Astwerk der umstehenden Bäume ihn gestützt hatte. So hing der Baum nun da, getötet und doch nicht gestürzt.

Andres' Gedanken kreisten oft um das archaische Spiel der Gewalten, wenn er im Wald war. Esser, so vermutete er, konnte mit solchen Dingen nichts anfangen. Als er sich nach seinem Begleiter umwandte, fühlte er seinen Verdacht bestätigt. Esser war damit beschäftigt, Fichtennadeln von seinem dunklen Mantel abzuklopfen und zeterte über den Schlamm, der an seinen Schuhen klebte. »Schön und gut. Windbruch, tolle Sache, Andres. Aber was willst du mir denn jetzt so Wichtiges zeigen? Es ist arschkalt!«

Andres betrachtete ihn. Sie kannten sich seit ein paar Monaten. Nicht besonders gut. Es gab keine gemeinsamen Interessen. Andres liebte den Wald. Esser liebte die Technik. Er war Teilhaber eines Kölner Ingenieurbüros und verdiente eine Menge Geld. Andres' Einkommen war bescheiden. Er hatte den kleinen Hof, den er gemeinsam mit seiner Frau bewirtschaftete. Ein bisschen Waldarbeit und Beates Verkauf von Fleisch, Obst und Gemüse ab Hof brachten noch ein paar Groschen ein, ließen aber kaum Zeit zum Leben. Irgendwann kam Esser auf den Hof und kaufte ein. Dann kam er wieder und schwärmte von den Koteletts und Würsten, von dem frischen Quark und den leckeren Eiern. Er kaufte immer alles paarweise ein, obwohl er doch anscheinend allein lebte. Er sei eben noch in der Testphase, hatte er Andres irgendwann erzählt, als er ihm ein paar Tips beim Ausbau des Dachbodens gegeben hatte. »Hier einen Träger rein, das hilft dir auch gleichzeitig, wenn du die Trockenwand befestigen willst. Die Frauen ... Na ja, die Frauen ... Weißt du, Andres. Ich hab die richtige noch nicht gefunden. Es gibt schon tolle Weiber.« Und Esser war ja nun auch ein toller Typ. Ob im Freizeitdress oder im edlen Zwirn, wenn er von der Arbeit kommend einen Abstecher zu ihnen machte. Immer gediegen.

»Du ziehst nach Köln?«, fragte Andres beiläufig und befühlte den rauen Fichtenstamm an der Stelle, an der er sägen musste, damit der Stock wieder in den entstandenen Krater zurückfallen konnte, um dort im Laufe der nächsten Jahrzehnte zu verrotten und zu vermodern.

»Stimmt ... ja, stimmt tatsächlich«, stotterte Esser überrascht, ohne zu fragen, woher Andres das wusste. Andres hätte ihm nicht gesagt, dass er vom Telefon im ersten Stock alles mit angehört hatte. Er hätte sich dafür geschämt.

»Und Beate willst du mitnehmen?« Er schüttelte die Motorsäge. Sprit war drin. Alles war bereit.

Esser schwieg. Er hatte geahnt, dass es auf eine Aussprache hinauslaufen würde, als Andres ihn am Parkplatz des Kommerner Mühlenparks abgepasst hatte, wo Esser jeden Sonntagmorgen joggte. Verunsichert hatte er den Mantel aus dem BMW geholt, weil Andres ihm dazu geraten hatte. Er hatte sich nichts sehnlicher gewünscht, als auf der Stelle Beate anrufen zu können, um zu erfahren, ob Andres etwas ahnte oder gar wusste.

Jetzt stand er hier mit Andres inmitten der Abgeschiedenheit des riesigen winterlichen Kermeters und wusste nicht, was er sagen sollte.

»Sag einfach ja oder nein. Sag, ob du sie mir wegnehmen willst oder nicht.« Andres blickte ihn nicht an und hantierte gebückt an den Gerätschaften herum, die er mit hierher gebracht hatte.

»Weißt du, Andres. Das ist anders, als ...«

»Ja oder nein?«

»Ja«, presste Esser hervor und ballte die kalten Hände in den Manteltaschen zu Fäusten. »Silvester wollen wir in der neuen Wohnung sein. Wir wollten morgen mit dir reden. Wir haben die Weihnachtstage abgewartet.« Als er es aussprach, merkte er, wie blödsinnig es klang. Er erwartete eine sarkastische Antwort, etwas Gehässiges, etwas Verbittertes. Aber Andres sprach nicht. Er sprach ohnehin wenig. Er hob nur die schwere Axt hoch und strich kurz mit der Hand über die flache Seite. Dann holte er aus, ließ die Axt weit ausschwingen, ging mit dem ganzen Oberkörper mit und schlug dann zu. Esser versuchte gar nicht erst auszuweichen. Der Schlag zertrümmerte seine Stirn. Er wurde von der enormen Wucht von Andres' Schlag zurückgeschleudert. Fichtennadeln wurden aufgewirbelt und rieselten auf seinen dunklen Mantel herunter, als er mit einem satten Geräusch auf dem Waldboden aufschlug. Das Blut, das aus seinem Kopf hervorschoss, rann in den Laubteppich und versickerte. Ruhig und bedacht machte sich Andres an die Arbeit. Er kramte Essers Autoschlüssel aus der Tasche und durchsuchte seine Kleidungsstücke nach verräterischen Indizien. Dann schleifte er den Körper zum lichtlosen Spalt, der sich etwa einen Meter breit zwischen dem gewaltigen Wurzelwerk der Fichte und dem Waldboden auftat, und schob ihn hinein. Essers Leiche rollte ganz mühelos in die Schwärze der Vertiefung hinein und war für immer verschwunden. Dann warf Andres die Motorsäge an und versenkte ihre rotierende Kette im frischen Holz des geneigt liegenden Fichtenstamms. Er schnitt von unten nach oben, damit sich die Säge nicht festfraß.

* * *

Als er am späten Nachmittag in der Badewanne saß und sich Schweiß und Dreck aus den Poren wusch, kam es ihm so vor, als habe er einen ganz normalen Tag im Wald verbracht. Harte, schweißtreibende Arbeit, die den Geist reinigte. Aber er hatte etwas anderes getan. Nachdem der Fichtenstock mit einem unbeschreiblichen Knacken und Knistern, von dem er nicht mit Sicherheit sagen konnte, ob es vom dichten Wurzelwerk oder von Essers Leichnam herrührte, in sein altes Bett zurückgepoltert war, war er zum Parkplatz zurückgefahren und hatte Essers Wagen geholt. Keiner beobachtete ihn, als er den Fahrersitz mit Plastikfolie auslegte, um Spuren zu vermeiden. Keiner sah ihn, als er dem Wagen vor Essers Mietwohnung in Mechernich entstieg und Minuten später seine Wohnung betrat. Er trug Handschuhe und hatte sich zwei

Plastiktüten um die Schuhe gebunden, damit er keine Walderde auf dem Teppich zurückließ. Er fand nicht viele Indizien, die auf eine Verbindung zu Beate hindeuteten. Ein paar Fotos, ein paar Briefe ... Er vermied es, sie genauer zu betrachten, bevor er sie später auf dem Parkplatz, zu dem er zu Fuß zurückkehrte, verbrannte.

Beate trat ein. Sie sah schlecht aus. Als sie an den beschlagenen Badezimmerspiegel trat, sah er, wie ihre Hände zitterten, als sie über die milchige Glasfläche wischte und sich ihre Locken richtete. Sie war eine schöne Frau. Zu schön für ihn. Das Richtige für Esser wäre sie gewesen. Aber das war vorbei.

Beate trat an die Wanne. Sie betrachtete schweigend ihren ebenfalls schweigenden Mann, sein vom Wetter gebräuntes Gesicht und seine helle Brust und Arme, die aus dem Schaum hervorsahen. Eigentlich sollte sie jetzt mit ihm reden. Es war eine günstige Gelegenheit, aber er würde ohnehin nicht verstehen, was sie von ihm wollte. Andres würde nicht begreifen, dass sie den anderen Mann liebte und mit ihm gehen wollte. Er würde sie niemals gehen lassen. Aber sie musste weg. Weg von ihm. Hin zu Esser. Sie hatte Angst. Es musste so aussehen wie ein Unfall. Sie griff nach dem Föhn, der an einem Haken gefährlich nahe über der Badewanne baumelte.

Radieschen von unten

Zuerst wusste sie nicht genau, was es war. Sie war knapp Siebzig, und ihre Sehkraft ließ immer mehr nach. Ohne Brille war sie blind wie ein Maulwurf. Irgend etwas stimmte da nicht. War was mit den Beeten? Ihr Blick wanderte über das in Reih und Glied angetretene Lauch, die Tomatenspaliere, die gewaltigen Rhabarberblätter. Irgend etwas war hier nicht, wie es sein sollte ...

Dann wandte sie den Blick nach unten. Da waren Blutflecke auf den Gehwegplatten zu ihren Füßen. Mit der Spitze ihres Schuhs kratzte sie daran. Die taufeuchte Luft hatte das Blut am Trocknen gehindert. Es zog Schlieren auf dem nassen grauen Untergrund.

Der Abstand zwischen den Flecken schien fast gleichmäßig. Sie führten schnurgerade auf das kleine Gartenhäuschen am anderen Ende des Schrebergartens zu. Sie zögerte keinen Moment. Das musste herausgefunden werden. In ihrem ganzen Leben hatte Käthe Rommerskirchen noch nicht gezögert. Sie war eine Frau der Tat. Irgend etwas war da in ihrem Gartenhäuschen und blutete, und insgeheim ahnte sie schon, welche Spezies sich dort verborgen hielt. Weder Marder, Katzen, noch Dackel oder Kanarienvögel pflegten die Tür wieder hinter sich ins Schloss zu ziehen.

Ihre Rechte hielt den hölzernen Stiel ihrer Hacke fest umklammert, als sie langsam die hölzerne Tür aufzog.

Es war noch dunstig, und sie war die erste in der Schrebergartensiedlung, aber sie verschwendete keinen Gedanken daran, dass sie sich vielleicht in Gefahr befinden könnte. Sie hatte die Bombenangriffe überlebt und ihren Mann Hubert, der vierzig Jahre lang ihr eintöniges Leben zu einer kleinen Hölle gemacht hatte. Wer konnte ihr schon etwas zuleide tun?

Ein schmaler Streifen grauen Lichts rieselte in das Dunkel der kleinen, unaufgeräumten Hütte. Bis vor wenigen Wochen war dies noch das Reich ihres Mannes gewesen. Oft war er sogar über Nacht geblieben, wenn er mal wieder zu betrunken gewesen war, um Auto zu fahren. Jetzt lag sein ganzes Gerümpel verwaist, den Kartoffeln entwuchsen fingerlange Keime, und die Spinnen machten sich mit Lust daran, das ganze Szenario mit feinen Tüchern zu bedecken.

In der Ecke hinter der Kartoffelkiste regte sich etwas. Sie rückte die Brille zurecht und spähte angestrengt in das Halbdunkel. Als sie die Tür vollends öffnete, entdeckte sie im einfallenden Licht ein Gesicht. Große, angstvoll aufgerissene Augen und schweißnasses, strähniges Haar, ein unrasiertes Kinn und bebende Nasenflügel.

»Was machen Sie da?« fragte sie, und dann entdeckte sie die Blutstropfen, die hier, auf dem staubigen Holzboden, dichter beieinander lagen. Der fremde junge Mann stöhnte.

Und wieder überlegte Käthe Rommerskirchen nicht lange, sondern zog die Tür hinter sich ins Schloss, nicht ohne vorher einen Blick hinausgeworfen zu haben, um sich zu vergewissern, dass niemand sie beobachtete. Sie lehnte die Hacke gegen die Bretterwand und trat furchtlos näher.

Der junge Mann blutete stark am rechten Oberschenkel. Er zog zischend die Luft zwischen den Zähnen ein, als sie sich zu ihm hinunterbeugte und ihn am Bein berührte. Er sagte nichts, und so beschloss sie ihrerseits auch nicht viele Worte zu machen. Sie riss das blutgetränkte Bein seiner Hose auf und legte eine klaffende Wunde am Oberschenkel frei. Käthe schluckte. »Junger Mann, wie ist denn das nur passiert?«

Er biss die Zähne aufeinander und schwieg beharrlich.

»Na gut, dann werde ich mal einen Doktor rufen. Sie müssen ins Spital, junger Mann!«

Als sie sich mühsam wieder aufrichten wollte, ergriff er mit einem Mal kraftvoll ihr Handgelenk und ächzte: »Nein, kein Doktor, kein Krankenhaus, bitte, bitte nicht!«

»Aber wie stellen Sie sich das vor? Sie werden mir doch hier verbluten!« Sie ging zu einem alten Küchenschrank, der im Halbdunkel an der Wand stand und suchte darin herum. Samentütchen in einem staubigen Schuhkarton, Unkrautgifte ... schließlich förderte sie eine halbvolle Schnapsflasche zutage. Das Erbe ihres Verblichenen.

Der junge Mann sah ihr mit gierigem Blick zu, wie sie den Verschluss abschraubte, und ergriff die Flasche mit zitternder Hand. Nach einem tiefen Schluck verspürte er anscheinend augenblickliche Linderung. Sein Körper löste sich allmählich aus der Verkrampfung.

»Es war die Russenmafia!«

»Hier? Bei uns? Die Russen? Ja, aber was wollen die denn von Ihnen?«

Er winkte mit einer fuchtelnden Handbewegung ab.

»Je weniger Sie wissen, desto besser«, sagte er matt und trank erneut. »Sie hätten mich fast erwischt, die Schweine. Gott sei Dank ist es nur ein Streifschuss. Ich hab wirklich verdammtes Glück gehabt. Beim nächsten Mal machen die mich alle!«

»Trotzdem muss das versorgt werden«, sagte Käthe und betrachtete mit verkniffenem Mund die Wunde. »Ich kann so was noch von früher.«

»Lassen Sie mich hier, gnädige Frau«, flehte er. »Hier im Versteck. Nur für ein paar Tage. Dann geben die die Suche auf. Ein, zwei Tage nur, bitte!«

»Wieso verstecken Sie sich gerade in meinem Gartenhäuschen?«

16

»Es war das erstbeste. Ich bin von der Straße direkt hier rüber. Hinten am Bahnhof hab ich sie abgeschüttelt.« Er setzte wieder sein schiefes Grinsen auf. »Es war nicht wegen Ihrer prächtigen Strauchbohnen, sorry.«

Käthe zog die Stirn kraus. »Sie legen sich auf das Feldbett da hinten«, sagte sie schließlich und zog einen alten beigefarben gemusterten Vorhang vor das kleine Sprossenfenster. »Ich werde in etwa einer Stunde zurück sein. Und bis dahin werden Sie keinen Mucks tun. Hier sind etwa zwanzig Schrebergärten drum herum, und einer von diesen Gärtnern ist neugieriger als der andere.«

»Wohin gehen Sie?« fragte er ängstlich.

»Ich hole Verbandszeug und etwas zum Desinfizieren. Und eine Hose von meinem Mann werde ich auch wieder aus dem Altkleiderbeutel herausholen. Keine Sorge, junger Mann. Kein Doktor!«

Sie sah ihm tief in die Augen, bevor sie ging. Sie waren blutunterlaufen und flackerten nervös. Aber sie strahlten in diesem Moment eine grenzenlose Dankbarkeit aus. Er hätte ihr Sohn sein können, wenn sie jemals einen gehabt hätte. Sie streckte die knochige Hand aus und berührte ihn sanft an seiner stoppeligen Wange. »Keine Sorge«, sagte sie noch einmal sanft und lächelte. In den Mundwinkeln sah er ihre Goldzähne blitzen. »Ich bringe Tabletten mit. Bald wird es Ihnen besser gehen.«

Er setzte ein schiefes Grinsen auf. »Danke«, sagte er leise.

»Die Russenmafia, sagen Sie?« fragte sie noch einmal an der Tür. Er nickte eifrig.

Sie schüttelte fassungslos den Kopf und verließ die Hütte.

Dann schloss sie die Tür hinter sich. Als er hörte, wie sie plötzlich einen Schlüssel im Schloss drehte, befiel ihn für einen Augenblick lang heftige Panik, aber dann dachte er, dass sie das wohl nur tat, damit ihn niemand finden könne. Er hatte verdammtes Glück. Die Alte hatte ihm alles abgekauft. Er würde sie vielleicht am Leben lassen.

* * *

Als Käthe wenig später zurückkehrte, brachte sie einen großen Wäschekorb mit.

Er war eingenickt und schreckte hoch, als er das Geräusch des Schlüssels von der Tür hörte.

Aus dem Hintergrund ertönte eine Männerstimme mit schlesischem Akzent. »Wird jetzt aufgereimt, Frau Rommerskirchen?«

»Ja, ja, irgendwo muss ich ja mal anfangen!« rief sie frohgelaunt zurück und trat ein.

Der junge Mann hatte sich beim Klang der fremden Stimme voller Panik von dem vergammelten Feldbett heruntergerollt und sich wieder hinter der Kartoffelkiste verborgen. Sofort kehrten die höllischen Schmerzen zurück und wühlten sich durch sein Bein. Er war benebelt vom Schnaps, aber voller Panik achtete er auf jedes kleine Geräusch. Wenn er doch nur seine Wumme nicht verloren hätte, dann würde er sich viel sicherer fühlen.

Als sie die Tür hinter sich geschlossen und den Wäschekorb auf einem kleinen Campingtisch abgestellt hatte, stemmte sie die Hände in die Hüften und schüttelte missbilligend den Kopf. »Hatte ich Ihnen nicht gesagt, Sie sollen sich hinlegen?«

»Der Mann da draußen ...«

»Klepka, der einbeinige Frührentner im Garten nebenan. Wollen Sie so enden wie er? Ein Bein abgenommen bekommen?« Sie griff ihm kopfschüttelnd unter die Arme und half ihm zum Bett zurück.

»Sie erinnern mich an meine Mama«, log der junge Mann. »Sie sind sehr gut zu mir.«

Käthe Rommerskirchen wurde ein bisschen rot. Dann holte sie eine Schachtel mit Schmerztabletten hervor und Mineralwasser. Er nahm gleich drei.

»Was haben Sie diesen Russen nur getan?« fragte sie, während sie den Verband aus einem alten dunkelblauen Verbandskasten herauskramte. »Die schießen doch nicht aus Spaß auf Sie. Oder machen die so was?«

»Eine Liebesgeschichte. Ich habe mich in die Tochter ihres Chefs verliebt. Und sie in mich. Irina heißt sie. Und sie sieht aus wie eine russische Ikonenmadonna.« Ein beseeltes Lächeln legte sich über seine Züge.

Sie tupfte die Wunde sauber. »Und was hat der Chef gegen Sie als zukünftigen Schwiegersohn? Das ist ja zu tragisch!«

»Er erpresst Schutzgelder von den Gastwirten in der Stadt. Ich habe ihn angezeigt. Mein Bruder und ich, wir haben ein kleines Restaurant. Wir wollen uns nicht einschüchtern lassen, verstehen Sie?« Er musste über sich selbst grinsen. Der Schmerz schien seine Fantasie zu beflügeln. Sie glaubte ihm jedes Wort. Herzschmerz und Rebellion, das war nach dem Geschmack der alten Mädchen. »Irina und ich wollten fliehen. Zusammen. Er hat uns auf dem Weg zum Flughafen eingeholt. Sie waren zu viert. Irina ist tot. Ein Schuss, der mir galt, hat sie in die Brust getroffen. Aua!!!« Sie war vor Schreck mit dem Wattebausch ausgerutscht.

»Das ist ja schrecklich!«

Eine Träne des Schmerzes quoll aus seinem Auge hervor. Sie wischte sie mit zitternden Fingern weg. »Sie armer, armer Junge. Was ist mit Ihrem Bruder?«

»Sie haben ihm einen Finger abgeschnitten. Er ist nach Frankreich geflohen. Wer weiß, ob ich ihn jemals wiedersehen werde!«

Bedächtig rollte sie den Verband um seine Wunde und betrachtete danach ihr Werk voller Stolz. Dann holte sie eine neue Flasche Schnaps aus dem Korb. »Das ist der gute«, sagte sie. »Ich habe ihn schnell im Geschäft besorgt. Trinken Sie!«

Er nahm einen nicht enden wollenden Schluck und empfand beinahe überhaupt keine Schmerzen mehr, als sie ihm die alte graue Bügelfaltenhose ihres Mannes überzog. Beschämt versuchte sie, den Blick an seiner Männlichkeit im knappen Slip vorbeizulenken. Die Hose war einige Nummern zu groß. Sie musste den Gürtel ins letzte Loch schnallen.

»Braucht Ihr Mann die denn nicht mehr?« fragte er lauernd. Hoffentlich hatte die Alte keinem gegenüber ein Wort verloren.

»Er ist vor ein paar Wochen gestorben. Fast hätte ich seine Kleider schon zur Altkleidersammlung gegeben. Ich will nichts mehr von ihm im Haus haben.«

»So verbittert?« Er schalt sich im nächsten Augenblick für eine so kühne Frage.

»Er hat klammheimlich die Lebensversicherungen gekündigt und das Geld versoffen. Ich habe jetzt nur noch das Nötigste zum Leben.«

›Du alte Schachtel‹, schoss es ihm mitleidslos durch den Kopf, ›was brauchst du denn schon noch? Mit einem Bein im Grab und dann noch mal ordentlich in die Torte hauen, was?‹

Und als hätte sie seine Gedanken gelesen, murmelte sie, während sie mit den Fingern nachdenklich über ein paar vertrocknete Rosenstöcke strich, die in einer Holzkiste vor sich hinmoderten: »Ich würde so gerne einmal reisen. Nach Italien, nach Spanien ... nach Afrika vielleicht sogar. Ich schaue mir viele Fernsehsendungen über diese Länder an, wissen Sie. Wir sind nie hier rausgekommen. Wir haben immer nur das gegessen, was unser kleiner Schrebergarten hergegeben hat, der Hubert und ich.«

Sein Blick war das blanke Bedauern. Er sagte keinen Ton. Dafür zerriss plötzlich ein dumpfes Grummeln die Stille. In seinem Magen herrschte fürchterliche Leere.

Sie schrak auf. »Ach Gottchen, jetzt hätte ich doch beinahe die Suppe vergessen!«

Sie griff erneut in den Wäschekorb und holte ein kleines, blechernes Gefäß heraus. Darin hatte der selige Hubert jahrzehntelang sein Mittagessen mit auf die Baustelle genommen. Sie öffnete die Schnappverschlüsse, und ein verlockender Duft strich durch den kleinen Raum.

»Kürbiscremesuppe«, sagte sie, und reichte ihm eifrig einen Löffel. »Aus dem eigenen Garten.«

Er bemühte sich, seine Gier zu verbergen, als er den Löffel in die blassgoldene, cremige Flüssigkeit tauchte. Sie reichte ihm ein Salamibrot dazu.

»Was für ein Restaurant hatten Sie und Ihr Bruder?«

Er sah sie für einen Moment verwirrt an. »Restaurant? ... spanisch! Ein spanisches Restaurant.« Er grub hungrig seine Zähne in die Stulle.

»Spanisch«, seufzte sie. »Dort isst man scharf gewürzt. Ich mag das.« Dann gab sie sich einen Ruck und nahm die verdorrten Rosenstöcke aus der Holzkiste. »Auf den Kompost damit. Ich muss anfangen, einiges zu ändern!« Dann griff sie erneut in den Korb und holte mehrere Hände voll Blumenzwiebeln hervor, die sie in die Kiste kullern ließ. »Im nächsten Frühjahr soll das ein prachtvoller Blumengarten werden. Ich habe keine Lust, meine letzten Jahre zwischen dem Sellerie herumzukriechen.«

»Gut so!« sagte er kauend. »Was sind das für Blumen?«

»Tulpen. Rote und violette.«

»Irina liebte violette Tulpen«, sagte er weinerlich. Sie seufzte tief und verließ die Hütte, die Rosenstöcke in den Händen.

Er trank Schnaps und ließ ein kleines Jauchzen hören. Die Suppe schmeckte köstlich. Ein bisschen stark gewürzt, für seinen Geschmack. Er mochte es lieber weniger scharf. Er war Däne. Die schwarzen Haare hatte er von seiner Mutter. »Spanisches Restaurant, ha!« Er hätte sich auf die Schenkel geklopft, wenn es nicht so höllisch weh getan hätte. Noch ein paar Tage bei der Oma in Pflege, und er war fit für den weiteren Weg. Raus aus Deutschland und ab auf die Bahamas!

Draußen brabbelte die alte Schachtel wieder mit dem Nachbarn.

Er wurde unruhig. Sie würde ihn nicht verraten, da war er sich sicher. Nicht nach der Geschichte mit Irina, der toten russischen Madonna. Aber womöglich würde sie, wenn sie im Garten ... Er stellte den Blechnapf beiseite und glitt von seinem Ruhelager herunter. Als er zum Fenster robbte, war es ihm, als ginge es schon viel besser als in der letzten Nacht.

Ächzend zog er sich am Fensterbrett hoch und sah vorsichtig über den Rand hinaus ins Freie. Spinnengewebe verschleierten den Blick, aber er erkannte sie ganz deutlich, wie sie dastand, leicht nach vorn gebeugt, und sich mit einem alten Glatzkopf auf der anderen Seite des Bretterzauns unterhielt. Über was sie sprachen, war ihm ziemlich egal. Nur die Tatsache, dass sie sich am Radieschenbeet unterhielten ... Ausgerechnet da! Womöglich würde sie etwas bemerken. Womöglich würden sie ...

Ein scharfer Schmerz wühlte sich durch seine Gedärme. Er presste stöhnend die Hand in die Magengrube. Der Schnaps und die Tabletten vertrugen sich anscheinend nicht.

Auf dem Nachbargrundstück wurde ein Häcksler in Bewegung gesetzt. Es knatterte ohrenbetäubend laut. Der Schmerz wurde stärker, schnitt mit Gewalt durch das Zentrum seines Körpers und ließ ihn das Gleichgewicht verlieren.

Er stürzte zu Boden und wand sich in Krämpfen. Seine Rechte packte nach dem Wäschekorb, schloss sich im Krampf um einen der Griffe. Das Rattern übertönte seinen kraftlosen Ruf nach Hilfe.

Als der Korb umkippte, glitt das Zeitungspapier heraus, das auf dem Boden unter den Tulpenzwiebeln gelegen hatte. *Banküberfall* konnte er entziffern, und *Junger Mann, etwa eins-fünfundsiebzig groß, schwarzes Haar.* Die Zahl *Dreihundert-tausend* verschwamm vor seinen Augen.

Die Alte hatte ihn gelinkt! Den Bullen war er durch die Lappen gegangen, aber dieser alten Schachtel war er in die Falle gegangen. Sie hatte es von Anfang an gewusst! Vergiftete Suppe, stark gewürzte ... Es schnürte ihm die Kehle zu. Seine Lunge versagte ihren Dienst, er wollte nach Luft schnappen, aber es ging nicht mehr ... Nichts ging mehr ...

* * *

Ein Ausdruck der Zufriedenheit legte sich über ihr faltiges Gesicht. Sie atmete zufrieden die kühle Morgenluft ein und betrachtete versonnen das Radieschenbeet, das so glattge-harkt war wie ehedem. Die Pflänzchen würden ein wenig Pflege gebrauchen, nach allem, was sie mitgemacht hatten.

Das Feuerchen war heruntergebrannt, und der letzte Zipfel der dreckverschmierten Tasche war verkokelt. Das Geld ruhte gestapelt und größtenteils unversehrt in dem Wäsche-korb unter einer Lage alter Zeitungen.

Das Tor zur Schrebergartenkolonie quietschte. Klepka kam auf seinen Krücken angehumpelt. Er staunte darüber, dass sie schon so früh auf den Beinen war. »Was macht denn de Frau Rommerskirchen schon so früh am Morjen hier draußen?«

Sie erzählte ihm, dass sie schlecht schlief. Sie erzählte auch, dass sie begonnen hatte, die Hütte auszuräumen, womit sie nicht einmal log, und sie sagte ihm, dass sie in nächster Zeit sehr viel auf Reisen sein werde. Herr Klepka versprach, in ihrer Abwesenheit nach ihrem Garten zu schauen. Das sei ja alles vorbildlich in Schuss, nur die Radieschen, so sagte er, die sähen ein bisschen mitgenommen aus.

Die Bierfalle

Leblos taumelten die fetten Schneckenkörper in einem Strudel trüben Biers. Kaspar Kirsch schwenkte das gläserne Behältnis, das den gefräßigen Kriechtieren zur tödlichen Falle geworden war, ganz dicht vor seiner Nase. Der alte Mann runzelte die Stirn und versuchte, die glänzenden Leiber zu zählen. Er hasste dieses unselige Töten, aber andererseits liebte er auch seinen Garten. Sowohl die Blütenpracht der Abteilung »Für Auge, Nase und Seele«, als auch den üppigen Wuchs der Abteilung »Für den Magen«, wie er es nannte.

Vom nahen Fußballplatz drang lauter Jubel. Es klang beinahe so, als wolle die Menschenmenge ihm zu seinem grandiosen Fang gratulieren, aber vermutlich hatte es nur ein Tor gegen die Roderather gegeben, die sich gerade als Gäste der Ginsterfelder Sportwoche einseifen ließen.

Seufzend schüttete der alte Kirsch, in seinem Dorf von allen »Kiersche Käsper« genannt, den Inhalt der Schneckenfalle auf seinen stattlichen Komposthaufen. So wie jeden Tag, nachdem der bislang nasse Sommer die Schneckenpopulation drastisch hatte ansteigen lassen. Nicht nur in Ginsterfeld, sondern in der ganzen Eifel.

Von der Straße drang plötzlich ein ganz anderes Geräusch zu ihm herüber. Ein langgezogenes, professionelles Rülpsen, mit einer tiefen Ouvertüre, einem nahezu burlesken Mittelteil und einer kecken Endung irgendwo in den höheren Regionen der Tonleiter. Kirsch seufzte und füllte seine Bierfalle erneut. Vor seinem geistigen Auge erschien Köbes, sein Nachbar. Fett, unrasiert, besoffen. Eine Landplage. Ein Widerling. Wer schon am Vormittag so rülpste, der hatte vermutlich bereits die ein oder andere Flasche Bier gefrühstückt.

»Irgendwann gerätst du auch in eine Bierfalle«, murmelte Kirsch, schob seine graue Kappe in den Nacken und bohrte den Glasbehälter in die feuchte Erde zwischen Salat und Kohlrabi.

Erneut jubelte die Menge der Fußballzuschauer, und plötzlich mischte sich von der Straße her schrilles Bremsengequietsche und ein beunruhigend dumpfes Aufprallgeräusch zwischen die kollektiven Jubelrufe.

Kirsch beeilte sich, den Natursteinweg entlang zur Straße zu laufen. Über die Spitzen des Staketenzauns, der seinen Garten Eden umstand, beobachtete er Mätthes Krauß, der ebenfalls angelaufen kam. Sein Gesicht spiegelte voller Entsetzen das wieder, was Kirsch wenige Augenblicke später auch sehen konnte, als er durch das Gartentor auf die Straße hinauslief und die Hausecke umrundet hatte:

Ein feuerroter Sierra stand mitten auf der Straße, ein wenig schief, so, als habe er im letzten Augenblick versucht irgendetwas auszuweichen. Der Fahrer, ein junger Mann, den Kirsch nie zuvor gesehen hatte, wahrscheinlich ein Gast der Sportveranstaltung, entstieg langsam, wie in Trance, seinem Fahrzeug. Schon von weitem konnte man einen Fuß erkennen, der zu dem reglosen Körper vor dem Kühler gehörte.

Köbes lag auf dem Rücken. Sein Kopf war unnatürlich zur Seite gedreht. Seine ohnehin hervorquellenden Augen glotzten starr und schreckgeweitet ins Leere. Eine Blutlache sickerte unter seiner auf dem Asphalt ruhenden Schläfe hervor. Mit einer Behendigkeit, die man ihm wegen seines Alters kaum zutraute, war Kirsch auf den Knien und griff nach Köbes' Handgelenk. Er fühlte keinen Puls mehr.

»Das musste ja irgendwann passieren!«, rief Mätthes atemlos.

»Ich bin net zu schnell jefahren!« stieß der junge Mann heiser hervor. »Dat is ja auch so unübersichtlich hier! Der kam mir direkt vor't Auto jestolpert. Ehrlich! Ich hab den net jesehen!« Er begann zu zittern, und Mätthes, der Sohn des Ortsvorstehers, der noch den Besen in der Hand hielt, mit dem er jeden Samstag den Platz vor dem Kriegerdenkmal auf Vordermann brachte, fasste ihn beruhigend bei der Schulter.

»Da kannst du nix für. Der war wieder randvoll!«

Betrübt nahm Kirsch den Biergeruch wahr, den der Körper des Toten ausströmte, und murmelte, sehr zum Befremden der anderen beiden: »Wie schon gesagt ... Bierfalle.« Köbes' Schwester fiel ihm ein. Kätchen, die vermutlich wie stets in der oberen Etage des gemeinsamen Hauses der beiden stumm vor sich hinarbeitete, und gar nicht mitbekommen hatte, dass unten, vor der Haustüre gerade ihr stockbesoffener Bruder überfahren worden war.

Er blickte wieder zu dem Toten hinunter. Köbes hatte endgültig seinen letzten Rülpser getan, und Kirsch konnte sich nicht vorstellen, dass es viele gab, die das traurig stimmen könnte. Nicht einmal Köbes' Sohn, der irgendwo in der Weltgeschichte herumreiste. Auf der Suche nach dem Glück, das er zuhause nie gefunden hatte.

Und plötzlich bemerkte er ein kleines Schnipselchen Papier, das sich zwischen Daumen und Zeigefinger von Köbes Hand befunden hatte und gerade im Begriff war, von einem Lufthauch davongeweht zu werden. Rasch griff er danach und steckte es intuitiv in die Tasche seiner Cordweste.

* * *

»Jetzt guck doch mal genau!« Kirsch drängte seinen alten Freund dazu, noch einmal das Vergrößerungsglas zu nehmen, und den kleinen bunten Papierfetzen erneut zu untersuchen.

Kirsch besuchte Franz Oedekoven nicht all zu oft. Es war keine tiefe Freundschaft, die die beiden alten Männer verband, aber sie schätzten einander, und in den Jahren, in denen Kirsch noch in der Gärtnerei in Blankenheim gearbeitet hatte, war Oedekoven ein regelmäßiger Kunde gewesen.

»Ich glaube fast, du bist nur deswegen hier! Und zieh doch endlich mal diese speckige Kappe aus. Man könnte ja meinen, du gehst mit dem Ding ins Bett!« maulte der pensionierte Lehrer seinen Gast an. »Das mit diesen Dahlienknollen nehme ich dir nicht ab, Käsper. Die hatte ich mir im Frühjahr gewünscht. Da hast du sie mir allerdings nicht gebracht. Was soll ich also jetzt damit?«

»Ach, verwahr sie einfach. Du wolltest sie haben, und ich habe sie gebracht. Es sind gelbe ... oder doch weiße? Na, egal. Jetzt guck doch noch mal!«

Oedekoven seufzte und unterzog das Objekt von Kirschs Begierde einer erneuten Untersuchung. Die beiden saßen da inmitten von Oedekovens aufgeschlagenen Briefmarken-alben und Sammlerkatalogen und versuchten angestrengt, die Herkunft des Fetzchens Papier, auf dem eindeutig ein Stückchen einer Briefmarke klebte, zu erforschen.

»Viel zu winzig«, brummte Oedekoven und beugte sich wieder tief zu dem Fundstück hinunter, blätterte zwischen-zeitlich in einem Katalog, und Kirsch, der pausenlos mit seinen knorrigen Gärtnerfingern in den zahlreichen Alben herumblätterte, wollte gerade wieder einmal sagen: »Guck mal hier, könnte das nicht ...?« als Oedekoven plötzlich mit scharfem Zischen die Luft zwischen den Zähnen einsog. »Hier!« stieß er triumphierend hervor. »Das ist sie!«

»Australien ...«, murmelte Kirsch.

»Aus der Serie *Pflanzen des australischen Kontinents*. Genau das Richtige für dich.«

»Du sagst es. Genau das Richtige.«

* * *

Frau Pausewang war ein wenig überrascht, als Kirsch auf ihr gelbes Fahrzeug zugeeilt kam. Meistens arbeitete er im Garten, wenn sie die Post in seinen Kasten warf. Er bekam ohnehin selten Post. Selten Pakete. Ein angenehmer, unauffälliger Kunde. Sie kurbelte die Scheibe herunter und reckte ihm zwei Umschläge entgegen. Überflüssiger Werbemüll. »Morgen, Herr Kirsch!«

»Morgen!« rief Kirsch fröhlich. Seine roten Bäckchen leuchteten. Der Alte schien aufgekratzt. »Darf ich Sie mal was fragen?«

Neugierig streckte Frau Pausewang den Kopf aus dem Postauto. »Klar. Wenn ich Ihnen helfen kann ...«

Kirsch überlegte, ob er diplomatisch oder direkt vorgehen sollte. Er entschied sich für die rasche Offensive.

»Hatten Sie gestern Post für die da?« Er deutete mit dem Zeigefinger auf das Nachbargebäude, dessen Haustüre, in einem Windfang versteckt, von der Straße aus nicht zu sehen war.

Frau Pausewang sah ihn verwundert an. »Aber, Herr Kirsch ...« Sie schüttelte zaghaft den Kopf. »Das kann ich Ihnen doch nicht erzählen. Schon mal was vom Briefgeheimnis gehört?«

Kirsch blickte sie freundlich an. »Nun, ich will doch gar nicht wissen, was drinstand ...«

»Das könnte ich Ihnen ja nun erst recht nicht sagen!« beeilte sich Frau Pausewang entrüstet zu sagen.

»Ach, bitte, bitte. Ich will ja eigentlich nur wissen, ob da vielleicht was aus Australien dabei war. Ein Brief. Nicht für ihn, vermutlich. Für seine Schwester.« Er setzte sein treuherzigstes Gesicht auf und stellte voller Zufriedenheit fest, dass es seine Wirkung nicht verfehlte. Die Postbeamtin nickte schmunzelnd. »Kann schon sein.« Und als er gespannt auf weitere Informationen wartete, enttäuschte sie ihn nicht. »Nun, ja. Es war der dritte Brief aus Australien. Jedesmal an sie gerichtet. Ich hab mich noch gewundert. Was bekommt die bloß Post vom anderen Ende der Welt? Die verlässt doch nie das Haus, die Arme. Naja, jetzt, wo ihr Bruder ... Ist schon komisch. Da hab ich ihm doch gestern noch die Post gegeben, und wenige Minuten später muss es ja dann wohl passiert sein, stimmt's?« Kirsch nickte und schwieg weiter. Er wusste, wenn er jetzt etwas sagte, würde sie augenblicklich aufhören zu erzählen.

»Dabei hat er sonst nie die Post erwartet. Hatte wohl immer Angst vor den dauernden Mahnungen und so. Nur irgendwann vor einem Monat, da wurde er gerade von einem Taxi nach Hause gebracht. Um elf Uhr morgens! Weiß der Himmel, was das bedeuten soll. Na, und da hat er den ersten australischen Brief entgegengenommen. Seither stand der Kerl brav jeden Morgen, wenn ich kam, vor seiner Türe und nuckelte an einer Flasche Bit.«

Kirsch grinste. Tausende von Falten umrahmten seine blauen Äugelchen. »Vielen Dank«, sagte er.

»Gern geschehen, Herr Kirsch.« Frau Pausewang legte lächelnd den Gang ein.

* * *

Die Beerdigung bestätigte alle Erwartungen. Kaum jemand interessierte sich für den letzten Weg des alten Trunkenbolds. Der Pastor schlich mit einer Handvoll Unentwegter durch das Dorf. So rasch und so unspektakulär, dass mancher, der sie vorbeiziehen sah, dachte, dass Köbes noch nie so gesittet und still durch Ginsterfelds Straßen gezogen sei. Am neuen Friedhof am Ortsrand angekommen, legte der Priester sogar noch einen Zahn zu, um die betrübliche Zeremonie so schnell wie möglich hinter sich zu bringen.

Die Schwester des Toten schien gefasst. Kätchen war eine verhärmt aussehende Sechzigerin, die ihre letzten Jahrzehnte ihrem trunksüchtigen Bruder geopfert hatte. Sie hatte nur einmal, in jungen Jahren, geglaubt, den richtigen Mann gefunden zu haben. Der ließ sie jedoch sitzen, und so kehrte sie reumütig zu ihrem verwitweten Bruder zurück und half, dessen Sohn so aufzuziehen, dass der Einfluss seines Vaters ihn nicht von vornherein verdarb. Seit der Junge weg war, zog sie sich immer mehr zurück, bekochte den fetten Säufer, ertrug geduldig all die Beschimpfungen und Demütigungen und, wenn man den Leuten glauben konnte, auch die Prügel.

Sie warf einen Blumenstrauß in die offene Grube. Ihr Gesicht war eine starre Maske. Das Grau ihrer Haare schien mit dem Grau ihrer welken Haut zu verschmelzen.

»Die Ärmste«, flüsterte Mätthes, der mit Kirsch zu den wenigen Trauergästen gehörte. »Nicht mal der Junge ist da, um ihr beizustehen.«

»Hat man nichts von ihm gehört?« Kirsch drehte die Kappe in seinen Händen.

»Ich habe gehört, man hat ihn aufgetrieben. Jetzt bin ich mal gespannt. Damals, bevor er sich aus dem Staub gemacht hat, hat er feierlich geschworen, seine Tante zu sich zu holen, wenn er es irgendwo geschafft hat. Er hat ihr viel zu verdanken. Kein Lebenszeichen seit Jahren. Wüßte mal gerne, wo der sich rumtreibt.«

»Australien«, knurrte Kirsch aus dem Mundwinkel und setzte sich in Bewegung. Mätthes sah ihm mit verdutztem Gesichtsausdruck nach.

Kirsch warf eine kleine Schaufel Erde in das Grab. Die braunen Krumen prasselten auf den schlichten Holzsarg in der Tiefe, und er murmelte für sich wieder etwas von *der Bierfalle*. Dann trat er zu Kätchen, blickte in ihre dunklen Augen, wunderte sich für einen Moment darüber, wie wunderschön und sanft sie waren, blickte sich kurz um und flüsterte statt der üblichen Worte des Trostes: »Du hast ihn gestoßen, stimmt's? Direkt vor das Auto. Er hat dir die Post aus Australien vorenthalten, so wie er dir immer alles vorenthalten hat.«

In ihrem Gesicht regte sich etwas. Kirsch bedeutete ihr mit einem Niederschlagen der Augenlider, dass sie sich keinerlei Sorgen machen musste. »Jeder denkt, es war der Suff. Verkauf das Haus. Geh zu dem Jungen nach Australien. Deshalb hat er dir doch schließlich nach all den Jahren geschrieben, nicht wahr? Jetzt fängt dein Leben an.« Und statt der immer gleichen Beileidsfloskel wisperte er »Herzlichen Glückwunsch.« Und eigentlich hätte er sich jetzt noch einen tosenden Applaus vom Sportplatz herüber gewünscht, als er gemächlich über den Kiesweg davonging.

Jretche

Kerzenduft – Sie verzeihen mir, wenn ich ins Schwärmen verfalle, ist einer der Wohlgerüche, die ich unbedingt vermissen würde, sollte es mich einmal auf die berühmte einsame Insel verschlagen. Kein Kokosaroma der Karibik, keine Anemonendüfte könnten mir den herben Verlust der dezenten Duftmischung aus heißem Wachs und dem Geruch des sich im Verzehr der kleinen Flamme befindlichen Dochtes ersetzen. Abgesehen davon, dass ich mich in einem Alter befinde, in dem man sich einsame Inseln nicht mehr herbeizusehnen pflegt, muss ich es wissen. Schließlich umgeben mich tagein, tagaus Dutzende der bleichen, schmucklosen Lichtspender und senden ihren gemütlichen und warmen Schein zwischen den barocken Säulen meines Gotteshauses hindurch, auf dass er sanft und zärtlich die Oberfläche der wenigen Kostbarkeiten unserer kleinen Kirche benetze und sich in den schwarzen Augen der Statue am Marienaltar und in dem sanft strukturierten Firnis der Kreuzigungsszene aus dem achtzehnten Jahrhundert widerspiegele. Damals, in der Christnacht, beobachtete ich das kaum merkliche Flackern der Kerzen vorm Altar, das sich in den rosigen Wangen des Jesuskindes spiegelte. Es war erst zu sehen, als ich das Licht in Bethlehems Stall an dem kleinen, hinter einem träge im Moos liegenden Schaf versteckten Schalter ausgeknipst hatte.

Es hatte sich Kälte ausgebreitet. Kälte, die nach der Christmette hereingeschlichen war, während die Gemeinde murmelnd und füßescharrend die Kirche verlassen hatte, um sich ihren Weg durch den dichten Schnee in unserem kleinen Eifelort zu bahnen. Heim an den Christbaum, zu den elektrischen Lichterketten. Mich schauderte, als ich an diese profane Art des Weihnachtsschmucks dachte, und ich begann, die Kerzen zu löschen. Eine Arbeit, die ich dem Küster alljährlich in dieser Nacht abnehme, damit er zu seiner Familie eilen kann. Eine Arbeit, die mir Freude bereitet.

Es gibt viele Arten, eine Kerze zu löschen. Man kann den Docht ins heiße Wachs drücken und die Flamme ertränken, aber davon halte ich nichts. Auch das Ausdrücken mit befeuchteten Fingern oder das Ersticken der Flamme mittels eines extra dafür vorgesehenen Hütchens an einer Stange mag ich nicht besonders. Ich puste! Selbstverständlich halte ich die Hand dahinter, damit es keine Flecken vom umher-spritzenden Wachs gibt. Das Auspusten beschert einem den Genuss, das milchige Rauchwölkchen aufwirbeln zu sehen, den immer kleiner werdenden Punkt der Glut, und schließ-lich ist da dieser unbeschreibliche Duft. Eine verlöschende Kerze riecht beinahe noch besser als eine brennende. Aber ich schweife ab.

In jener Christnacht, die mir gerade durch den Kopf geht, stand ich also da und atmete mit geschlossenen Augen tief ein, als hinter mir ein Geräusch entstand. Als ich zugegebe-nermaßen ein wenig erschrocken herumfuhr, sah ich Jretche! Das flackernde Licht in ihrem Blick glich dem in den Augen der Muttergottes. Sie sah mich ein wenig scheu an, die Hände, rotgefroren und ohne Handschuhe, klammerten sich fest um den Griff ihrer großen, ein wenig abgeschabten Handtasche, die Schuhe waren schwarz vor Nässe. Ich betrachtete sie einen Moment schweigend und machte ein paar langsame Schritte auf sie zu. Meine Worte fanden nicht ihren Weg über meine Lippen, vielleicht fürchtete ich mich vor ihrem Widerhall in den Gewölben der leeren Kirche. Jretche sprach zuerst. Leise, wenig. Auch sie hatte Angst, die Stille zu zerreißen.

»Isch will beichten.«

Ich erhob die Hand, wollte abwinken, wollte sie heimschicken zu ihrem betrunkenen alten Vater, der zuhause auf sie wartete, aber sie sprach weiter.

»Et muss sofort sein. Bitte. Et dauert doch net lang.« Ihre Augen flehten mich an. Das Flackern war kein Abbild des Kerzenscheins. Es kam von innen.

Resignierend, immer noch schweigend, bedeutete ich ihr, mir zum Beichtstuhl zu folgen. Unsere Schritte hallten durch das Halbdunkel, mein Gewand sandte beim Gehen flüsternde Laute aus. Mit geübten Bewegungen stieg ich in die kleine, reichverzierte hölzerne Behausung, nahm seufzend in den roten Polstern Platz und lauschte. Ein Rascheln, ein dumpfes Poltern und leises Atmen sagten mir, dass Margarete Tauber sich zu meiner Rechten auf ihren Knien niedergelassen hatte. Sie mögen sie unter dem Namen »Duuvese Jretche« kennen. Ich kannte sie seit ihrer Kinderzeit. Sie war das, was man im Allgemeinen als *seltsam* bezeichnet. Nicht verrückt, nein, das nicht. Der Ausdruck *spontan* wurde ihr gerechter. Man musste bei Margarete stets mit dem Ungewöhnlichen rechnen.

»Du hast gesündigt?« fragte ich mit gedämpfter Stimme. Es klang ein wenig heiser.

»Isch hab jemanden jetötet.«

Ich kann nicht sagen, dass mich dieses Bekenntnis sonderlich erschütterte. Wie ich bereits erwähnte, musste man bei Jretche stets mit dem Ungewöhnlichen rechnen. Dass sie einen Menschen in den Tod geschickt hatte, überraschte mich nicht. Nein, wahrhaftig nicht. Jretche war mir oft aufgefallen. Schon früher beim Kommunionunterricht oder bei der Dorfkirmes fiel mein Blick immer wieder auf ihre kleine, kräftige Gestalt, auf ihr wirres, störrisches Haar, auf ihre braungebrannte Haut. Und eigentümlicherweise erhaschte ich auch immer wieder einen Blick von ihr. Sobald ich zu ihr hinsah, fixierten mich ihre dunkelbraunen Augen, geradeso, als ließe sie mich keinen Moment unbeobachtet.

Später, viel später, als wir begannen, Gespräche zu führen – unverbindliche Plaudereien anlässlich der einen oder anderen Begegnung im Edeka-Laden oder auf dem Dorfplatz – da dämmerte es mir nach und nach: Jretche verwechselte mich mit jemandem, der unerreichbar weit über mir stand. Sie war ein einfaches Mädchen mit einfachen Gedanken: Was sie nicht sehen konnte, das begriff sie nicht. Du sollst dir kein Bild machen ...

Wenn es kein Bildnis gab, dann musste sie sich an das Werkzeug halten, das aus Fleisch und Blut vor ihr stand. Jretche projizierte all ihren Glauben in mich hinein. In einen einfachen Handlanger des Allmächtigen. Zunächst erschrak ich, als ich darauf kam. Später dann – und ich möchte an dieser Stelle anmerken, dass ich zwar immer wieder gegen die Versuchungen der Eitelkeit ankämpfe, ihr aber von Zeit zu Zeit durchaus erliege – später also fühlte ich mich geschmeichelt, wenn der Blick dieser heranwachsenden jungen Frau an meinen Lippen klebte. Ob ihr Glaube ihr im Wege stand, wenn es darum ging, einen passenden jungen Mann als Weggefährten zu finden, das vermag ich nur zu vermuten. Tatsache allerdings war, dass Duuvese Jretche niemals heiratete. Und jetzt kniete sie zwei Handbreit neben mir und wisperte in die Dunkelheit hinein die Umstände ihrer Tat.

»Et war der Mann, der vor nem Monat oben in der Hütte war.«

»Die, die Ende November abgebrannt ist?«

»Ja. Jenau die. Isch hab se anjezündet. Mit dem alten Feuerzeuch von mengem Papp. Dat aus Russland.«

»Aber der Mann war schon vorher tot. Erstochen, sagt die Polizei.«

Jretche schwieg einen Moment. Ihr Atem wurde heftiger. Ein vertrautes Geräusch.

»Dat hab isch auch jetan. Met dem Stock, den der Papp immer zum Daahse benutz hat.«

Zur Dachsjagd benutzte man früher einen Stock mit einem einzelnen Zinken daran. Hatte man den Dachs in seinem Bau freigegraben, – im Gegensatz zum Fuchs blieb dieser beharrlich darin, – konnte man mit diesem Mordinstrument mit einem Hieb durch die unsagbar dicke Fettschicht hindurchstoßen und dem Tier den Garaus machen. Den Mann, der sich in der Scheune versteckt hielt, hatte es ebenfalls das Leben gekostet, dass er sich nicht rechtzeitig aus dem Staub gemacht hatte. Wie ein Dachs saß er in der Falle, als Jretche ihn aufstöberte.

Er wähnte sich eigentlich in Sicherheit in der Hütte. Die Polizei vermutete später, dass es eine Art Hinrichtung gewesen sein musste. Es hatte diverse Unstimmigkeiten im Rotlichtmilieu gegeben. Dinge, die solche Menschen stets unter sich auszumachen pflegen.

Als er mitten in der scheußlich regnerischen Novembernacht plötzlich im Pfarrhaus aufkreuzte, sich mit den klatschnassen Klamotten auf das alte Sofa warf und sich eine von meinen teuren Zigarren ansteckte, da war neben seinem unverschämten Grinsen, das ihm in Aachen den Spitznamen Smily eingebracht hatte, noch etwas anderes. Ich sah es sofort. Wir waren uns nur ein paarmal über den Weg gelaufen, bei meinen heimlichen Besuchen in Aachen, aber damals schon hatte ich in seinem Gesicht lesen können wie in einem Buch. Damals war es ein Ausdruck der Verächtlichkeit, als ginge etwas wie »Aha, der Pfaffe hat's nötig« durch seinen

Kopf, jetzt, in dieser Novembernacht, als er da saß und den roten Punkt der Glut in seiner Zigarre betrachtete, da war es Angst.

»Ich muss für ein paar Tage verschwinden.«

»Wieso kommen Sie gerade zu mir?«

»Sind Pfaffen nicht dafür da, dass sie anderen helfen?«

Ich nickte stumm.

»Sollte ich allerdings ungelegen kommen, reise ich gerne weiter. Kein Problem. Ich würde allerdings dann jedem erzählen, dass der Pfaffe aus Eurem Scheißkaff ein Kerl ist, der alte Bekannte einfach vor die Türe setzt ... Jungs, bei denen er schon so oft zu Besuch war ... den guten alten Smily, der ihm immer seine besten Mädels zu einem echten Freundschaftspreis ...«

»Sie können ein paar Tage bleiben.«

Ich erklärte ihm, dass es unklug sei, im Pfarrhaus zu wohnen, wo sich jeden Tag etliche Menschen sozusagen die Klinke in die Hand gaben. Dass ich dort in Wirklichkeit ein beschauliches Leben in Ruhe und Abgeschiedenheit führte, das konnte jemand wie Smily wohl kaum ahnen. Menschen wie er kannten sich mit den Sitten und Gepflogenheiten des Klerus nicht aus – höchstens mit ihren Süchten und Neigungen. Ich brachte ihn den Berg hinauf in die alte Hütte am Steinbruch. Der Schneeregen durchnässte uns bis auf die Knochen. Zunächst monierte Smily den mangelnden Komfort seiner Unterkunft, aber nachdem ich ihm abermals erläuterte, dass er nur hier oben wirklich sicher sei, fügte er sich in sein Schicksal ... und verkroch sich in seiner Dachshöhle.

Neben mir atmete Jretche wieder schwer, als sie berichtete, dass sie zunächst in den Lauf von Smilys Pistole geblickt hatte, als sie an die Türe zum Schuppen geklopft hatte. Dann hatte sie sein unverschämtes Grinsen gesehen, und in dem

Moment, als er die Pistole sinken ließ, weil er erkannte, dass sie nicht das erwartete Aachener Killerkommando war, hatte sie zugestochen. Tief und leicht, denn der dünne Smily hatte viel weniger Fett am Leib als so ein alter Dachs.

Jretche erzählte schleppend, bemühte sich um Hochdeutsch und rang nach Worten, die zu lange brauchten, bis sie sich aus ihrer Erinnerung den Weg zu ihren rauhen Lippen gebahnt hatten.

Sie hatte nie viel gesprochen, wenn sie mich im Schutze der Dunkelheit besucht hatte. Wir hatten beide nicht viel gesprochen. Der Schein der Kerzen, die in meiner Wohnung brannten und ihr Duft, die Andacht, die im Raum war, wenn sie mit demütigem Blick zu mir aufsah. Worte hätten gestört und ihre rauen Lippen waren schöner, je stiller sie blieben.

Wäre sie hinaufgegangen zur Hütte, wenn ich ihr nicht erzählt hätte, dass dort oben jemand ist, der alles über uns weiß? Hätte sie zugestochen, wenn ich ihr nicht vorgemacht hätte, dass Smily uns erpressen wollte? Ich dachte an die Sünde, die ich mit dieser Lüge begangen hatte. Aber ich tröstete mich damit, dass *ich* immerhin keinen Mord begangen hatte.

Und Jretche? Welche Sühne sollte ich dieser bedauernswerten Kreatur neben mir für das auferlegen, was sie getan hatte?

Der letzte Vorhang

Wenn man ihn so sieht, kann man kaum glauben, dass es Zeiten gegeben hat, in denen er einmal die Herzen aller Theaterbesucherinnen im Sturm erobert und auch den meisten seiner schwulen Kollegen den Kopf verdreht hat. Da kann man noch so sehr versuchen, sich vorzustellen, dass diese schlaffen, welken Lippen angeblich mal geküsst haben, als sei Feuer durch sie geflossen. Das ist natürlich eine halbe Ewigkeit her. Jetzt trägt er auch das olle Toupet nicht mehr, das fransige Ding, unter dem im Nacken seine letzten weißen Haare herausgeguckt haben. Er ist kein übler Knabe, der alte Delft. Konnte noch allein aufs Klo und hat uns Pflegerinnen immer in den Hintern gekniffen. Spielte immer ein wenig den Gockel. Kein Wunder. All die alten Omis vergötterten ihn. Sie haben ihn ja noch live auf der Bühne oder im Kintopp gesehen. Ich bin zu jung dazu. Ab und zu kam ein oller Schinken im Fernsehen, in dem er eine Nebenrolle gespielt hat, oder man hat ihn für eine Talkshow noch mal aus der Versenkung geholt. Dann ist der Fernsehsaal bei uns im Heim brechend voll.

Irgendwann ist es dann ziemlich rapide bergab gegangen mit ihm. Das war im Frühjahr, als der Neue gekommen ist. Eine wirklich tragische Geschichte.

* * *

»Du bist eine Elfe, Herzchen. Du musst schon versuchen, die kleinen Füßchen ein bisschen vom Boden zu bekommen, wenn du *tänzelst*. Sonst ist das nämlich kein *Tänzeln*, sondern vielmehr ein richtiges *Getrampel*, das du hier veranstaltest, verstehst du?« Delft ließ keinen Zweifel daran, dass er die feste Absicht hatte, sie zu kränken. Frau Siebenkötter klammerte ihre kleinen fetten Finger ganz fest um das Blumensträußchen. Mit heftig flackernden Augenlidern schickte sie hilfesuchend ihren Blick von der Bühne hinunter in die Schwärze des Zuschauerraums. Irgendwo da unten saß Frau Eigen, die Regisseurin, und sagte kein Wort. Sie sagte nie ein Wort. Und das war das einzige Talent, dem sie es verdankte, dass Delft sie zu der Spielleiterin ihrer kleinen Theatergruppe im Heim gemacht hatte. Elisabeth Eigen hatte sich in all den Jahren noch niemals zu einer Regieanweisung hinreißen lassen, die ihr Delft nicht lautstark vorgegeben hatte. Er war ein Mann mit lebenslanger Bühnenerfahrung, und sie ahnte, dass sie nur Regie führen durfte, da Delft es sich niemals hätte nehmen lassen, sich selbst auf der Bühne zu produzieren.

»Lisbeth, sag ihr dass sie trampelt! Spielen wir hier den ›Sommernachtstraum‹ oder ist das ein Brauereipferderennen?« Delft, dessen Gesicht unter einer albernen Eselsmaske verborgen war, wie es die Rolle des »Zettel« verlangte, hockte auf dem Boden, angelehnt an die spitzen Knie der Elfenkönigin Titania, einer klapprigen alten Dame mit wirrem, silberweißem Haar und einem ostpreußischen Dialekt, dass es einem grauste. Alles lauschte in die Dunkelheit hinein.

»Du hast da nicht ganz Unrecht, Alexander«, kam näselnd eine zaghafte Stimme vom anderen Ende des Saals. »Es war wirklich nicht ganz so, wie man sich eine Elfe ...«

»Sie trampelt, dass die Bühne wackelt!« schrie Delft und riss sich die Eselsmaske vom Kopf. Die dicke Elfe brach in Tränen aus. Ihr fettes Kinn zitterte, und das kleine Kränzchen aus Kunstblumen rutschte ihr vom Dutt. Scheinbar mühelos erhob sich der alte Mann aus dem Schneidersitz und schickte sich an, die Bühne zu verlassen. »Holt mich, wenn ihr fertig seid. Die Aufführung ist ja erst in drei Wochen! Ich bin in meinem Zimmer, wenn ihr mich sucht!«

Und dann inszenierte der große Alexander Delft einen seiner legendären Abgänge. Der Sechsundsiebzigjährige beugte seinen Oberkörper hinunter, stützte sich mit den ausgestreckten Fingern der Rechten auf dem Parkett ab und schwang sich mit ungebrochener Eleganz in einem Satz von der Bühne.

Was für ein Haufen talentloser Greise! Sie konnten sich keine fünf zusammenhängenden Textzeilen merken, sie nuschelten mit ihren dritten Zähnen so sehr, dass für das Publikum ab Reihe drei schon der Text im Programmheft abgedruckt werden musste, und sie bewegten ihre Körper mit der Grazie eines rostigen alten Drahtesels. Seit fünf Jahren unterzog er sich nun schon der Tortur, mit diesen dritt- bis sechstklassigen Laien ein Stück auf die Bretter zu bringen. Doch egal, was er ihnen auch abforderte – ob Shakespeare, Lessing oder auch nur ein paar leichte Häppchen vom unverwüstlichen Curt Goetz – sie dilettierten herum, was das Zeug hielt. Sie kriegten Schlaganfälle, Blutstürze oder starben ihm einfach aus den Proben weg.

Er würde jetzt in sein Zimmer gehen, ein bisschen vor sich hinfluchen, sich einen Schluck aus der Schnapsflasche genehmigen und dann ein paar theatralische Gesten vor dem Spiegel vollführen. Und dabei würde er sich sagen, dass es sich nicht lohnte, solch ein Aufhebens um ein paar untalentierte Mummelgreise und alte Schachteln zu machen, denn im Grunde genommen – das schoss ihm immer wieder bei solchen Gelegenheiten durch den Kopf – war es ja gerade ihr Unvermögen, das später bei der Vorführung am Pfingstsonntag seinen Stern umso heller strahlen lassen würde.

Sicherlich hatte er das nicht nötig, aber es war ein Genuss, wenn er hinterher von der Heimleitung zugeraunt bekam: »Rührend, wirklich rührend. Die geben sich ja viel Mühe, die alten Leutchen, aber ich brauche Ihnen wohl kaum zu sagen, dass Sie der Star des Ensembles sind, Herr Delft.« Er hatte nicht in Düsseldorf bei Gründgens gelernt und ein halbes Jahrhundert alle großen Bühnen Deutschlands bespielt, um hier glanzlos in der Masse graugesichtiger alter Bettnässer unterzugehen. Er würde bis zu seinem letzten Atemzug allen zeigen, dass er Alexander Delft war, der Mann mit dem bleistiftstrichdünnen Menjoubärtchen, für den sich früher Frauen an der Abendkasse um die letzten Karten geprügelt hatten. Keiner konnte ihm hier das Wasser reichen! Keiner hatte es je geschafft, ihn künstlerisch herauszufordern. Nur einmal, da ... Eine Erinnerung flackerte auf, die er rasch beiseite schob.

Als er an der Eigen vorbeigerauscht war, die aufgeschreckt ihre Zigarette vor ihm zu verbergen versuchte, und dem Ausgang entgegenstapfte, wäre er fast mit einem Mann zusammengestoßen, der in der Dunkelheit breitbeinig im Gang stand.

Delft musterte ihn. Er war ein stattlicher Siebziger mit schütterem Haar und einem energischen Kinn, der ihm die Hand entgegenstreckte. »Herr Delft«, sagte der Mann mit freudigem Unterton. Das war eine Stimme, die Räume füllen konnte. Verunsichert musterte Delft den Fremden und schüttelte mechanisch seine Hand. »Mein Name ist Hunger. Theo Hunger. Ich bewundere Sie schon sehr lange.«

»Sie sind neu hier?«

Der Mann nickte eifrig. »Schwester Monika sagte, dass es hier eine Laienspielgruppe gibt. Ich habe so was schon mal gemacht. Ich dachte, sie hätten vielleicht Verwendung für einen alten Knaben wie mich.«

»Kommen Sie mit«, sagte Delft knapp, wirbelte noch einmal herum, um seine geballte Empörung zur Bühne zu schleudern – das gehörte zu dieser Art Abgang dazu – und verließ den Saal, wobei ihm der Neue, der ihm auf dem Fuß folgte, den unvergleichlichen Genuss des Türenknallens vermasselte.

In Delfts Zimmer betrachtete Hunger staunend die alten Theaterplakate an der Wand. Es gab auch alte Fotos, auf denen Delft mit Fritz Kortner posierte oder die Flickenschildt im Arm hielt. Hunger murmelte ununterbrochen Namen vor sich hin, während er an den Wänden entlangspazierte.

»Sie kennen die alle?«, fragte Delft beiläufig, während er die Schnapsflasche aus ihrem Versteck in einer Lautsprecherbox hervorholte. »Dann sind wir die Einzigen in diesem gottverdammten Haus. Banausen allesamt. Keinen blassen Schimmer vom Theater. Wo haben Sie gespielt?«

Hunger drehte sich herum und hob abwehrend die Hände. »Das waren nur Laienbühnen. Nicht besonders gut, eigentlich ziemlich unprofessionell. Aber es macht Spaß, wissen Sie?«

Delft lachte und schenkte Schnaps in kleine Gläser. »Wer wüsste das besser als ich?«

»Ich dachte, ich könnte vielleicht ... es könnte ja sein, dass Sie noch jemanden ... ich habe im Sommernachtstraum schon mal den Oberon gespielt. Auch den Zettel, aber der ist ja schon vorzüglich besetzt.« Hungers Lächeln war gewinnend.

Delft musterte ihn kritisch und wiegte den Kopf hin und her. »Oberon? Der Elfenkönig? Wir sind drei Wochen vor der Aufführung. Und trotzdem ...« Er umrundete den Neuen mit kleinen Schritten. »Opa Pohl spielt ihn. Er ist ein grässlicher alter Sack. Er spuckt alle Mitspieler beim Sprechen an. Außerdem ist er ein echtes Risiko. Er hat schon einen Infarkt hinter sich, und vorige Woche hat Schwester Ines Porno-heftchen unter seiner Matratze gefunden.« Dann reichte er Hunger das Glas und sagte: »Und jetzt legen Sie mal los ... Dritter Akt, zweite Szene!«

Der Protest von Opa Pohl verhallte ungehört. Schon am nächsten Tag hängte sich Hunger das Herrschergewand um, das das alte Fräulein Blechschmidt aus den alten Vorhängen des Speisesaals genäht hatte. Hunger las seinen Text noch vom Blatt ab, aber schon jetzt war deutlich, dass er seine Rolle sehr wohl noch von früher beherrschte. In die Augen seiner Titania trat ein schwärmerischer Glanz, und zum ersten Mal klangen die Worte, die Shakespeare ihr beim Ver-söhnungsdialog in den Mund gelegt hatte, nicht mehr so als würde sie ein Backrezept herunterleiern.

In der darauffolgenden Woche hatte Hunger seinen Text bereits wieder voll im Griff. Seine Bewegungen waren majes-tätisch, und seine Stimme drang bis in die letzten Winkel des Saales. Gerda Hunsrück, die kleinwüchsige Oma mit der dicken Hornbrille, die den Waldgeist Puck spielte, wäre ein-mal fast von der Bühne geflogen, weil sie schon seit ein paar Tagen ihren Blick nicht mehr von Hungers kraftvollen Ges-ten abwenden konnte. Hülshorst, der einbeinige Souffleur, fing sie gerade noch rechtzeitig auf. Opa Pohl, der keine Probe ausließ, um fortan das Geschehen auf der Bühne mit zotigen Zwischenrufen zu torpedieren, fiel fast vom Stuhl vor Lachen.

Delft beobachtete die Entwicklung des Neuzugangs zunächst mit Verwunderung. So etwas war noch nie zuvor geschehen. Dieser Hunger war ein alter Mann, genau wie er. Er schaffte den Sprung von der Bühne zwar nicht halb so ele-gant wie er, und seine S-Laute waren ein kleines bisschen zu zischelnd für seinen Geschmack, aber es ließ sich einfach nicht leugnen, dass Hunger ein echtes Talent war. Er war eine wirkliche Bereicherung für die Truppe.

Er war gut.

Er war *zu* gut.

Und diese Erkenntnis kam Delft erst eine Woche vor der Aufführung, als Oberon sich zum leeren Zuschauerraum wandte, sich mit einem gewinnenden Lächeln an das imaginäre Publikum wandte und seine letzten Worte sprach: »Nun genug! Fort im Sprung! Trefft mich in der Dämmerung!«

Mit einem Mal ertönte ein zaghaftes Klatschen aus der Schwärze des großen Raums, und Elisabeth Eigen, der nichts auf der Welt so fremd war wie eine freie Meinungsäußerung, kam wie in Trance herunter an die Bühne und blickte bewundernd zu Hunger hinauf. »Genauso habe ich es mir vorgestellt, Herr Hunger. Genauso!«

Delft, der alles aus dem Dunkel der zweiten Reihe heraus beobachtete, wollte protestieren, hätte am liebsten dazwischengerufen, dass Oberons Tonfall viel zu vertraulich, seine Botschaft an das Publikum zu kumpelhaft herüberkam, aber er biss die Zähne aufeinander und schwieg. Er schwieg, weil er erkannte, dass Hunger diese Rolle besser füllte als jeder, den er in den letzten Zeit gesehen hatte. Um sich abzureagieren, schmiss er erst einmal Opa Pohl aus dem Saal, weil dieser es gewagt hatte, auf zwei Fingern zu pfeifen.

Draußen wanderte Delft dann ruhelos im lindgrün gestrichenen Flur auf und ab und blickte dem schimpfenden Opa Pohl nach, der im Lift verschwand. Im Hintergrund ertönte die sonore Stimme Schwester Hiltruds, die gerade dabei war, einer Gruppe Senioren die neuesten Schlagzeilen aus der Tageszeitung vorzulesen. Im Fernsehraum saß, wie immer, einsam und verlassen Frau Nölle und kriegte einen ihrer infernalischen Hustenanfälle, und irgendwo um die Ecke musste der olle Sebald herumlungern, der den lieben langen Tag im regelmäßigen Abstand von zwei Minuten: »Angriff!« brüllte. All das schwoll in Delfts Kopf zu einem undurchdringlichen Lärm an, der ihm fast den Verstand raubte. »Angriff!« schrie Sebald heiser. Diesmal direkt neben Delfts Ohr.

Und da wusste er, was er zu tun hatte.

Genauso war es damals gewesen. Im vorigen Jahr. Sie hatten drei Einakter von Curt Goetz einstudiert. Da war kein Platz für dramatische Gesten und ausgefeilte Mimik, da war die Sprache einfach, der Text durchschaubar gewesen. Und doch gab es Schauspieler, die es verstanden, aus solchen Kabinettstückchen wahre Gemmen der Schauspielkunst zu zaubern. Er, Alexander Delft, beherrschte das natürlich.

Aber dann war *sie* gekommen. Diese Frau mit dem kaum wahrnehmbaren wienerischen Schmelz in der Stimme. Sie waren sehr schnell beim Vornamen und beim »Du« angelangt. Sie hieß Constanze. Ein Name, der so edel klang, dass man seine wahre Freude hatte, ihn langsam auszusprechen, ihn zärtlich in ihr Ohr zu flüstern. Constanze hatte ihm den Kopf verdreht. Für einen Moment hatte er geglaubt, dass diese Frau seine Bestimmung für die letzten Jahre bis an sein Lebensende sein würde. Sie stand so hoch über all diesen hohlwangigen und hohlköpfigen alten Irren ringsumher!

Aber auch sie war *zu* gut gewesen.

Sie hätte ihm den Applaus geraubt, wenn sie an seiner Seite aufgetreten wäre. Den Ruhm, die Bewunderung, den Glanz ... das Einzige, was ihm noch geblieben war.

Er hatte es nicht zulassen können.

»Angriff!« schrie der olle Sebald wieder kehlig und dröhnend.

Die Tür öffnete sich, und Theo Hunger trat in den Flur hinaus. Suchend wandte er den Kopf hin und her und eilte schließlich auf Delft zu. »Waren Sie zufrieden, Herr Delft? Frau Eigen und die anderen behaupten, es sei ganz gut so, wie ich's gemacht habe. Aber es ist einzig und allein Ihr Urteil, das für mich zählt.« Die Augen wirkten sonderbar vital für einen Mann seines Alters. Delft wusste genau, was sein Gegenüber gerade empfand. Der Erfolg ist wie eine Droge. Er treibt einen in Ekstase, aber wenn er einem weggenommen wird, geht man vor die Hunde.

»Das war große Kunst, Herr Hunger«, sagte Delft aufrichtig. »Unter Kollegen duzt man sich. Ich bin Alex.« Dann reichte er ihm die Hand. Hunger zögerte einen Augenblick und ergriff sie. »Ich bin Theo.«

»Wir sollten das heute Abend bei einem Schnaps besiegeln«, schlug Delft vor und spürte, wie ihm elend wurde. Was jetzt geschah, war nicht mehr abzuwenden. »Auf meinem Zimmer, um zehn.«

Hunger brachte Cognac mit. Delft nickte anerkennend und holte Gläser hervor.

»Ich dachte, das ist angemessen, in Anbetracht der feierlichen Stunde«, sagte Hunger und schenkte ein. »Ich hätte nie gedacht, einmal von einer Legende wie Ihnen das »Du« angeboten zu bekommen.«

Delft winkte mit falscher Bescheidenheit ab. »Sie sind sehr begabt«, sagte er und stieß mit Hunger an. »Verzeihung, *Du* bist sehr begabt. Prost!«

Er würde es genauso machen wie im vorigen Jahr. Es war eine einfache Methode. Unauffällig, schnell und absolut passend in einem Haus wie diesem. Hunger war ein alter Mann, und wenn er ausreichend Alkohol in der Blutbahn hatte, würde alles ein Kinderspiel sein.

»Warum hast du nie daran gedacht, eine Schauspielschule zu besuchen?«

Hunger lachte. »Damals, nach dem Krieg, da hatten wir in unserer Familie anderes zu tun. Meine Schwester und ich, wir haben unsere Eltern früh verloren. Wir wuchsen bei einem Onkel in Österreich auf. Harte Zeiten. Wir haben ganz schön zupacken müssen. Du siehst ...« Er warf die Hände in die Luft. »Keine Zeit für die schönen Künste.«

Delft schenkte nach. Und dann begann er zu erzählen. Von Gründgens und der Hoppe, von der Bergner und von Minetti. Und Hunger klebte förmlich an seinen Lippen.

Um zwölf Uhr war die Cognacflasche leer. Aus den Augenwinkeln heraus beobachtete Delft, wie Hunger beim Aufstehen merklich schwankte.

Auch Constanze hatte geschwankt. Sie hatte gekichert und verschämt die Hand vor den Mund gehalten. »Ich glaube«, so hatte sie in jener Nacht gesagt. »ich habe einen Schwips.« Und dann hatte er ihr versprochen, sie noch bis zu ihrem Zimmer zu begleiten. »Aber nur bis an die Tür«, hatte die zierliche alte Dame gesagt und schelmisch den Zeigefinger erhoben.

»Du hast zuviel getrunken, Theo«, sagte Delft und bemühte sich, es möglichst angesäuselt klingen zu lassen. In der Nähe des Blumentopfes hing schwerer Cognacgeruch in der Luft. Hoffentlich bemerkte es Hunger nicht. »Ich werde dich noch nach Hause begleiten, alter Knabe!« Und dann packte er seinen Gast am Ellbogen und schob ihn zur Tür hinaus. Sie hielten beide den Zeigefinger vor den gespitzten Mund und sahen sich schelmisch an. Während sie den Flur entlangtappten und sich bemühten, der Notbeleuchtung auszuweichen, sahen sie aus wie einer launigen Schwarzweißklamotte entsprungen.

Es war ein altes Haus, die ehemalige Villa einer Industriellenfamilie am Rande einer stillgelegten Zechenanlage. Die Flure waren hoch und breit und zerschnitten das Haus der Länge nach. Es gab einen Anbau aus den Siebziger Jahren, den »gelben Trakt«, in dem die Schwerstpflegebedürftigen untergebracht waren. Diejenigen, die sich nicht mehr allein bewegen konnten, die keinen einzigen Muskel mehr unter Kontrolle hatten. Delft nannte sie immer verächtlich die »Fässer ohne Boden«, weil alles, was man oben in sie hineinfüllte, fast augenblicklich an irgendeiner anderen Stelle des Körpers wieder hinausschoss.

Es gab ein altes Treppenhaus, in dem es nach Bohnerwachs roch und an dessen Wänden alte Kupferstiche aufgereiht waren.

Als sie sich dem Treppenabsatz näherten, war da plötzlich wieder Constanzes Stimme in seinem Kopf. Sie hatte damals seinen Namen geflüstert, mit ihrem unverwechselbaren österreichischen Klang, »Alexander«, immer wieder, und sie waren immer näher an die oberste Stufe gelangt, vor deren Kante sich das gähnende Loch auftat, in das sich die Treppe drei Stockwerke lang hinunterwand. Sie war ja so ahnungslos gewesen.

Jetzt stand Hunger vor dem Abgrund. Delft war ein paar Schritte zurückgeblieben und hatte ihn weitertaumeln lassen. Das, was nun geschehen würde, schmerzte ihn. Es gab nicht viele gute Schauspieler in ihrem Alter. Es war ein Verlust, so wie es damals bei Constanze ein Verlust gewesen war.

Delft holte aus. Da war kein Torkeln mehr und kein Schlingern. Die ganze Kraft seines alten Körpers konzentrierte sich in seine sehnigen Hände, die nach vorne schossen, auf Hungers Rücken zu.

Aber wie durch ein Wunder war da plötzlich nichts mehr. Delfts Finger griffen ins Nichts. Er sah mit einem Mal die Stufen auf sich zustürmen, sah die Kupferstiche und das geschnitzte Treppengeländer in einem wilden Strudel an sich vorbeischießen, er spürte, wie der Luftzug ihm das Toupet vom Kopf riss. Er hörte das Krachen seiner eigenen Knochen, als er zum ersten Mal auf den hölzernen Treppenstufen aufschlug. Er spürte, wie die Wucht des Aufpralls ihn auf dem Treppenabsatz zurückschleuderte und ihn noch weitere Stufen hinunterrollen ließ. Im darunterliegenden Stockwerk blieb er bewegungslos liegen.

So vieles geschah noch, bevor er endgültig das Bewusstsein verlor.

Er versuchte zu schreien, aber kein Ton drang aus seiner Kehle.

Er versuchte, sich zu bewegen, aber nicht einmal seine Finger konnte er krümmen.

Dann waren da plötzlich Menschen. Opa Pohl beugte sich über ihn und stammelte etwas, das ohne sein Gebiss unmöglich zu verstehen war. Andere Hausbewohner kamen näher. Ihre Stimmen wirbelten entsetzt durcheinander, als sie erkannten, was sich ereignet hatte.

Und dann war da noch eine männliche Stimme ganz dicht bei seinem Ohr. »So war es doch, als du sie hinuntergestoßen hast, nicht wahr?« Hunger flüsterte so, dass die anderen ihn nicht hören konnten. Und zum ersten Mal entdeckte Delft, dass da ein kaum merklicher wienerischer Akzent in seinen Worten mitschwang. »Meine Schwester und ich, wir wären zu gerne Schauspieler geworden, weißt du? Constanze war so talentiert. Und sie schrieb mir, wie froh sie war, dass sie auf ihre alten Tage noch die Bekanntschaft eines so berühmten Schauspielers gemacht hatte. Was für ein bedauernswerter Unfall. Ich musste hierher, um herauszufinden, was passiert ist.«

Als die Schwestern kamen, war Delft bereits bewusstlos.

* * *

Eine tragische Sache, da war ich, glaube ich, stehengeblieben. Bis heute weiß keiner, warum Delft mitten in der Nacht im Haus herumgegeistert ist. Vielleicht war er doch nicht mehr so klar im Kopf, wie wir vom Personal immer gedacht haben. Jetzt zwickt er uns jedenfalls nicht mehr in den Hintern. Er wohnt im »gelben Trakt«. Seine Wirbelsäule haben sie zusammengelötet wie ein altes Regenrohr. Der olle Sebald rollt ihn den lieben langen Tag durchs Haus. Er schreit zwar alle zehn Schritte »Achtung«, aber das stört den Delft wahrscheinlich sowieso nicht mehr.

Bei der Aufführung vom »Sommernachtstraum«, da war er anscheinend mächtig aufgeregt. Er zwinkert dann immer so wild mit den Augen. Na klar, was anderes kann er ja schließlich nicht mehr bewegen. Ich glaube, er war ganz begeistert, weil doch die Umbesetzung so glatt über die Bühne gegangen ist. Opa Pohl hat dann doch noch den Dings ... diesen Elfenkönig gespielt.

Und Gottseidank war da ja dieser Neue, dieser Herr Hunger, der hat die Rolle vom Herrn Delft übernommen. Alle hier liegen ihm zu Füßen. Sogar der Delft ist, glaube ich, ein richtiger Fan. Jedesmal wenn Sebald ihn in den Saal rollt, zu den Proben zum neuen Stück, dann zwinkert er ganz heftig mit den Augen, so aufgeregt ist er.

Eins Vier

Rebbert sah sein Gegenüber verunsichert an. Der kleine Ausländer blickte bereits seit einer halben Stunde aus dem Zugfenster, in die vorbeifliegende Schwärze der Nacht hinein und grinste heiter. Ab und an kämpfte sich sogar ein helles Kichern unter dem schwarzen Schnauzbart hervor. Rebbert hielt ihn für einen Türken. Er schien die Fünfzig bereits überschritten zu haben, trug einen schlichten grauen Anzug und rauchte Filterzigaretten. Nichts an ihm war auffällig, außer dieser permanenten undefinierbaren Heiterkeit.

Wie aus einer tiefen Trance erwachend, blickte er Rebbert plötzlich unvermittelt mit kleinen, funkelnd schwarzen Augen an. Seine Wangen röteten sich ein wenig.

»Oh, bitte, mein Herr, Sie dürfen sich nicht über mich wundern. Ich bin keinesfalls verrückt, oder sowas.« Er winkte den Kellner des Zugrestaurants heran und orderte eine weitere kleine Flasche Rotwein. Seine dritte.

Rebbert schloss sich ihm an. Die Fahrt war noch lang, am Ziel wartete ein Taxi auf ihn. Warum also trank er Wasser?

»Einen trockenen Weißwein für mich, bitte.«

Der Ausländer lächelte ihm belustigt zu. »Ich muss vorhin sehr merkwürdig ausgesehen haben.«

Rebbert nickte schmunzelnd. »In der Tat. Sie sahen aus, als seien Sie mit etwas ausgesprochen Spaßigem beschäftigt.«

»Spaßig. Ja. So sagt man wohl. Da haben Sie recht.«

Der Kellner brachte die beiden winzigen Fläschchen und schenkte ein.

»Ich würde es Ihnen gerne erzählen. Das, was mich beschäftigt hat ...«, sagte der Ausländer zaghaft. Dann nickte er und grinste breit. »Ja!« sagte er nun bekräftigend, so, als habe er lange genug mit sich gerungen. »Ja, ich möchte es jemandem erzählen. Sie sind fremd. Wir werden in ein paar Stunden den Zug verlassen und uns nie mehr wiedersehen. Ihnen kann ich es erzählen.« Sie sahen einander intensiv an, und Rebbert versuchte zu ergründen, was sich in der bodenlosen Schwärze dieser Augen alles verbergen mochte.

»Lassen Sie uns in ein Abteil gehen. Irgendwohin, wo wir ungestört sind.« Der Türke griff auffordernd nach Flasche und Glas und schickte sich an, aufzustehen. Als er bemerkte, dass Rebbert zögerte, kicherte er erneut, und fügte in verschwörerischem Tonfall hinzu: »Es ist nicht für fremde Ohren bestimmt, müssen Sie wissen. Ich habe jemanden ermordet.«

Rebbert war zu verblüfft, um zu verhindern, dass der Mann bei dem herbeigerufenen Kellner auch seine Getränkerechnung beglich. Und er war zu neugierig, um ihm nicht den spärlich beleuchteten Gang des Zuges entlang zu folgen und sich die ganze Geschichte anzuhören.

Es ging also um Mord. Dieser Ausländer hatte ihn aus einer unerklärlichen Laune heraus dazu auserkoren, ihm ein Verbrechen zu schildern, das er begangen hatte. Was konnte ihn nur dazu veranlasst haben? Er ahnte es: Wer eine solche Bluttat begangen hatte, blieb damit alleine. Für den Rest seines Lebens. Es gab kaum jemanden, dem man mitteilen konnte, was sich zugetragen hatte. Keiner, mit dem man seine Erleichterung teilen konnte, dass eine schwierige Tat vollbracht worden war. Niemand, dem man seinen Stolz verkünden konnte. Außer, man traf im richtigen Moment den richtigen Menschen, von dem man annehmen konnte, dass er als Mitwisser keine Gefahr bedeuten würde. Einen wildfremden Menschen in einem Zug zum Beispiel.

Sie fanden ein leeres Abteil zweiter Klasse, und nahmen schweigend darin Platz. Rebbert fragte vorsichtig nach, ob es seinem Gegenüber etwas ausmache, wenn er seine Pfeife entzünde. Wo es sich doch schließlich um ein Nichtraucherabteil handelte. Der Türke verneinte grinsend und steckte sich wie selbstverständlich eine Zigarette an.

»Sie haben also einen Mord begangen?«

»Ganz richtig. Ich habe einen Menschen getötet. Es war ganz einfach. Das Dumme ist nur: Ich kann es keiner Menschenseele erzählen. Aber irgendwann muss es einmal sein!«

Rebbert nickte nachdenklich. Das verstand er.

»Es war meine Nachbarin. In einer kleinen Stadt im Norden Deutschlands. Sie verzeihen mir, wenn ich keine Namen nenne?«

»Das wäre ja auch töricht von Ihnen. Außerdem bin ich froh, wenn ich mich nicht mit zu vielen Informationen belasten muss. Je weniger ich weiß, desto besser.«

»Meine Nachbarin, wie gesagt. Ein grässliches Wesen. Peinigte mich von dem Tag an, an dem ich dort hinzog. Der einzige Ausländer im Haus, Sie verstehen?«

Rebbert nickte und zog an seiner Pfeife.

»Sie hetzte alle im Haus gegen mich auf. Sehr wortgewaltig. Sehr einflussreich. Sie konnte es mit allen anderen im Hause gut. So sagt man doch? Eine Rassefrau, nebenbei gesagt. Wallendes rotes Haar. Sie schaffte es schließlich sogar, den Vermieter um ihren Finger zu wickeln. Er wollte mir kündigen, weil ich eine Katze in meiner Wohnung hatte. Ich lebe alleine, wissen Sie? Da ist man froh, wenn man ab und zu mit jemandem ein bisschen reden kann. Nicht, dass ich nicht kontaktfreudig bin, oh nein! Es ist nur ...« Er rang um die richtigen Worte und zog angestrengt die Stirn kraus. »Lebst du als Ausländer in einem dieser Stadtteile, die voll sind von deinesgleichen, dann bist du nur Türke, und wirst so behandelt, wie es dir zusteht. Lebst du aber alleine in einer

Umgebung, in der sonst nur Platz ist für Deutsche, dann bist du ein Fremdkörper. Dann bist du wie ein schwarzes Schaf unter all den vielen weißen, und du wirst kritischer geprüft und genauer überwacht als jeder andere.«

Rebbert hörte interessiert zu. Er bekam den Hauch einer Ahnung von dem, was in diesem kleinen Mann vorgegangen sein musste.

»Und schließlich kam dieser Abend des Straßenfests. Eine dieser typisch deutschen Einrichtungen, die ich, Sie verzeihen, reichlich dämlich finde. Man hat das ganze Jahr über kaum Kontakt und meint, ein Abend künstlicher Geselligkeit könne das alles aufwiegen. Ich habe nicht daran teilgenommen und stattdessen einen Arbeitskollegen besucht. Als ich spät am Abend zurückkehrte, war die Feier noch immer in vollem Gange. Ich schlich mich am Ufer des kleinen Kanals entlang, um nicht in den Trubel hineinzugeraten, als ich sie schließlich sah, wie sie an einem Baum an der Uferböschung stand, und sich ... naja, sie musste sich übergeben. Als sie mich entdeckte, lachte sie höhnisch und machte anzügliche Bemerkungen. Sie beschimpfte mich, und ich versuchte an ihr vorbei zu den Häusern zu gelangen. Aber sie hielt mich fest und dann begann sie ...« Er hielt inne, besann sich einen Augenblick, und kam offensichtlich zu dem Schluss, dass es keine Schande war, wenn man sich so etwas unter Männern erzählte. »Na, sie griff mir zwischen die Beine und sagte, dass sie es jetzt und auf der Stelle von mir haben wolle. Anderenfalls würde sie schon wissen, wie sie es anstellen müsste, dass mir die Herren vom Bierpavillon zeigten, wie man mit Ausländern umzuspringen habe. Und als sie schließlich begann, ihre Bluse aufzuknöpfen und hämisch meinte, dass das doch sowieso das einzige sei, was Typen wie ich könnten und dass ich doch ohnehin nur scharf auf sie sei, da tat ich das einzig Richtige: Ich stieß sie ins Wasser. Und da niemand in der Nähe war, stieg ich hinterher, wartete den Augenblick ab, in dem sie auftauchte, legte meine Hand flach auf ihr Gesicht, und drückte sie wieder unter.« Er führte die Bewegung vor. »Es tat gut. Und niemand bemerkte was. Ich schlich später ungesehen nach Hause. Das Ganze wurde als Unglücksfall verbucht.« Er kicherte wieder und trank Wein.

Rebbert blickte ihn nachdenklich durch eine Qualmwolke hindurch an. »Wie ist das Gefühl, diese Geschichte endlich loszuwerden?«

Die schwarzen Augen glänzten erregt. »Sehr, sehr gut.«

»Was würden Sie sagen, wenn auch ich etwas getan hätte, das mir nie jemand nachgewiesen hat?« Rebbert sprach gedehnt, unsicher, tastete sich langsam vor. Der Türke öffnete verblüfft den Mund. »Das glaube ich nicht.«

»Meine Frau. Es konnte mir nie nachgewiesen werden, weil ihre Leiche nie gefunden wurde. Sie gilt als vermisst. Seit zwei Jahren.«

»Wo ist sie?«

»Eine Straßenbrücke in Berlin. Ich habe damals die Bauarbeiten geleitet. Eine von hunderten von Baustellen in der neuen alten Hauptstadt. Meine Frau liegt im mittleren Betonpfeiler gebettet. Niemand kam darauf, weil kein Mensch wusste, dass sie mir nach Berlin nachgereist war ...« Rebbert hielt verunsichert inne, als er sah, dass sein Gegenüber auf die Uhr sah, und wieder begann zu kichern.

»Verzeihen Sie«, gluckste der kleine Ausländer. »Aber wir haben jetzt eine Minute nach Zwölf. Ein neuer Monat bricht an. Eben noch Einunddreißig Drei auf dem Ziffernblatt, jetzt Eins Vier!« Er grinste Rebbert breit an und sagte heiter: »April, April!«

Rebbert brauchte einen Augenblick um zu verstehen, aber dann wusste er, was geschehen war.

»Habt ihr das gut verstanden?« fragte der kleine Mann heiter in ein winziges Mikrofon, das er hinter seinem Revers hervorzauberte. »Ihr Schwiegervater und zwei Herren von der Polizei«, flüsterte der Türke verschwörerisch zu ihm hinüber. »Eins möchte ich Ihnen noch sagen, Herr Rebbert: Ein Türke, der es nicht vorzieht, inmitten seiner Freunde und Familienmitglieder zu leben, ist vielleicht blöd. Aber ein Mann, der seine Frau tötet und herumerzählt, wie er's gemacht hat, der ist noch viel blöder!«

Kurz vor Schluss

Voß war froh, als die Maschine endlich auf dem Rollfeld des Flughafens Köln-Wahn zum Stehen kam. Er reiste beständig durch die Weltgeschichte, aber er hatte sich nie an den Gedanken gewöhnen können, in einem zig Tonnen schweren Stahlgehäuse etliche Kilometer über dem festen Boden durch das Nichts zu sausen. »Ich habe keine Angst vorm Fliegen ...«, erklärte er immer wieder seinen besorgten Sitznachbarn, während er sich in die Armlehnen krallte. »... nur Angst vorm Abstürzen.«

Bald würde er in der Eifel sein, in engem Bodenkontakt durch die Räder des Leihwagens. Sein Blick fiel durch das kleine Kabinenfenster auf das Rollfeld. Es wurde Abend, und es goss in Strömen. Mit einem Mal kam ihm ein sofortiger Rückflug nach Hamburg fast schon wieder attraktiv vor, dorthin, von wo er vor einer Dreiviertelstunde gestartet war, und wo das Licht der Abendsonne einen weißen Glanz auf das Wasser der Elbe gezaubert hatte, sodass es von oben fast so aussah, als habe eine gigantische Riesenschnecke ihre Schleimspur hinterlassen.

Aber jetzt sofort musste es sein, hatte sie gesagt, ja, gefleht. Er konnte von Glück sagen, dass das mit dem Flug und dem Leihwagen auf die Schnelle geklappt hatte. In seiner Jackentasche tastete er nach dem Handy, das er jetzt wieder benutzen durfte.

Oh, ja, es musste sofort sein, und er würde den Teufel tun, sich diese einmalige Chance entgehen zu lassen.

Mit zittrigen Fingern breitete sie die Fotografien und Zeitungsausschnitte auf dem kleinen Couchtisch aus. Im

Kamin knackten die Buchenscheite, während sich gierige Zungen langsam in sie hineinfraßen.

Sie hatte Mühe, die Fotos zu erkennen und schaltete die Stehlampe ein. Die alten Augen verweigerten zunehmend ihren Dienst. So, wie auch der Rest des Körpers. Nur der Verstand war frisch und lebendig, und das war ein Ungleichgewicht, das oftmals schwer zu ertragen war. Mit Namen hatte sie so ihre kleinen Schwierigkeiten, aber wenn man ihr Zeit ließ, fielen sie ihr zumeist wieder ein.

Vor ihr lag Eva Bartholdy. In Fotografien, in Zeitungsartikeln, auf den Covern von Hochglanzmagazinen. Alles roch muffig, holzig, nach sprödem Papier. Lange hatte es in der großen Lebkuchendose unter dem Bett geruht. Aber heute ...

Das Telefon klingelte. Sie erschrak ein wenig, obwohl sie mit brennender Ungeduld auf diesen Anruf gewartet hatte. Ihre knochige alte Hand schloss sich zögernd um den Hörer und nahm ihn dann abrupt von der Gabel. »Ja?« Sie meldete sich nie mit ihrem Namen. Es war die gleiche unsympathische Stimme wie vor wenigen Stunden, der gleiche unverschämte Tonfall wie vor ein paar Tagen. »Sie sind gelandet? Das ist gut.«

Plötzlich wurde ihr Atem ungleichmäßig. Sie schnappte nach Luft, keuchte, stieß mit einer fahrigen Handbewegung die Tasse auf dem Tisch um. »Nein ...«, beantwortete sie heiser die Frage vom anderen Ende der Leitung. »Mir geht es nicht gut. Sie müssen sich beeilen, hören Sie?« Erneut keuchte sie heftig und schließlich fügte sie entkräftet hinzu: »Fahren sie in Richtung Köln und dann Richtung Aachen. Sie müssen auf die A1 in die Eifel ...« Sie beendete das Telefonat mit einem neuerlichen Hustenfall.

Nachdenklich blieb sie einen Moment sitzen und verschnaufte. Ich kann es noch, dachte sie. Verwundert Sie das, Frau Bartholdy? Nein, sicher nicht. Sie war die Größte gewesen. Ihr Blick streifte eine Fotografie, in der Kirk Douglas ihre Hüfte umfasst hielt. Ein Rest Tee aus der umgekippten Tasse leckte an seinen Rändern. Sie erhob sich, nicht ohne Mühe, um ein Geschirrtuch aus der Küche zu holen. Die Äste des großen Haselnussstrauchs wurden vom Wind gegen das Wohnzimmerfenster gepeitscht.

Mühsam tanzten die Schweibenwischer einen eintönigen Tango mit dem in wilden Böen niederprasselnden Regen. Das Hinweisschild zur A1 entdeckte er im letzten Moment. Ein vor ihm fahrender Lastwagen wirbelte wahre Fontänen kalten Herbstregens zu ihm hinüber. Beim Versuch, die Zigarettekippe in den Aschenbecher zu drücken, verbrannte er sich beinahe die Finger.

Der alten Dame ging es schlecht. Sie hatte sich am Telefon angehört, als habe sie ein Rendezvous mit dem Gevatter anstatt mit ihm, Karl Heinz Voß, dem rasenden Re...

Das Fahrzeug machte einen hektischen Schlenker. Er lenkte gegen und hatte das Gefährt augenblicklich wieder im Zaum. »Langsamer!« dachte er. »Schneller!« schoss es ihm sofort darauf durch den Kopf. Es konnte durchaus sein, dass diese Lebensbeichte von Eva Bartholdy die allerletzte sein würde, zu der sie noch fähig war. Die Leser würden darauf brennen. Das hieß Auflage, das bedeutete Ruhm und Geld. Er, Karl Heinz Voß, hatte sie aufgespürt! Dafür konnte man schon einmal einen Abstecher in die Eifel machen.

Zuerst hatte er nicht verstanden, warum sie sich in den vergangenen zwanzig Jahren gerade in der Eifel verkrochen hatte. Warum nicht ein sonniges Plätzchen, etwas unter Palmen, irgendwas, wo es nach Oleander roch und wo selbst alte Haut mit der Zeit einen Hauch von zimtfarbener Bräune annahm?

Dann hatte er in einer alten Biografie ihren Geburtsort gefunden: Blankenheim in der Eifel. Lange her. Nach dem Gymnasium sofort ans Max Reinhardt-Seminar, Studium am Deutschen Theater, dann bei Otto Falckenberg in München, Prag, nach dem Krieg wieder in Berlin, zum Hebbel-Theater, später Schiller-Theater, 1924 Statisterie beim Film, ab 45 auch in französischen und amerikanischen Streifen, einmal die kühle Blonde bei Hitchcock, ein anderes Mal die alternde Diva unter Wilder, zwei Ehen in Amerika, ein nie bestätigtes Verhältnis mit Kirk Douglas, ab 1965 in Paris, kaum noch Filme in den Siebzigern, und schließlich seit 1977 unauffindbar abgetaucht.

Jetzt war er auf der A1 in Richtung Blankenheim. Seine Rechte tastete auf dem Beifahrersitz nach dem Handy.

Sie stand am Fenster und versuchte, durch den regendurchtobten Abendhimmel hindurch die Spitze der Dorfkirche im Tal zu erkennen. Es war finster geworden. Man konnte den angestrahlten Turm in der Ferne nur erahnen.

»Eine Nacht zum Sterben«, dachte sie und blickte zum Telefon hinüber. Gleich würde sie wieder röcheln und nach Luft ringen. Wie oft war sie eigentlich gestorben? Sie versuchte, sich einzelne Filmszenen ins Gedächtnis zurückzurufen, und streckte für jede einzelne, die ihr einfiel, einen ihrer bleichen Finger aus. Später waren es immer mehr geworden. Immer mehr Tode in immer schlechteren Filmen. Und da hatte sie beschlossen, nur noch einmal zu sterben. Hier. In einem Teil der Welt, in dem ihr Leben auch begonnen hatte. Vieles hatte sich verändert, nachdem sie all die Jahre fortgewesen war. Von ihrer Familie gab es längst niemanden mehr. Irgendwo bei Gerolstein lebte irgendeine entfernte Großnichte, die einmal versucht hatte, sie in Paris zu behelligen. Eine banale Geldgeschichte. Ein Wiedersehen hatte es nie gegeben.

Das Haus hatte sie unter dem Mädchennamen ihrer Mutter gekauft. »Meurer« war ja ein so gewöhnlicher, weitverbreiteter Name, da schöpfte niemand Verdacht.

Zuerst hatte die Scheu sie fest im Griff gehabt. Die Angst, entdeckt und belästigt zu werden, hatte sie monatelang ans Haus gefesselt. Aber schließlich hatte sie begonnen, ihr Refugium von Zeit zu Zeit zu verlassen. Sie machte Streifzüge durch die Umgebung, fand Orte wieder, die sie längst vergessen hatte, machte tagelange Spaziergänge, erwanderte sich ihre längst verlorengeglaubte Jugend zurück. Heute ging sie kaum noch aus dem Haus. Ihre Beine waren über neunzig Jahre alt und nicht mehr imstande, den Kampf mit den Unwegsamkeiten der jahrmillionenalten, spröden Landschaft ihrer Heimat aufzunehmen. Aber in ihrem Kopf war unterdessen jeder Stock und jeder Stein der Eifel gespeichert.

Es klingelte wieder. Auf dem Weg zum Telefon legte sie einen neuen Holzscheit auf die Glut und blies kräftig hinein. Das brachte sie wunschgemäß außer Puste.

Erst beim zehnten Klingeln hob sie ab.

»Nettersheim ... stammelte sie mit kurzem, flachem Atmen.

»Abfahrt Nettersheim ... Beeilen Sie sich!«

Es machte nur in den seltensten Fällen Spaß, sich über Verstorbene herzumachen. Auch die Geschichte über diese tote Schauspielerin, die sich durch die Betten der Nazis zum Erfolg geschlafen hatte, war ihm nur mäßig gelungen. Ihn hatte es im Grunde genommen kaum interessiert, ob sie nun wirklich eine Nazinutte gewesen war oder nicht. Bei der Veröffentlichung hatte es dann aber einen Mordstrubel gegeben. Nachfahren, Verehrer, alle bemühten sich plötzlich darum, das Ansehen der verblichenen Diva wieder aufzupolieren.

Und dann war ihm Eva Bartholdy in den Schoß gefallen. Einer von vielen Anrufen, in denen aufgebrachte Ewiggestrige sich über seinen Bericht ereiferten. Sie hatte keinen Namen genannt. Ihre Ausdrucksweise war geschliffen, ihre Schimpfworte waren antiquiert, und als er fragte, was sie dazu veranlasst hatte, solcher Art Partei zu ergreifen, da hatte sie sich verplappert. »Sie war eine reizende Kollegin und sehr gute Freundin, und sie hätte niemals mit diesen braunen Schweinen ... Bei unseren Dreharbeiten zu ›Grenze des Glücks‹, da hat sie mir ...« Dann herrschte Stille am anderen Ende der Leitung, und schließlich wurde aufgelegt.

Voß rieb sich das rechte Auge. Es tränte vor Anstrengung. Er spähte angestrengt nach der Abfahrt Nettersheim aus, und hatte eine wahnsinnige Furcht davor, zu spät zu kommen.

Die moderne Telefontechnik hatte ihr ein Schnippchen geschlagen: Ihre Telefonnummer war im Display erschienen, und instinktiv hatte er sie notiert, als er ahnte, dass ihm das Schicksal da eine ganz besondere Gesprächspartnerin beschert hatte.

Der Blick in eine Filmdatenbank im Internet bestätigte seine Vermutung: Dies war die Telefonnummer von Eva Bartholdy. *Der* Eva Bartholdy!

Als er zum ersten Mal anrief, legte sie gleich wieder auf. Aber Voß war bekannt für seine Hartnäckigkeit. Er ließ nicht locker. Und als sie kategorisch jegliche Auskunft ablehnte, setzte er die Daumenschrauben an: Es wäre kein Problem, über den Telefonanschluss an ihren Aufenthaltsort zu kommen. Keine große Sache, würde nicht lange dauern. Es blieb ihr die Alternative: Entweder die Geschichte über den Zaun unter der Headline »Hier versteckt sich ein Star«, oder ein geheimes Exklusivinterview unter dem Titel »Erinnerungen im Verborgenen«. Schließlich hatte sie eingewilligt. Und dann musste plötzlich alles sehr schnell gehen.

Nettersheim! Er riss das Steuer herum. Der Wagen kam wieder gefährlich ins Schlingern.

Er führte das Handy wieder ans Ohr und drückte die Wahlwiederholung.

»Komm schon, du alter Besen«, knurrte Voß mit einer eigenartigen Mischung aus Wut und Furcht. »Ich hab keine Lust, hier stundenlang zwischen diesen verschissenen Eifelhügeln rumzukurven für nichts und wieder nichts!«

»... deshalb werde ich Sie von hinten an das Haus heranführen ... Aaah!« Sie stöhnte auf, und dachte im gleichen Augenblick daran, dass das vielleicht eine Nummer zu dick aufgetragen sein könnte. Aber Billy Wilder hatte ihr immer gesagt: »Mädchen, du heulst zu sehr in dich rein. Mehr Fontäne statt Abfluss bitte!« Auf Deutsch selbstverständlich.

»Nein, nein, geht nicht ..., nicht den direkten Weg. Ich will nicht, dass man Sie sieht! Keiner weiß hier ...« Der Satz blieb in der Luft hängen, und stimmte doch. Sie hörte, wie er fluchte. Der Regen war wieder stärker geworden. »Am Kreisverkehr dann ... rechts ...! Haben Sie einen Schirm dabei? ... Es wird ein kleiner Fußmarsch ...«

»Ein Fußmarsch? Sie sind lustig! Bei dem Wetter?« Am anderen Ende war wieder ein Stöhnen zu hören. Was war, wenn sie starb, bevor er kam? Dann war alles umsonst. Wenn sie ihn aber hereinließ und dann ... solange er ins Haus hineinkonnte, war es ihm egal, ob sie abnippelte oder nicht. Die ersten und vermutlich einzigen Fotos von der toten Diva ... Er hätte bereits die Kassen klingeln hören können, wenn nicht der Regen so laut aufs Autodach trommelte.

Er hielt auf dem Waldparkplatz an, so, wie sie es ihm mit knappen Worten aufgetragen hatte. Vergeblich hatte er um die Beschreibung des kompletten restlichen Wegs gebeten. Er hatte keine Lust, mit seinem Handy durch den Wolkenbruch zu tapern, wo er ohnehin kaum die Hand vor Augen sah, aber sie schien zu schwach, um lange Sätze zu sprechen. Sie versprach, die Verbindung nicht zu beenden. Die Wegbeschreibung kam also häppchenweise.

Er sprang aus dem Wagen und war im nächsten Moment nass bis auf die Haut. Vergeblich versuchte er, seine Jacke zum Schutz über den Kopf zu ziehen. Er presste das Handy so fest an das rechte Ohr, dass es wehtat. Seine Kameratasche schlenkerte an seiner linken Schulter und knallte immer wieder schmerzvoll in seine Hüfte.

»Sie müssen lauter sprechen!«, schrie er in das Funktelefon. Dann sprintete er los, soweit es die Finsternis zuließ.

Zuerst der Waldweg. Mehrmals rutschte er auf dem groben, nassen Schotter aus und verfluchte innerlich seine zukünftige Gastgeberin aufs unflätigste. Er hörte ihr Husten am anderen Ende.

Zu seiner Rechten lichtete sich der Wald und er erahnte ein Licht auf dem Feld. Vermutlich ein Aussiedlerhof. Wo um alles in der Welt lebte diese arme alte Irre bloß?

Er stolperte und fiel der Länge nach auf den harten Boden. Fluchend tastete er nach dem Handy.

Als er es gefunden hatte, betete er zu Gott, dass es beim Sturz keinen Schaden erlitten hatte. Sein Gebet wurde erhört. Er wischte überflüssigerweise mit der flachen Hand über das Gerät, bevor er es wieder ans Ohr führte. Dann hörte er wieder die schwache Stimme, die ihn nach links schickte. Er ertastete Bäume. Seine Füße strauchelten durch nasses Laub.

»Nur noch wenige Meter ...« Sie hustete erneut und goss sich behutsam einen bernsteinfarben schimmernden Likör in ein kleines Glas. Der Flaschenhals klimperte kaum hörbar auf dem Glasrand. »Ich werde das Licht auf der Terrasse einschalten. Nur noch ein paar Meter, dann können sie es sehen ... bitte beeilen Sie sich ... ich ...« Sie verstummte und setzte das Glas an die Lippen.

»Ich sehe überhaupt nichts!«, keuchte Voß in sein Handy. »Ich habe Mühe, nicht gegen diese verdammten Bäume zu rennen! Hallo? Sind Sie noch da? Hallo! Frau Bartholdy!« Er kreischte in das Gerät. Seine taumelnden Schritte wirbelten nasses Laub auf, der Regen klatschte aus dem tiefschwarzen Himmel durch das nur noch spärlich belaubte Geäst der hohen Bäume auf ihn nieder. Er stolperte vorwärts, strauchelte, spürte plötzlich hartes Gestein unter den Füßen, und mit einem Mal war da nichts mehr.

»... nur Angst vorm Abstürzen«, schoss es ihm durch den Kopf, als ihn das Nichts schluckte.

Sie hörte den Schrei nur noch undeutlich. Im nächsten Augenblick wurde die Verbindung unterbrochen. Einen Sturz in solche Tiefen überlebt kein Handy. Eva Bartholdy überlegte, wann sie zum letzten Mal dort gewesen war. Die »Donnermaar« zwischen Zingsheim und Keldenich. Ein grandioses Schauspiel, wenn man am Fuß dieser schroffen Felswand stand, ein beängstigender Ausblick, wenn man sich in der Höhe bis an den Rand des unversehens aus dem Waldboden auftauchenden Abgrundes heranwagte. Sie seufzte. Vermutlich würde sie es niemals wiedersehen. Der Weg war zu beschwerlich und lang. Bestimmt anderthalb Stunden Fußmarsch entfernt.

Sie ergriff die Fotografie mit Kirk Douglas und betrachtete sie ein letztes Mal. Dann legte sie sie zurück in die metallene Kiste, die in den Kanten schon ein wenig Rost angesetzt hatte. Behutsam legte sie die anderen Papiere darauf und verschloss die Kiste wieder.

Packpapierpaketchen

I.

Zum ersten Mal sah ich sie an der Straßenbaustelle kurz hinter Grüfflingen auf der Straße nach Beho. Unsere beiden Fahrzeuge streiften einander um ein Haar, während die schwitzenden Bauarbeiter sich in der prallen Mittagssonne ein Bier gönnten. Sie hatte die Unterlippe energisch vorgeschoben und ihre dunklen Augenbrauen ernst zusammengekniffen, so wie ich es später noch oft habe beobachten dürfen. Sie hatte Mühe, das Auto unversehrt an meinem vorbeizubugsieren, und das machte sie nervös.

Lisette war leicht nervös zu machen, das wusste ich diesem Moment. Und Lisette war schön. Ein funkelnder Blick aus ihren dunkelbraunen Augen traf den meinen durch zwei zur Hälfte heruntergelassene Autofenster. Damals wusste ich selbstverständlich nicht, dass sie Lisette hieß. Aber damals wusste ich bereits, dass ich diesen Blick nie wieder würde vergessen können. Dann rollten wir in entgegengesetzte Richtungen davon. Ich fuhr nach Commanster, wo ein Arztehepaar aus Leuven sich ein altes Bauernhaus zum Wochenendspielplatz umgestalten ließ. Ich war mit den Plänen des Umbaus betraut worden. Wohin Lisette fuhr, ahnte ich in diesem Moment nicht. *Wohin fährst du, fremde Frau?*

Als ich nur wenige Tage später von meinem Chef, einem gemütlichen, alten Architekten aus der Nachkriegsgeneration von unserem Büro in St. Vith nach Amel geschickt wurde, hatte ich natürlich keine Ahnung, dass dieser Auftrag mir ein Wiedersehen bescheren würde, mit dem ich so schnell nicht gerechnet hatte. »Junge Frau, die ein Bauernhäuschen geerbt hat. Wintergarten. Stahlkonstruktion würd' ich sagen. Red' ihr die Sache mit dieser Holzscheiße aus.« Dettweiler war kein Mann der geschliffenen Worte. Sein Zigarrenstummel tanzte munter in seinem Mundwinkel, während er mit einer kleinen Bürste die Krümel des Radiergummis vom Transparentpapier vor seinem runden Bauch fegte. Dann sah er mich schelmisch von unten an und wiederholte: »Junge Frau!« Mehr nicht. Er hätte mich gern unter der Haube gesehen. Junge Männer, so glaubte er, haben nichts als Unfug im Kopf, solange sie noch zu haben sind. Er wünschte sich einen soliden Mitarbeiter.

Unser Landstrich ist eng und klein. Man begegnet einander wieder. Wir begegneten uns wieder. Ich hatte allerdings nicht damit gerechnet, dass es so schnell gehen würde. Als ihr Gesicht im groben Türrahmen des alten Hauses erschien, hatte sie wieder diesen angestrengten Blick aufgesetzt. Die dunklen Augen, die mich überrascht musterten, ließen keinen Zweifel daran, dass ich sie bei irgendetwas gestört hatte. Sie erkannte mich ebenso schnell, wie ich sie wiedererkannte. Sie sah die Aktenmappe in meiner linken Armbeuge, und ihr Blick fiel an mir vorbei auf mein Auto in der unkrautüberwucherten Auffahrt.

»Wir haben uns doch schon einmal ... ich meine, Sie sind das doch, der ...«, stammelte sie und fuhr sich durch das kurzgeschnittene, kastanienbraune Haar.

Ich nickte und kam ihr zur Hilfe. »Ich fürchte ja, genau der bin ich. Ich bin aber auch gleichzeitig der, der gekommen ist, um Ihnen bei Ihrem Wintergarten zu helfen. Architekturbüro Dettweiler.«

Und da huschte ein Lächeln über ihr Gesicht, das mit einem Schlag alle Zweifel beseitigte. Ein Lächeln, das entzückende Fältchen in ihre Augenwinkel zauberte. Ein Lächeln, das mir sagte, dass sie die Frau war, auf die ich gewartet hatte. Schon sehr lange.

Das Haus sah chaotisch aus. Es war ein alter Kasten aus der Jahrhundertwende. Ein Teil der Räume war bereits renoviert. Im Badezimmer kroch Marcel aus Roth über den halbgekachelten Fußboden. Er winkte mir mit dem Kachelschneider. »Hallo Luc, hast du wieder deine Finger mit im Spiel? Junge Frau, der Typ ist zu teuer. Wenn der Ihnen eine Trockenwand plant, müssen Sie einen Kleinkredit aufnehmen.« Wir lachten. Sie betrachtete prüfend seine Arbeit und lehnte sich vornübergebeugt in den Türrahmen, den rechten Fuß nach hinten abgespreizt. Ich sah eine Handbreit ihres Rückens unter dem knappen schwarzen Shirt hervorgucken. Ich hätte zu gerne meine Hand daraufgelegt.

Der Wintergarten, den sie sich wünschte, war unspektakulär. Nichts Aufwendiges, nur der Versuch, ein wenig Licht in das finstere alte Gebäude zu bringen. So etwas war eigentlich an einem Tag erledigt. Sie wünschte sich Holz, und ich dachte gar nicht daran, ihr das auszureden. Ich hätte dieser Frau niemals etwas ausreden können. So zerbrechlich sie wirkte, so willensstark war sie. Das drückte sie mit jeder ihrer Gesten aus.

An ihrem Finger entdeckte ich einen kleine, helle Kerbe, an der noch bis vor nicht allzu langer Zeit ein Ring gesessen haben musste.

Armes, zartes Mädchen. Wo kommst du her, wo gehst du hin?

Sie hieß Lisette, das erwähnte ich bereits. Lisette Mertens, um genau zu sein. Dies war das Haus ihrer Großmutter, die im Frühjahr gestorben war. Ich erfuhr nicht viel. Ich hörte von einem Kräutergarten, der vor dem Haus entstehen sollte

70

und von Heilpflanzen und von einer Praxis für Natur-
heilkunde, in der sie bald anfangen werde. Als unverbesser-
licher Pillenschlucker komme ich mit so etwas selten in
Berührung. Lisette beschrieb das alles mit ruhigen Worten,
rückte sich ab und zu die kleine Spange in ihrem Haar
zurecht und vermied es, mich anzusehen.

Marcel rief: »Sehen Sie sich vor, junge Frau. Ich kann Sie
immer nur warnen. Der ist nicht nur ein Halsabschneider,
sondern auch noch ein ganz wilder Aufreißer!« Dann lachte
er dreckig, und es schallte im leeren Badezimmer. Ich hätte
ihm seine Kacheln in den Rachen rammen mögen.

Ich bin kein Aufreißer. Meine erste feste Freundin hatte ich
mit dreiundzwanzig. Sie arbeitet heute an der Käsetheke im
Delhaize in St. Vith. Sie weiß, glaube ich, nichts Schlechtes
über mich zu berichten. Es war wohl ein Versehen, dass wir
damals zusammen waren. Das haben wir nach anderthalb
Jahren gemerkt. Ich habe seither oft genug versucht, jemand
Neues in mein Leben zu holen. Immer wieder. Es gab Frauen
für eine Nacht, die danach offensichtlich der Meinung waren,
ich sei dann doch zu langweilig für den nächsten Tag. Es gab
Frauen, die Geld dafür nahmen. Ich fuhr sehr oft nach
Lüttich. Zu oft. Ich glaube, seit ich mich mit Prostituierten
und Videos begnüge, habe ich verlernt, wie man eine Frau
beeindrucken muss, damit sie auf einen aufmerksam wird.
Wie überzeugt man eine Frau davon, dass es das Sinnvollste
ist, sich mit mir zusammenzutun?

Wie bringe ich es nur dieser zarten, jungen Frau bei?

Zwei Tage später kam ich wieder. Es war später Nachmittag.
Ich wartete in der Nähe, bis das Großmaul Marcel in seinem
kleinen, klappernden Lieferwagen davongebraust war.

Eigentlich hätten die Pläne bereits fertig sein können. Wie gesagt, es handelte sich um einen sehr einfachen Auftrag. Trotzdem legte ich ihr nur eine grobe Skizze vor. Lisette war begeistert. Durch einen simplen Kniff hatte ich den Wintergarten um die Hausecke herumgezogen, was ihn weniger statisch wirken ließ.

»Einen Kaffee?«

Ich nickte, nicht ohne vorher auf die Uhr zu sehen. Sie musste ja nicht sofort wissen, dass ich dankbar für jede Sekunde war, die ich mit ihr zusammen verbringen konnte.

Also kochte sie Kaffee, und wir nahmen im Wohnzimmer Platz, das bereits über einen offenen Kamin verfügte und an den Wänden mit einem buckligen Landhausputz versehen war. Es fehlte noch Farbe und passendes Mobiliar. So ließen wir uns auf zwei Stühlen nieder, die in dem geräumigen Zimmer reichlich verloren wirkten.

Wir füllen das Zimmer, meine Liebe. Es ist nur für uns gemacht.

Ihre Blicke musterten mich ungeniert. Sie schätzte mich ab. An der Oberfläche verbarg sie es mit dürren Worten.

»Ich bin früher oft hier gewesen«, sagte sie. »Es war das Haus meiner Großmutter.«

Ich schlürfte am Kaffee und beschloss, ihr einfach zuzuhören. Je mehr ich redete, desto weniger würde ich über sie erfahren.

»Meine Eltern leben in Eupen. Ich musste einfach hierher, wissen Sie. Ich bin nicht gern allein, aber manchmal, da ist es einfach notwendig.« Mein Blick streifte ihren Ringfinger und die vielsagende helle Stelle. Ich ahnte, warum sie allein sein wollte.

Eine Katze schnürte durch die offene Wohnzimmertür herein. Zwei Tage zuvor hatte ich sie nicht bemerkt. »Chaplin«, so sagte Lisette und vergrub ihr Gesicht in dem schwarzen

Fell, nachdem sie sie auf ihren Schoß gehoben hatte. »Er ist zur Zeit der einzige Mann in meinem Leben. Und das soll auch eine Weile so bleiben.«

Natürlich war das an Deutlichkeit nicht zu überbieten. Aber in bestimmten Situationen bemerkt man den intensivsten Wink mit dem Zaunpfahl nicht.

Du lügst, meine Schöne. Oder du irrst dich ganz einfach.

Sie wollte wissen, wann ich die fertigen Pläne bringen könne, damit die Firma mit den Arbeiten beginnen konnte. Natürlich hätte ich es zu gerne hinausgezögert, aber es sollte unverdächtig sein. Also versprach ich meinen nächsten Besuch für den Montag der kommenden Woche.

Das Wochenende war lang. Es bestand plötzlich aus sechs Tagen, die jeweils fünfzig Stunden hatten. Ich widerstand erfolgreich der Versuchung, noch einmal nach Lüttich zu fahren und mich abzulenken. So konnte es nicht weitergehen. Diese Frauen hatten mich lange genug über meine Einsamkeit hinweggetäuscht. Sicher, wenn sie mich verwöhnten, mich nach allen Regeln ihrer Kunst in sich aufnahmen, da fühlte ich mich für einige Momente lang geborgen. Aber wenn ich dann nach Hause fuhr, da kroch schon in der Finsternis meines Autos die Kälte des Alleinseins mit klammen Fingern an meinen Beinen empor.

Damit musste jetzt Schluss sein. Ich brauchte diese junge Frau.

Ich habe deinen Finger gesehen, an dem kein Ring mehr sitzt. Du brauchst mich auch.

Die Pläne waren wirklich gut gelungen. Sie waren fast noch ein bisschen liebevoller geraten als sonst. Ich arbeite gern mit Papier.

Dieses Mal öffnete sie mir die Tür mit einem strahlenden Lächeln. Lisette hatte begonnen, das Wohnzimmer anzustreichen. Blassgelbe Spritzer waren in ihrem Gesicht verteilt. Ich hielt ihre Hand einen Augenblick länger als nötig. Die Pläne entzückten sie. Auch Marcel hatte inzwischen seine Arbeit beendet. Sein Firmenwagen war nirgends zu sehen.

Ich wusste, dass in dem Augenblick, in dem ich ihr die Pläne überreichte und mich verabschiedete, sich unsere Wege unweigerlich trennen würden. Als wir also im Wohnzimmer saßen, zwischen Farbeimern und Standleiter, als sich die Abdeckfolie knisternd um unsere Füße kräuselte, da fragte ich sie, ob ich sie einladen dürfe. »Ins Pipa's. Auf einen Crocque und ein Bier vielleicht?«

Sie blickte mir lange in die Augen, und ihre Wimpern zuckten kein einziges Mal dabei. »Ich finde Sie sehr nett«, sagte sie schließlich. Ich sah, wie sie aufgeregt ihre Hände rieb, hörte das leise Flüstern ihrer Haut. »Aber ich möchte nicht mit Ihnen ausgehen.«

In mir sackte in diesem Augenblick etwas zusammen. Es war, als habe sich eine Klappe gelöst, und alle Kraft und Energie rutsche haltlos durch meinen Körper nach unten. Vorbei.

Ein dumpfer Knall zerriss die Stille. Ihre Hände schossen nach vorne und fassten nach meiner Rechten. Ihr Kopf fuhr herum zum Fenster, gegen das ein Vogel geflogen war.

Ich spürte die Wärme und die raue Haut ihrer Finger, spürte, wie sich die Umklammerung langsam lockerte. »Ein Vogel ...«, flüsterte sie, dann zuckte sie zurück. »Verzeihung.«

Als ich zum Auto ging, sah ich sie am Fenster stehen, die Augenbrauen zusammengezogen, angestrengt nach dem toten Tier vor dem Fenster ausspähend.

Nun gut, wir brauchen Zeit. Wir finden uns schon noch. Ich weiß auch schon, wie. Du bist tapfer, zartes Wesen, hast einen starken Willen. Du lebst in diesem alten Haus ganz allein, hast niemanden an deiner Seite. Und doch bist du schreckhaft, verletzlich. Wovor würdest du dich fürchten?

II.

Es war nicht leicht, in den nächsten Wochen ihr Haus zu beobachten, ohne gesehen zu werden. Ich fuhr mehrmals mit dem Auto vorbei und schickte einen Blick unter dem dichten Laub der Buchen zu ihrer Einfahrt hinüber, und am Abend parkte ich häufig den Wagen ein paar Straßen weiter am Ortsausgang in Richtung Deidenberg. Im Versteck der Bäume stand ich oft da und betrachtete stundenlang ihren Schatten, der am Fenster vorbeihuschte, manchmal innehielt, sich aber nie zu ihrer scharfen Silhouette verdichtete, mit der energisch vorgeschobenen Unterlippe und der zarten Dünung ihrer Brust.

Manches Mal war ich versucht, mich anzuschleichen und mit einem kräftigen Schlag meiner Faust gegen die Fensterscheibe ihren Kopf herumfahren zu lassen, in ihre weit aufgerissenen braunen Augen zu blicken, ihren vor Entsetzen halboffenen Mund zu sehen, aber das wäre töricht gewesen. So wäre ich nie zum Ziel gekommen.

Und dann raschelte eines Abends plötzlich etwas im Laub neben mir, und wenige Augenblicke später saß Chaplin vor mir, ihr junger Kater. Er blickte fordernd an mir hoch und begann zu mauzen. Es war ein aufdringliches Miauen, eine Beschwerde. Ich beugte mich zu ihm hinunter, um ihn zu beruhigen. Sobald meine Finger durch sein weiches Fell strichen, hörte er auf mit seiner Klage, und ein dumpfes Schnurren strich durch die Abendluft, als er seinen Kopf gegen meine Hand presste.

Und mit einem Mal wusste ich, was geschehen musste.

Am nächsten Abend trat sie ans Fenster. Oft! Sie streckte ihren Kopf in die Nacht hinaus und rief den Namen ihres kleinen Katers. Später erschien sie sogar im Gerippe des halbfertigen Wintergartens und wurde von der Gartenlaterne in unwirkliches Licht getaucht. Sie schlang fröstelnd die Arme um ihre Schultern und schickte zischelnde Laute in die Nacht. Immer wieder rief sie den Namen ihres kleinen Katers.

Nun habe ich dich gesehen. Vielen Dank. Aber ich will dich spüren, hörst du?

Ich glaube ich habe bereits erwähnt, dass ich gerne mit Papier arbeite. Ich liebe Packpapier. Dieses störrische braune Papier mit seinem unnachahmlichen Duft. »... brown paper packages tied up with strings, these are a few of my favourite things«, summte ich, während ich mir Mühe gab, die Kordel besonders ordentlich um das kleine Bündel zu schlingen und zu verknoten.

Am nächsten Tag ließ ich mir von Dettweiler frei geben. Er ist ein generöser alter Knabe, der mir meine Freiheiten lässt. Er hat keine Kinder, und insgeheim vermute ich, dass er mit dem Gedanken liebäugelt, irgendwann in der Zukunft einmal das Büro zur Gänze in meine Hände zu legen. Nur stört ihn, dass ich noch nicht unter der Haube bin. Nun, das wird sich ändern, Herr Dettweiler. Bald schon. Schon sehr bald.

Als ich in Amel ankam, kam mir bereits das Postauto entgegen. Meine Aufregung wuchs.

Ich parkte direkt vor ihrem Haus. Es war ein herrlicher Frühlingstag, ich bemühte mich, entspannt zu wirken, pfiff sogar ein paar Takte.

Mit Interesse betrachtete ich den fast fertigen Wintergarten, und ich tat dies so, als sähe ich das Resultat meiner Planung zum ersten Mal, die Hände in die Hüften gestemmt, den Kopf ein wenig schief gelegt.

Nachdem ich geschellt hatte, dauerte es einen Augenblick länger als gewöhnlich.

Als sie die Tür öffnete, war ihr Gesicht ein Bild des Entsetzens. Leer starrten mich ihre Augen an, ihre Hände suchten an der grünlackierten Tür nach Halt, ihr Mund formte tonlose Silben, und es fiel mir schwer, möglichst heiter zu sagen: »Ich wollte mal schauen, was aus dem Wintergarten geworden ist ...«

Dann machte sie drei hastige Schritte auf mich zu und warf sich mir an die Brust. Ihre Arme umklammerten mich, und als ich die Hand besänftigend auf ihren Kopf legte, da verschmolz mein Körper mit ihrem, und ich konnte nicht glauben, dass wir uns jemals wieder voneinander lösen würden.

So schrecklich ist das, Mädchen, so furchtbar, ich weiß. Ich bin da, um dir zu helfen.

Sie schluchzte und stammelte, und ich spürte, wie ihre Tränen mein Hemd durchnässten, und obwohl ich keinen Ton verstand von dem, was sie von sich gab, so wusste ich doch, was sie dermaßen in Schrecken versetzt hatte: Ein kleines braunes Packpapierpaketchen, das auf dem Küchentisch lag, und aus dem ein kleiner Katzenkopf herausgekullert war, mit verdrehten Augen und mit einer kleinen blassrosafarbenen Zunge.

Wenige Tage später nahm sie meine Einladung an, und ich führte sie aus. Wir gingen in die »Post«, und sie aß kaum etwas von ihrem teuren Menü. Wir sprachen uns nach dem ersten Schluck Wein mit »Du« an. Ich aß und lauschte.

Sie war geschieden. Ihr Mann war ihr fremdgegangen. Zu oft, als dass sie es wie einen lästigen Fleck von ihrer blankpolierten Ehe hätte wegwischen können. Er war in Brüssel zurückgeblieben. Sie weigerte sich, ihn jemals wiederzusehen.

Wieder und wieder äußerte sie Vermutungen, wer ihr das mit dem kleinen Chaplin angetan haben könnte und stocherte lustlos im köstlichen Salat herum. Ab und zu begann sie zu weinen, und dann griff ich wie selbstverständlich nach ihrer Hand und streichelte sie. Es war ein unglaublich intensives Gefühl. Es beruhigte uns beide. »Ich bin da, wenn du mich brauchst«, sagte ich sanft und näherte mich mit der Hand zaghaft ihrer Wange. Ich spürte ihre Tränen auf meinem Finger.

Später fuhr ich sie nach Amel zurück. Vor der Haustür wich sie meinem Blick aus. Dann hauchte sie mir einen raschen Kuss auf die rechte Wange und ging ins Haus. Auf der Schwelle drehte sie sich noch einmal um und sah mich mit zusammengezogenen Augenbrauen an. »Es geht nicht.«

Niedergeschlagen ging ich zu meinem Auto zurück.

Es geht, es geht, es geht, es geht, es geht, es geht, es geht, es geht …

III.

Die Heimfahrt war ein furioser Ritt über belgische Landstraßen. Ich drehte das Autoradio auf volle Lautstärke, und doch konnte mich nichts von der erlittenen Niederlage ablenken. Gut, wir waren zusammen essen gewesen, sie hatte mir ihr Herz ausgeschüttet, Vertrauen gefasst. Aber dann, kurz bevor sie mich endgültig in ihr Leben hineingelassen hatte, hatte sie einen Rückzieher gemacht.

Lisette, Lisette, wo soll das nur hinführen? Ich bekam Kopfschmerzen. Es raste durch meinen Schädel. Dazu kam ein plötzlicher Regenschauer, der mit Wucht auf meinen Wagen einprasselte, Scheibenwischer, die verzweifelt gegen die Springflut antanzten. Ich hätte schreien mögen.

Plötzlich packte mich ein Schrecken mit stahlkaltem Griff im Nacken. Ich riss das Steuer herum und konnte gerade noch einem Fahrzeug ausweichen, das sich nicht mehr fortbewegte, sondern, soviel konnte ich im Schleier des niederprasselnden Regens undeutlich feststellen, gegen einen Baum geprallt war. Scheinwerfer leuchteten durch die nasse Nacht ins Feld, ein Vorderrad ragte, grotesk abgespreizt, unter dem Kotflügel hervor. Der Kühler hatte sich beim Aufprall ungestüm in den Baum gefressen oder umgekehrt.

Ich trat auf die Bremse, und für einen Augenblick geriet mein Wagen selbst ins Schlingern. Kaltblütig brachte ich es fertig, ihn unbeschadet am Fahrbahnrand zum Stehen zu bringen.

Meine Kopfschmerzen schraubten sich von einer Schläfe mitten durch meinen Schädel hin zur anderen. Der Regen durchnässte mich auf der Stelle. Dumpfe Rockmusik drang von dem Autowrack zu mir herüber. Dampfend zerzischte der Regen auf dem Motorblock, der unter der hochgequetschten Kühlerhaube herausragte.

Im Inneren des Wagens konnte ich undeutlich einen Körper erkennen, der hinter dem Steuer zusammengesackt war. Als ich mich mit aller Kraft daran machte, die verklemmte Fahrertür zu öffnen, stand ich knöcheltief in einer Pfütze.

Mit einem Ruck gab die Tür nach, und wummernden Bässe dröhnten mir aus dem Innenraum entgegen.

Ratlos starrte ich auf den Körper eines Mannes. Blut bedeckte die linke Seite seines Schädels, und als er mir plötzlich sein Gesicht zuwandte, da war ich vollkommen überrascht, denn irgendwie hatte er tot gewirkt, vollkommen leblos. Und als seine hellblauen Augen sich in meinen Blick fraßen, da merkte ich, dass er wirklich dem Tode näher war, als dem Leben. Inmitten seines rotblonden Barts formte der Mund stumme Silben, und noch bevor ich mich zu ihm hinunterbeugen konnte, um zu hören, was er sagen wollte, sackte er in sich zusammen, sein Kopf sank auf die Brust, und sein linker Arm rutschte von seinem Schoß und baumelte aus dem Wagen heraus.

Warum kam mir jetzt Lisette in den Sinn? Warum hatte ich nur ihr bezauberndes Gesicht in jeder Windung meines Gehirns, ihre Lachfältchen in jeder Faser meiner Gedanken?

Später, meine Süße, später. Jetzt muss ich erst das hier erledigen.

Mein Blick fiel auf seine Hand. Sie ruhte zusammengekrümmt auf dem unteren Rahmen der Fahrertür. Regen troff an ihr herab. Der Zeigefinger war abgespreizt, ragte in die Nacht, lag wie für mich bereit.

Für dich, mein Schatz, fürdichfürdich.

Ich zog scharf die Luft ein, als ich die Tür mit aller Wucht zuwarf.

Irgendwo schepperte Blech, federte Metall gegen Metall, und von unten vernahm ich undeutlich ein knirschendes Geräusch, ein leises Knistern nur inmitten des tosenden Lärms der Regennacht, der heulenden E-Gitarre und des klappernden Blechs.

Noch einmal. Und noch einmal.

Dann bückte ich mich und tastete mit fahrigen Fingern in der schlammigen Pfütze herum, bis ich fand, was ich suchte.

Später, als die Kopfschmerzen nachgelassen hatten, rief ich von St. Vith aus die Polizei an.

Brown paper packages tied up with strings. Schau nur einmal hin, mein Engel. Nur einmal und dann nicht mehr.

Wenn sie jetzt nicht anrief, war alles umsonst gewesen. Womöglich informierte sie auch die Polizei, aber irgend etwas sagte mir, dass ich der Einzige sein würde, den sie ins Vertrauen zog.

Sie rief mich an.

Sie sagte nicht viel am Telefon. Sie sagte nur »Komm bitte.«

Ich fand sie im Wohnzimmer. Es war fertiggestrichen, Bilder ruhten auf dem Fußboden an den Stellen, an denen sie einmal an der Wand hängen sollten.

Sie saß neben einem Druck von Masereel und strich mit der Hand über die Oberfläche des Glasrahmens. Von der Toilette her war ein säuerlicher Geruch wahrzunehmen, sie hatte sich übergeben.

Auf einem runden Esstisch aus hellem Holz, den ich noch nicht kannte, lag ein Knäuel aus braunem Packpapier und Kordel.

»Jemand will mir Angst machen«, flüsterte sie leise. »Ich glaube, er ist es.«

»Wer?«

»Richard. Er kann es nicht verwinden, dass ich ihn verlassen habe.«

»Was war es diesmal?«

»Sieh selbst.«

Als ich mich später zu ihr auf den Boden hockte, erlaubte sie mir den ersten Kuss. Dann rollte sie sich in meine Arme, rieb ihr Gesicht an meinem Hals, ich fuhr mit meinen Händen über ihren Körper, wollte ihr das Gefühl geben, überall gleichzeitig mit ihnen zu sein, sie mit ihnen einzuhüllen, zu umschließen und zu schützen und spürte, wie ich innerlich begann zu verglühen.

So, nun bin ich bei dir, mein Engel, bin um dich, will in dich.
Und dann geschah alles so, wie ich es mir erträumt hatte.

Sie beschloss, keine Polizei zu rufen. Ich brauchte es ihr gar nicht
auszureden. Meine Gegenwart beruhigte sie. Es war keine Nacht
der wilden Leidenschaft gewesen, nun gut. Es war eine Nacht, in
der sie mir gehört hatte, mir allein. Nicht einmal mehr sich selber.

Von nun an würde sie immer mir gehören.

*Ich lasse dich nie mehr aus meinem Leben. Du würdest vor Angst
vergehen, wenn ich nicht da wäre. Wenn ich nicht an deiner Seite
wäre, dann würde dich Schreckliches erwarten, das weißt du, mein
Herz, und darum bleibe ich. Für immer.*

IV.

Die nächsten Tage waren der Himmel auf Erden. Ich nahm meinen Urlaub, und Dettweiler musterte mich skeptisch. Der Zigarrenstummel in seinem Mundwinkel zeigte steil in die Höhe.

»Urlaub? Was hast du vor, Junge?« Ich schwieg und lächelte, und er verstand. »Wurde auch Zeit.« Wie recht er hatte.

Das Haus war beinahe fertig. Wir weihten das neue Schlaf-
zimmer mit einer Flasche Champagner ein, und ich beobachtete, dass es Lisette von Tag zu Tag besser ging. Meine Gegenwart tat ihr gut. Es kamen keine Paketchen mehr.

*Kein braunes Packpapierpaketchen mehr, mein Engel, mein folg-
samer Engel. Brown paper packages tied up with strings ...*

Nur manchmal, da sah ich sie am Fenster stehen, den Blick
angstvoll nach draußen gerichtet. Dann spielte sie nervös mit
den kleinen Fingern an ihrer Haarspange und wurde erst
ruhiger, wenn ich sie von hinten umarmte.

Am Samstag gingen wir ins Pipa's. Es gab Live-Musik.

Lisette verschwand auf der Toilette, und ich streute gerade Selleriesalz auf meine Käsewürfel als er plötzlich vor mir stand. Er war eine stattliche Erscheinung. Kräftiges Kinn, graumelierte Schläfen, ein Blick, der alles auf einmal war: Gönnerhaft, vertraulich, listig, klug und überlegen. Er blickte auf mich herunter und zupfte sich mit der Rechten an der Nasenspitze. An seinem Ringfinger blinkte es golden.

»Sie glauben also, der Neue zu sein«, sagte er mit einem unverschämten Grinsen.

Ich muss sehr verwirrt ausgesehen haben, denn er lachte leise und blickte kurz zur Musik hinüber. Dann legte er mir für einen Moment die Hand auf die Schulter. Ganz vertraut, ganz lässig. »Ich bin ihr Mann.«

Verärgert schüttelte ich seine Hand ab und spülte den Käse mit einem Schluck Leffe hinunter.

»Exmann«, sagte ich trotzig.

»Hat sie Ihnen das erzählt?« Er ließ die Finger seiner Rechten vor meinem Augen tanzen.

»Was sagt das schon? Ein Ring, na und?«

»Ich bin gekommen, um sie zurückzuholen.«

Mit einem Mal ging mir die Musik auf die Nerven, bohrte sich in mein Gehirn. *Exmann, Exmann, Exmann.* Ich bekam Kopfschmerzen.

»Verschwinden Sie!«

Er lachte nur und winkte der Kellnerin.

»Ich sagte, Sie sollen verschwinden! Lassen Sie uns in Ruhe!«

»Zuerst müssen wir uns unterhalten.«

»Nicht hier. Nicht jetzt!«

Er sah mich fragend an. Meine Blicke wanderten nervös zwischen ihm und der Toilettentür hin und her. »In einer

Stunde. Auf dem Parkplatz vom Delhaize. Kennen Sie den?«

Er nickte: »Werd ich finden. In einer Stunde.«

Ich konnte seinen Rücken durch die Glastür verschwinden sehen, als Lisette zurückkam. Sie musterte mich besorgt. »Was ist los?«

»Kopfschmerzen.« *Und das ist noch nicht einmal gelogen, mein kleiner Schatz. Es tut so weh, es nagt sich fest.*

Ich brachte sie sehr hastig nach Hause. Sie schöpfte keinen Verdacht, machte sich höchstens Sorgen. Eine Stunde später war ich wieder in St. Vith.

Er trat mit einer Drehung des Fußes seine Zigarette auf dem Asphalt des Parkplatzes aus und empfing mich grinsend.

»Ich hätte nicht gedacht, dass sie wirklich wiederkommen würden«, sagte er jovial und streckte mir die Hand entgegen. Ich tat, als sähe ich sie nicht.

»Sie hat sich einfach so aus dem Staub gemacht. Wir sind nicht einmal geschieden. Hat sie Ihnen gesagt, wir seien geschieden? Ich habe Schuld. Diese Sache mit Eev, die hätte nicht passieren dürfen. Sie wird es Ihnen erzählt haben.«

Ich schwieg.

Und dann begann seine imposante Fassade zu bröckeln. Er erzählte mir von Lisette, seiner Lisette. Von seiner Liebe und seiner Verzweiflung, von seiner Einsamkeit und seiner Reue. Irgendwann schluckte er schwer und kämpfte mit den Tränen.

»Ich will sie zurück, verstehen Sie? Zehn Jahre Ehe, die schmeißt man nicht einfach so über Bord. Wir gehören zusammen, und das weiß sie. Warum ist sie denn hierher gezogen? In das Haus ihrer Großmutter, wie ich jetzt erfahren habe, hierher, an das Ende der Welt ... Sie flieht, verstehen Sie? Sie flieht vor ihrer eigenen Verzweiflung. Wir brauchen uns.« Dann wandte er sich mir im Dämmerlicht der Straßenbeleuchtung zu, und sein Blick war der eines verzweifelten Mannes, der nicht mehr weiterwusste, dem man den Boden unter den Füßen weggezogen hatte. »Sie hat es mir heimgezahlt ... mit Ihnen. Es ist vorbei. Geben Sie sie mir zurück. Bitte.«

Aber mein Liebes, Kleines, wie kann ich dich denn dem Mann zurückgeben, der dich betrogen hat? Du bist doch die meine. Nur meine ... nicht seine ... Exmann, Exmann, Exmann ... Es wühlte sich durch meinen Kopf. Es zerriss mir die Sinne.

Das Messer ging glatt und geräuschlos in seinen Leib. Er riss die Augen auf und spuckte einen röchelnden Laut aus. Ich presste ihm die Hand auf den Mund. Er wehrte sich nicht, versuchte nur in seiner Leibesmitte nach der Waffe zu greifen, die sich in seinen Magen bohrte, sein Innerstes zerfetzte, ihn sterben ließ.

Das Schwerste war, ihn in seinen Wagen hinein zu bekommen. Auf einer abgelegenen Lichtung im Ommer Wald tränkte ich alles mit Benzin und warf ein Streichholz hinein. Zuvor hatte ich ihm den Ehering abgezogen. Ich stolperte in den Wald, in die grobe Richtung, in der ich den Heimweg vermutete, strauchelte durch das Unterholz, ohne wirklich etwas um mich herum wahrzunehmen und entfernte mich Schritt für Schritt von dem knisternd vor sich hin flackernden Autowrack. Den Ring warf ich irgendwann einfach in die Schwärze des Waldbodens.

Ich kam in den frühen Morgenstunden in meiner Wohnung an und sank erschöpft ins Bett. *Lisette, mein Herz, mein Liebes, wer soll uns trennen? Ich kenne keinen.*

V.

Das Autowrack wurde natürlich gefunden. Zwei Tage später erst, von einem Waldarbeiter. Im Grenzecho gab es wilde Spekulationen. Keiner wusste etwas Genaues.

Lisette war sehr aufgeregt. Am nächsten Tag würde sie mit ihrem neuen Job beginnen.

Dieser Tag ... Ich erinnere mich, als sei es erst gestern gewesen. Wir saßen im Wintergarten. Zufrieden betrachtete sie die Pflanzen, die sie gekauft hatte. Noch schauten sie gerade einmal zaghaft über den Rand ihrer Töpfe hinaus, aber schon bald würden sie wachsen und gedeihen, sich breitmachen und im Sonnenlicht tummeln, und mein Liebes würde ihnen mütterlich dabei zuschauen und sie hegen und pflegen. Und ich würde an ihrer Seite sein. So konnte es alles nun weitergehen, wie ich es mir von Anfang an ausgemalt hatte. Ich war am Ziel.

Und dann sahen wir den jungen Mann die Auffahrt hinaufkommen. Sein roter Golf war am Straßenrand zu erahnen, wir hatten ihn nicht kommen sehen. Ich sah eine pflaumenfarbene Jacke, eine Jeans, den leicht federnden Gang, und schon war er um die Hausecke verschwunden, und es läutete an der Haustür.

Lisette sah mich fragend an, und ich zuckte mit der Schulter. Ein Lieferant? Ein Bote? Sie ging, um zu öffnen.

Und dann dauerte es lange, bis sie zurückkehrte.

Wo bleibst du, mein Herz? Du wirst doch wiederkommen?

Ich stand auf und durchschritt den Wintergarten, herum um die Hausecke, wie es dank meiner Planung möglich war. Vor der Haustür stand niemand mehr. Sie hatte ihn hereingelassen.

Ich hörte Stimmen. Ganz leise und ganz dumpf.

Mit der Hand strich ich über die samtigen Blätter einer Zitronenmelisse.

Dann kam Lisette um die Ecke. Ganz langsam, den Blick auf eine Zeitung in ihren Händen gerichtet. Ohne aufzublicken kam sie Schritt für Schritt näher. Ihre Lippen murmelten stumm die Worte des Textes, den sie gerade überflog. Ich sah, wie sie ihre Augenbrauen ganz ernst zusammenzog und den Blick starr auf ein Foto auf der Titelseite heftete. Selbst aus meinem Blickwinkel konnte ich erkennen, wer dort abgebildet war.

Sie hatten ihn identifiziert. Wie auch immer ihnen das gelungen war, vermutlich über die Fahrgestellnummer des Autos. Das war natürlich vorauszusehen gewesen. Das war ein Fehler, keine Frage. Aber es würde mir keine Schwierigkeiten bereiten. Schließlich hegte sie keinen Verdacht, dass ich ... *Nicht wahr, mein Herz, du würdest mir nie zutrauen, dass ich so etwas tun könnte. Du schöpfst keinen Verdacht.*

Sie blickte auf und starrte mich fassungslos an mit ihren traurigen braunen Augen. Dann hielt sie mir die Zeitung hin. Was musste ich tun? Was sollte ich sagen?

»Wer ist das?«

»Richard. Es ist Richard. Er war der Mann in diesem Auto, weißt du.« Sie griff nach meiner Hand und presste sie ganz fest. Ich sah, wie Tränen in ihre Augen schossen. Dann brach sie zusammen. Sie sank auf einen Korbstuhl, und ein heftiges Zittern schüttelte ihren Körper. Ich hörte ihr Schluchzen und kniete mich neben sie. Meine Hände strichen tröstend über ihren Rücken.

»Wer kann das nur getan haben?«, flüsterte ich leise.

»Er hatte mich engagiert, um sie zu beobachten«, sagte eine Stimme. Ich blickte auf. Der junge Mann blickte verlegen um die Ecke in den Wintergarten.

Er hatte die Hände tief in die Jackentaschen vergraben und trug eine Baseballkappe. »Ich bin nur hier, um ihr alles zu erzählen. Dass ihr Mann sich um sie gesorgt hat, und mich von Brüssel hier runtergeschickt hat, um nach ihr zu sehen.« Nervös trat er von einem Fuß auf den anderen. »Ich bin Privatdetektiv, wissen Sie. Ich habe den Kontakt zu ihm verloren, weil ich ein paar Tage im Krankenhaus ... Na ja, heute Morgen habe ich das in der Zeitung gelesen. Ich war vorhin bei der Polizei, und jetzt dachte ich ...« Er zog die Hände aus der Jackentasche und streckte mir die Rechte hin. Dann nannte er mir einen Namen, an den ich mich nicht mehr erinnern kann. Ich kann mich überhaupt nur noch an wenige Dinge erinnern, die danach kamen.

Ich sah seine Linke. Den Verband. Die Lücke zwischen dem Daumen und dem Mittelfinger, da, wo eigentlich der Zeigefinger hätte sitzen müssen. Sah seinen rotblonden Bart, seine hellblauen Augen, die fragend auf mich gerichtet waren, während ich ihn voller Entsetzen musterte.

Zuerst wollte er mir erklären, was sich mit seiner Hand zugetragen hatte, aber dann schwieg er, und sein Mund blieb offen stehen, und ein Schatten des Wiedererkennens huschte über sein Gesicht.

Lisette richtete sich langsam auf und registrierte unser Schweigen. Dann starrte sie auf seine Hand, und dann erkannte sie die grenzenlose Verwirrung im Gesicht des jungen Mannes ... und die Panik in meinem Blick.

Ihre braunen Augen.

Die Erkenntnis traf sie vollkommen unvorbereitet und raubte ihr den Atem. Sie stand auf, ließ meine Hand von ihrer

Schulter gleiten und wich langsam zurück. Sie taumelte zwischen den Grünpflanzen von mir fort, bis ihr Rücken gegen die Scheiben des Wintergartens stieß. Sie presste die Hände vor den Mund und stieß plötzlich ein langgezogenes, leises Wimmern aus.

Sieh mich nicht so an, mein Herz. Sieh mich nicht an, als wüsstest du plötzlich alles, als könntest du dir mit einem Mal einen Reim auf all das machen. Was kannst du schon wissen? Dass ich dich liebe ... dich brauche, dass du mein bist? Dass ich alles für dich tun würde? Dass ich alles für dich getan habe?

Dass ich dich für immer verloren habe?

Fahrendes Volk

Der Finger fuhr den roten Strich entlang, den eine dünne gelbe Linie in der Mitte längsteilte und zu einer Autobahn machte. In rasanter Fahrt ging es in Richtung Süden. Auf der Karte hieß dieser bunte kleine Strich E 15 und klang nach Pflanzenschutzmittel. Er aber kannte ihn als die *autoroute 7*, die *autoroute du soleil*. Eine Strecke, die schnurstracks in den sonnigen Süden führte, hinein in das Rhonedelta, hin zum Mittelmeer, in das Land des Weins und des *savoir vivre*. Seine Lippen murmelten wieder und wieder die französischen Worte. Er sprach die Sprache nicht, und doch glaubte er die Bedeutung der Worte am samtweichen Klang der Nasale erkennen zu können. Gregor Mationkas Finger trat erneut die Reise an. Er konnte die Strecke gar nicht oft genug ertasten, mit der Kuppe seines schlanken Fingers entlangfahren. Er kicherte leise, als er sich bei Grenoble ein wenig zu forsch in die Kurve legte. Er schob seine Brille die Nase hinauf. Valence ... Orange ... die Namen rechts und links der Strecke klangen verheißungsvoll, klangen nach Urlaub und Sonne. Zu Beginn der nächsten Woche würde es losgehen. Zu einer Zeit, in der in der Vorstadt, in der er lebte, noch alles in tiefem Schlummer lag, würde er das geliehene Wohnmobil auf die Autobahn lenken, und dann würde die Landkarte eine dritte Dimension bekommen, die Namen würden rechts und links des Weges an ihm vorbeifliegen, und zwei Wochen lang hatte er Zeit, ein fremdes Land und seine Schönheiten zu erkunden, seine Sitten und Gebräuche in sich aufzunehmen, seine Düfte einzuatmen und seinen Geschmack in der Erinnerung zu speichern für den Rest des Jahres, in dem er in der Städtischen Grundschule Stühle leimte, verstopfte

Toiletten freispülte und Kreide austeilte. Er schob die Brille zurecht und griff mit der Rechten nach dem Rotweinglas. Sieben neunundneunzig im Angebot. *Côtes du rhone.* Er ließ den roten Saft an der Zunge vorbei zum Gaumen rinnen und schloss genießerisch die Augen. Er lehnte sich auf dem Drehstuhl in seiner Hausmeisterkammer zurück und spielte gedankenverloren mit dem kleinen, von Schülerhand geformten Schneckenhaus aus Keramik, das ihm die Schüler zu seinem vierzigsten Geburtstag geschenkt hatten, und das ihn seither am Lederband um den Hals als Glücksbringer auf all seinen Reisen begleitete.

So saß er vielleicht zehn Minuten mit geschlossenen Augen da und summte einen Musettewalzer.

Mationka verkorkte die Weinflasche und schloss sie in seinem Schrank ein. Wäre ja noch schöner, wenn einer der Lehrer ihn beim Saufen erwischte! Eigentlich war er ein Mann mit Prinzipien. Dieses eine Mal hatte er mit ihnen gebrochen, weil er es nicht hatte erwarten können, Frankreich zu schmecken, etwas in sich aufzunehmen, das viele hundert Kilometer gereist war, um ihm einen Vorgeschmack auf die beste Zeit des Jahres zu geben.

»Herr Mationkaaaa!« Zwei Jungs und ein Mädchen aus der dritten Klasse hatten sich vor seinem Hausmeisterkabuff aufgebaut und trommelten wie wild gegen die Tür. Als er die Tür öffnete, strahlten die drei ihn an. Ein wenig kess, ein wenig lümmelig, so, wie sie nun mal eben waren, in diesem Alter.

»Die Frau Sänger schickt uns. Sie kriegt den Cassettenrecorder nicht ans Laufen!«

»Und da kommt ihr zu dritt?« Er grinste die drei verschwörerisch an.

»Die Sänger dreht, glaube ich, gerade durch. Die hat sich total im Cassettenband verheddert. Die merkt gar nicht, dass wir weg sind. Kevin und Marita sind auf den Schulhof raus, und Olli und Mike sind aufs Klo.«

Mationka liebte seine Racker. Er hatte nie Kinder gehabt. Jetzt war er sechsundvierzig, und er fand, es sei ja nun doch irgendwie zu spät, um noch damit anzufangen. Erschwerend kam die Tatsache hinzu, dass er Junggeselle war. Überzeugter Junggeselle. Außerdem hatte er die lärmenden und krakeelenden Plagegeister ohnehin an jedem Vormittag um sich herum. Er betrachtete sie liebevoll, wenn sie nach dem Unterricht von ihren Eltern abgeholt wurden oder alleine heimgingen. Sie schleppten die viel zu schweren Schultaschen mit spielerischer Leichtigkeit und hatten noch keine Ahnung von all dem, was ihnen das Leben später noch alles bescheren würde. Er seufzte.

»Dann wollen wir mal«, sagte er und kniff den kleinen Dicken in die Nase. »Lasst uns Frau Sänger befreien.« Hatte Frau Sänger ihm nicht ehedem von ihrem Frankreichurlaub vorgeschwärmt? Da sollte er noch einmal nachhaken. Vielleicht hatte sie ja einen heißen Tipp für ihn.

* * *

Mationka legte den Kopf ganz in den Nacken, damit auch der letzte Tropfen des Espresso in seinen Mund rann. Zufrieden kratzte er danach mit dem Löffel den übriggebliebenen Zucker vom Boden der kleinen Tasse. Vom Meer wehte eine leichte Brise herüber, die Abkühlung brachte. In den vergangenen Tagen war es wirklich beinahe zu heiß gewesen. Die Nächte im Wohnmobil waren ungemütlich. Wegen der vielen Mücken hatte er es vermieden, ein Fenster zu öffnen. Nackt hatte er geschlafen, wie es sonst überhaupt nicht seine Art war. Er hatte einen Sonnenbrand bekommen, und die Haut schälte sich auf seinem Nasenrücken.

Aber all diese Unannehmlichkeiten zerstoben in Bedeutungslosigkeit, wenn er am Morgen dann aus seinem fahrenden Urlaubsdomizil trat und sein Gesicht der strahlenden Sonne entgegenstreckte. Er würde braungebrannt zurückkehren. Die Lehrer und Schüler würden ihn bestaunen, und er würde von seiner abwechslungsreichen Reise erzählen. Er würde von seiner Fahrt durch das Rhonetal erzählen, von seinem Abstecher in die Cevennen, von den alten römischen Amphitheatern, die er besucht hatte, vom Papstpalast in Avignon, vom Wein, vom guten Essen und davon, dass man ihm in Arles beinahe das Portemonnaie geklaut hatte.

Und von St. Maries de la Mer, seiner letzten Station, würde er erzählen. Er würde die kleine Stadt mitten in der Camargue in den schillerndsten Farben schildern, in den Farben, die einem dort aus jedem Souvenirgeschäft entgegenblühten. Leuchtender Ocker und strahlendes Rot auf provencalischem Tuch, schillerndes Blau und sattes Grün auf handgetöpferter Keramik, Lavendel und blassgoldener Honig, der Bronzeton der wettergegerbten Haut der Zigeuner, die den Ort bevölkerten, das waren die Farben, mit denen Gott diesen Landstrich angemalt hatte.

Morgen früh würde er noch vor dem Anbruch des Tages seine Rückreise antreten. Er hatte für Unterwegs keine weitere Übernachtung vorgesehen. Am nächsten Abend schon würde er wieder in Deutschland sein, und einen Tag später würde er das gereinigte Wohnmobil abgeben. Der Urlaub war für ihn zu Ende.

Fast.

Der Höhepunkt war etwas, das er sich stets für den letzten Abend aufbewahrte.

Das musste so sein.

Er legte abgezählte Münzen auf den Tisch und verließ das kleine Café an der Uferstraße.

Der Ort platzte aus allen Nähten. Die Touristen benahmen sich mehr oder auch weniger gebührlich, und die Zigeuner, die hier lebten, bemühten sich redlich, ihnen das Geld aus der Tasche zu ziehen. Als Mationka zum Zentrum hinüberbummelte, wo er noch eine deutsche Zeitung kaufen wollte, sah er sie am Straßenrand stehen, die alten Zigeunerinnen mit den graumelierten Haaren und den fetten, vorgewölbten Bäuchen. Er betrachtete sie nur aus den Augenwinkeln, weil er in den letzten beiden Tagen bereits gelernt hatte, dass ein direkter Blickkontakt unweigerlich dazu führte, dass er angesprochen wurde.

Sie lasen aus der Hand. Er hatte beobachtet, wie sie die rechten Hände der Touristen mit der Handfläche nach oben wendeten und mit ihren knotigen Zeigefingern die Linien der Hand nachfuhren. Ihre Stimmen schnarrten bedrohlich oder steigerten sich in einen verheißungsvollen Singsang hinein, je nach dem, was sie der Hand des Touristen oder ihrer eigenen Phantasie gerade entlockten.

Seine Rechte klimperte in der Tasche seiner Shorts mit dem Kleingeld, und er steuerte bereits den Laden an, in dem er die Zeitung finden würde, als seine Neugier siegte.

Warum nicht?

Wo sonst, wenn nicht hier?

Er wandte den Blick nach links, und fast augenblicklich löste sich eine ältere Frau in grellbunten Tüchern von einem Türrahmen, an dem sie bis jetzt gelehnt hatte. Sie wackelte auf ihn zu, wobei sie den breiten Mund zu einem unglaublich hässlichen Grinsen verzog, das aus einem unappetitlichen Gewimmel von Zahnruinen und Lücken bestand. »English? Sir? You want to see the future?« Ihre Stimme klang laut und heiser zu ihm herüber. Eine junge Frau mit kräftigem Kinn folgte ihr auf dem Fuß.

Mationka schwieg. Noch war Zeit, sie abzuwimmeln. Wenn er sie noch ein paar Schritte näherkommen ließ und dann erst das Weite suchen würde, waren ihm die schlimmsten Verwünschungen und das ordinärste Gezeter sicher.

Er brachte es nicht fertig, sich abzuwenden. Sie kamen auf ihn zu. Mechanisch zog er die Rechte, die das Kleingeld umklammert hielt, aus der Hosentasche.

Als sie ihn erreicht hatte und ihr praller Wanst fast gegen seine magere Leibesmitte stieß, griff sie nach der Hand, drehte sie um, fischte mit einer selbstverständlichen Geste das gesamte Kleingeld heraus und ließ es irgendwo zwischen den Falten ihres bodenlangen dunkelroten Rockes verschwinden. Sie blickte in seine Augen, die nervös hinter seinen Brillengläsern flackerten.

»Du Deutsch. Wollen sehen, was Zukunft bringt. Gut, wir machen ...« Ihr Blick wurde streng. Das Grinsen erstarb. Sie senkte den Blick auf seine Hand und umklammerte sie mit eisernem Griff. Ein schmutziger Zeigefinger wurde fest auf seine Lebenslinie gepresst. Er fuhr sie entlang. Mationka schluckte. »Lang leben«, murmelte sie. »Leben allein. Kommen gut nach Haus.« Sie schickte einen kurzen fragenden Blick hinter seine Brille. Er reagierte nicht. Sie nickte »Bald wieder nach Haus. Lernen Frau kennen ... Tolle Frau. Lieb, gut kochen.«

Die jüngere Frau hinter ihr schielte über die Schulter in Mationkas Hand und täuschte Interesse vor.

»Hör zu, Deutsch Mann: Du wirst ... wie sagt man ... Beruf. Höher. Reicher ...«

»Befördert?« schlug Mationka zaghaft vor.

Die beiden Frauen lachten heiser. »Befördert ... Jaja, so ist, so ist ... befördert!!!«

Dann gab die Alte ihrer jüngeren Begleiterin einen Klaps, woraufhin diese in einem Stoffbeutel kramte, der an ihrer Schulter baumelte. Ihre braungebrannte Hand förderte ein kleines Püppchen aus bunten Stoffresten zutage. »Hier, du jetzt kaufen Glücksbringer. Glück auf alle Wege!« krächzte die Alte und ließ das kleine Figürchen vor seiner Nase tanzen.

»Nein, danke«, sagte Mationka und trat einen Schritt zurück. Allein der Gedanke, etwas von diesen grässlichen Weibern am Leib zu tragen, erfüllte ihn mit Ekel. »Das brauche ich nicht. Ich habe schon einen Glücksbringer ... hier!« Er fischte die kleine tönerne Muschel aus seinem Hemdkragen hervor und ließ sie hin- und herpendeln. »Vielen Dank.« Er trat den Rückzug an. Die Alte begann, in irgendeiner Sprache zu lamentieren. Es war kein Französisch, so viel verstand Mationka. Die beiden Zigeunerinnen ruderten wild mit den Armen und sahen ihn hasserfüllt an. Er stolperte rückwärts, und sie ließen erst von ihm ab, als eine umherirrende Touristin den Fehler machte, mit einem Stadtplan wenige Schritte von ihnen entfernt stehen zu bleiben. Die beiden Frauen machten eilige Schritte auf sie zu, um ihren Kolleginnen zuvorzukommen. Sie würden ihr nicht nur den Weg zum Marktplatz, sondern auch noch das nahe Schicksal zeigen.

Mationka drängte sich zwischen den Touristenströmen durch und ballte vor Wut die Fäuste. Jeder einzelne Centime, den er den beiden Halsabschneiderinnen überlassen hatte, tat ihm leid. »Wollen sehen, was Zukunft bringt ...« Lug und Betrug! »Gute Heimreise?« Na gut. Es war selbstverständlich, dass er nicht seinen Lebensabend hier verbringen würde. »Frau ... Beförderung ...« Das war ja lächerlich.

Seine Linke spielte nervös mit dem kleinen Anhänger, der um seinen Hals baumelte.

Er musste sich beruhigen. Er würde sich jetzt noch ein abgelegenes Café suchen und sich einen winzigen Schnaps gönnen. Das würde seinen Ärger wegspülen.

Vor ihm lag der Höhepunkt des Urlaubs. Er wollte seine letzten Stunden im fremden Land genießen. Auf seine ganz eigene Art und Weise.

* * *

Sie waren zu dritt. Sie rauchten im Schutz eines Hauseingangs filterlose Zigaretten und glichen sich sehr. Ihre Haare kräuselten sich pechschwarz in die Stirn. Darunter starrten ihn Augenpaare an, die so unergründlich schwarz waren, dass man nicht ahnen konnte, welche Gedanken sich dahinter verbargen. Sie mochten vielleicht zehn Jahre alt sein, ihre Arme guckten sehnig und milchkaffeefarben aus den Ärmeln ihrer bunten T-Shirts hervor. Aus den Shorts ragten zerschundene Knie in den Abend. Einer von ihnen zog geräuschvoll die Nase hoch und spuckte auf die Steinplatten vor dem Eingang..

Mationka ging langsam an ihnen vorbei. Aus den Augenwinkeln versuchte er, jedes Detail der Szenerie mitzubekommen.

Er stellte sich die drei Jungs nackt vor. So, wie Gott sie geschaffen hatte, saßen sie da, hatten die Beine gespreizt, ließen die Zigarette lässig im Mundwinkel baumeln, und das Schwarz ihrer Augäpfel wurde zur fordernden Einladung.

Als er an ihnen vorübergegangen war, sprachen sie weiter. Laut, mit hellen Stimmen, in die sich ab und zu ein Husten vom Zigarettenrauch mischte.

Er war beinahe an der Ecke der verlassen daliegenden Straße angelangt, als ein vierter Junge angetrabt kam. Er schlenderte die gegenüberliegende Straßenseite entlang, und sein magerer Körper warf im Schein der Straßenlaterne einen langen Schatten.

Die anderen drei jagten ihn davon. Mationka, der innegehalten hatte, beobachtete aus der Ferne das Geschehen.

Schimpfworte fielen. Flüche wurden laut. Mationka erkannte die Bedeutung der Worte an ihrem Klang. Einer der drei stand auf und machte Drohgebärden, was den vierten Jungen dazu veranlasste, sich wieder zurückzuziehen.

Jetzt kam er direkt auf Mationka zu. Nach wenigen Schritten verfiel er wieder in seinen gemächlichen Schritt, fischte eine Zigarettenschachtel aus der Hose seiner Shorts und zündete sich eine an.

»Entschuldige, kannst du mir helfen?«

Zwei schwarze Augen weiteten sich fragend. »Helfen?«

Mationkas Blick glitt für einen Augenblick am Körper des Jungen hinab. Er sah ihn nackt, sah, wie die bronzefarbene Haut in der Dämmerung leuchtete. Er spürte die Wärme des kleinen drahtigen Körpers.

»Draußen vor der Stadt soll es Büffel geben. Büffel, verstehst du?« Er sah ihm tief in die Augen und gab sich Mühe, seine Lügen ehrlich und aufrichtig klingen zu lassen.

»Büffel?«

Verstand der Junge ihn? »Du verstehst? Büffel.«

»Klar«, der Junge lachte. »Büffel. Verstehe.«

»Ich habe schon Wildpferde gesehen, und Flamingos. Ich bin Fotograf. Ich will Büffel fotografieren. Morgen früh. Im Morgengrauen.«

»Verstehe. Büffel.«

»Kannst Du mir helfen?«

»Fotografieren?«

»Nein. Ich brauche jemanden, der mir zeigt, wo ich sie finde, damit ich morgen früh bei Sonnenaufgang bereit bin.«

Der Junge schwieg. Seine Augen wanderten zurück zu den anderen dreien, die sich wieder in den Hauseingang zurückgezogen hatten.

Mationka zückte sein Portemonnaie und holte zwei Hundertfrancscheine hervor. »Das musst du nicht umsonst tun.«

Das Gesicht des Jungen verzog sich zu einem breiten Grinsen. Eine Reihe weißer Zähne strahlte durch das Halbdunkel. Mationka dachte an die Zunge, an die kleine, rosige Zunge, die sich dahinter verbarg. Ein warmer Schauer lief ihm über den Rücken.

»Wie viel Büffel du willst?« Die kleine Hand griff entschlossen nach den beiden Scheinen.

»Mein Wohnmobil steht direkt um die Ecke. Wir können gleich losfahren.«

* * *

Mationka dachte nicht mehr oft an Südfrankreich. Das Wohnmobil hatte er gereinigt, was erheblich mehr Mühe gekostet hatte, als er sich das zunächst vorgestellt hatte. Der Junge hatte sich übergeben. Und dann all das Blut. Ein Vorteil bei diesem Gefährt war allerdings der Klappspaten in der Seitenklappe des Fahrzeugs gewesen, der zur Pannenausrüstung gehörte.

Im nächsten Jahr würde er wieder eine Fernreise buchen. So, wie all die Jahre zuvor. Thailand ... Marokko ... Kenia ... das waren schöne Reiseziele gewesen. Da hatte er mit dem Rückflug alles hinter sich gelassen. Alles.

Vielleicht würde es im nächsten Jahr Rio de Janeiro werden. Eine Stadt, zum Bersten gefüllt mit Menschen. Kinder, die auf der Straße lebten. Kleine Jungs, deren Rippen sich unter der braungebrannten Haut abzeichneten.

Seinen »Kindern« an der Schule hatte er Unmengen von süßem weißem Nougat mitgebracht, der jetzt in der Hausmeisterstube immer für sie bereitstand.

Die Kinder hierzulande waren eingehüllt und zugeknöpft. Sie hielten all das schamhaft bedeckt, das ihn verführen konnte. Bei ihnen käme er nie auf die Idee ...

Mit Frau Sänger hatte er Urlaubserlebnisse ausgetauscht. Sie kannte Arles wie ihre Westentasche, und, oh ja, natürlich, sie hatte auch schon einmal den Sonnenuntergang von Les Baux aus betrachtet.

Im Herbst besorgte sich Mationka Urlaubsprospekte. Das machte er immer so. Über den Winter betrachtete er dann immer die Fotografien der exotischen Landstriche, und zum Frühjahr buchte er dann seinen nächsten Urlaub. Die freundliche Dame hatte ihm auf seinen Wunsch hin einen Prospekt mitgegeben, in dem besonders viele Südamerikareisen angeboten wurden.

Er überquerte den Kirchplatz. Heute war Wochenmarkt. Er konnte kaum den Blick von den Hochglanzprospekten in seiner Hand abwenden und trottete gedankenverloren an den Obst- und Gemüseständen vorbei. Aus den Augenwinkeln heraus erkannte er einen Stand mit Messern, Muskatreiben und anderen Haushaltsgegenständen.

Und dann stand er plötzlich vor dem Stand der Korbmacher. Zigeuner.

Der Mann war groß und breitschultrig. Er trug eine rote Baseballmütze auf dem Kopf und war für die nasskalte Witterung viel zu dünn gekleidet. Die junge Frau hatte ein hervorspringendes Kinn und war damit beschäftigt, bunte Seidentücher auf einer Stange zu drapieren.

Ihr Blick wanderte durch sein Gesicht, tastete sich abwärts und blieb an seinem kleinen Amulett hängen, das an der Lederschnur um seinen Hals baumelte. Etwas flackerte für einen kurzen Moment in ihren Augen auf. Mationka rollte nervös die Reiseprospekte zwischen seinen Händen. Die Frau kam ihm bekannt vor. Er konnte sie nicht einordnen. Im Hintergrund wurden Stimmen laut. Da waren noch mehr von ihnen.

Dann erst sah er den Jungen, der sich in einem großen Korbstuhl herumlümmelte. Ihre Blicke begegneten sich. Seine Augen waren von einem unheimlich schillernden Schwarz. Er mochte etwa zehn Jahre alt sein. In der Gegenwart seiner Eltern rauchte er nie.

Mationka taumelte rückwärts, stieß gegen eine ältere Dame, ließ sich dankbar von der Menge verschlucken und rannte nach Hause.

* * *

Er verließ das Haus in den nächsten Tagen nicht. Bei der Schule wurde er als krank entschuldigt. Seine Rollläden ließ er herunter. Die Tür öffnete er nicht mehr. Man hätte meinen können, er sei verreist. An seinem Telefonanschluss meldete sich nur noch der Anrufbeantworter.

Er hatte noch die Hoffnung, dass sie die Falschen waren, oder dass sie ihn gar nicht erkannt hatten, dass sie ihn überhaupt nicht verfolgen, ihn nicht wiederfinden würden.

So ging es drei Tage.

Mationka täuschte sich.

Als er am Abend in der Badewanne saß und das Licht wurde plötzlich ausgeschaltet, da stieß er einen panischen Schrei aus. Seine Stimme hallte blechern von den gekachelten Wänden wider.

In der darauf folgenden Stille hörte er nur das leise Plätschern der Tropfen, die von seinen Händen fielen, die er abwehrend hochgerissen hatte.

Sonst hörte er nichts.

Dann kamen aus dem schwarzen Nichts heraus die Hände, packten seinen Kopf und drückten ihn unter Wasser. Um ihn herum wurde es ohrenbetäubend laut. Das Seifenwasser drang ihm in Mund und Nase, schoss in seine Lungen. Alles toste und wirbelte, als er mit panischen Bewegungen versuchte, am nackten Wannenrand einen Halt zu finden.

Nun, was ist noch zu sagen? Am Stadtrand campierten auf einem großen Pendlerparkplatz Zigeuner. Es waren etwa zwölf Wohnwagen und eine Reihe teurer Karossen der Marke Mercedes. Sie kamen herum, zogen durch das Land, lebten von den Verkäufen von Korbwaren und Textilien, besuchten jede Stadt und waren doch nirgendwo gern gesehen. Im Sommer waren sie häufig im Süden. Ihre Heimat war überall.

Als sie am nächsten Tag weiterzogen, ließen sie Kisten voller leerer Flaschen zurück, überfüllte Papierkörbe und etwa zwanzig prall gefüllte blaue Müllsäcke, die kurze Zeit später von der Stadtreinigung entsorgt wurden, ohne dass jemand sich für ihren Inhalt interessiert hätte.

Der Hausmeister Mationka kehrte nie wieder in die Schule zurück und wurde auch sonst nirgendwo mehr gesehen.

Man vermutete später, dass er sich auf die Reise nach Rio de Janeiro gemacht habe. Das war das Ziel seines nächsten Urlaubs gewesen. Frau Sänger, die Lehrerin, berichtete, er habe einen regelrecht beseelten Gesichtsausdruck bekommen, als er davon erzählt hatte.

Wickert

Der sieht aus wie der Wickert!«

»Welcher Wickert?« Herr Liebkind beschattete seinen Blick mit der flachen Hand. Die Schaufensterscheibe der Zoohandlung spiegelte den strahlenden Frühlingstag wieder. Er betrachtete fasziniert das leuchtende blaugelbe Gefieder des Papageis hinter dem Glas.

»Der Nachrichtensprecher. Der mit der großen Nase. Der Wickert eben. Ich finde, der Papagei sieht genau so aus wie der.« Seine Frau guckte ungeduldig auf die Uhr. »Haben wir jetzt lange genug vor diesem Schaufenster gestanden, ja?«

Herr Liebkind tickte leicht mit dem Zeigefinger gegen die Scheibe. »Es ist ein Ararauna. Da steht's, auf dem kleinen Schild da. Er heißt bestimmt Coco oder Gaucho oder so ähnlich. Er kommt aus Südamerika.«

Der Papagei ließ für einen Augenblick die Erdnuss sinken, an deren Schale er herumgeknabbert hatte und legte den Kopf schief. Er blickte Herrn Liebkind aus seinen Knopfäuglein an und zwinkerte, Herr Liebkind lächelte freundlich.

»Sein Schnabel sieht aus wie der Zinken von diesem Nachrichtensprecher. Vom Wickert eben. Und jetzt komm. Ich will nach Hause!«

Herr Liebkind seufzte leise und winkte dem Vogel ein letztes Mal, dann folgte er mit hängenden Schultern seiner Frau auf dem Nachhauseweg. Ab und zu blieb sie entnervt stehen, wenn er wieder begann, an einem Schaufenster zu bummeln. Dann stand sie da, tippte ungeduldig mit dem Fuß auf die Gehwegplatten und spitzte die Lippen, als wolle sie im nächsten Augenblick nach ihm pfeifen.

»So ein Vogel«, sagte er beiläufig, als er ihr am Abend die Tasse Tee an den Fernseher brachte, »der würde mir schon gefallen.«

Sie blickte kurz zu ihm auf. »Wie bitte?«

»Nun ja, ich meine, dann wäre ich nicht den ganzen Tag allein. Manche von ihnen können sprechen. Ich könnte ihm lauter lustige Sachen beibringen. Er macht nicht viel Dreck. Und Auslauf braucht er auch keinen.«

Sie zog die Stirn kraus und musterte ihn. Eduard Liebkind war ein Waschlappen. Ein armer Wicht, der die Achtung vor sich selbst verloren hatte. Und zwar genau in dem Moment, in dem die Fabrik, in deren Büro er gearbeitet hatte, geschlossen worden war. Er fegte, wusch und kochte sich durch den Tag, während seine Frau in einem Steuerbüro das nötige Geld für ihr kümmerliches Dasein zusammenverdiente. Als er von einem Tag auf den anderen auf der Straße gesessen hatte, da hatte das etwas in ihm zerbrochen. Er ging kaum noch aus dem Haus, trieb keinen Sport mehr und pflegte auch keinen Umgang mit Freunden mehr. Sein Bauch schwoll an, seine Haare waren innerhalb kürzester Zeit eisgrau geworden, und eine Miene hatte sich über sein Gesicht gelegt, für die ihm in der Fußgängerzone jeder am liebsten eine Mark zustecken würde.

»Dieser Wickert?«

»So heißt er bestimmt nicht.«

»Er stinkt sicher fürchterlich.«

»Ich würde auch bestimmt jeden Tag den Sand austauschen.«

* * *

Der Vogel hieß Rico, und als Herr Liebkind zum ersten Mal über die langen, kobaltblauen Federn strich, ließ er ein leises Glucksen hören.

»Rico«, hauchte Herr Liebkind leise. »Du bekommst jetzt ein neues Zuhause.«

Die Verkäuferin lächelte gerührt. Sie war eine von den Zoohändlerinnen, die mit jedem Tier ein Stückchen ihres Herzens weggaben. »Wenn Sie sehr lieb zu ihm sind, wird er vielleicht mit Ihnen sprechen. Manchmal tut er es. Man muss ihm nur Vertrauen einflößen.«

»Das schaffen wir schon, was, Rico?« Herr Liebkind beobachtete belustigt die kleine schwarze Zunge, die in der Schnabelöffnung auftauchte. »Rico, Rico, Rico ...«

Der Vogel blinzelte, legte den Kopf schief und schnarrte »Rrrrico!«

Herr Liebkind und die Verkäuferin lachten befreit. »Wer sagt's denn?« rief Herr Liebkind aus und wendete aufgeregt seinen Hut in den Händen. Dann legten sie eine Decke um den Käfig, denn draußen war es schon herbstlich kühl.

* * *

Sie nannte ihn »Wickert«, so, wie sie es schon beim ersten Mal getan hatte, als sie ihn im Schaufenster gesehen hatte. Herr Liebkind traute sich nicht, sie zurechtzuweisen. Womöglich hätte er das Tier wieder weggeben müssen. Davor hatte er wirklich Angst. Abends ertappte er sich dabei, dass er Ulrich Wickert im Fernsehen anstarrte und war sich sicher, dass da nun wirklich überhaupt keinerlei Ähnlichkeit bestand.

Beim Abspülen sang er Rico alte Schlager aus den Sechzigern vor, und der Vogel schlug dann ganz aufgekratzt mit den Flügeln. Irgendwann konnte er sogar »Itsibitsy –

Teenieweenie – Honolulu – Strandbikini« plärren. Frau Liebkind warf jedesmal die Küchentür zu, wenn er das tat.

Was sie allerdings noch viel mehr auf die Palme brachte, war die Tatsache, dass das Tier irgendwann begonnen hatte, ihren Ruf »Eeeeduard!« zu imitieren. »Eeeeduard!« krächzte er voller Lust. »Wo ist die Fernsehzeitung? Eeeeduard!« Herrn Liebkind liefen dann vor Lachen die Tränen hinunter.

Irgendwann hatte sie beschlossen, es zu ignorieren und sagte nur noch zweimal am Tag. »Der Vogelsand stinkt gotterbärmlich!« obwohl er ihn erst am Vortag gereinigt hatte. Sollte er doch glücklich werden mit seinem Federvieh. Sie hatte ihren Job und ihr Mann hatte einen Vogel.

* * *

Manchmal brachte sie abends Arbeit mit nach Hause. Sie saß dann im Wohnzimmer, weil es ihr in der Küche zu sehr nach Essen roch. An diesen Abenden durfte er nicht fernsehen. Wenn sie über ihren Bilanzen und Kontoauszügen brütete, dann durfte sie nicht gestört werden. Als es auf das Jahresende zuging und die Geschäftsleute dringend ihre Abrechnungen brauchten, konnte es sogar passieren, dass Gernot Kappelhoff, ihr Chef, hereinschneite und ihr noch Unterlagen brachte.

Herr Liebkind ging dann spazieren. Er schlenderte durch den kleinen Park vor ihrer Haustür oder durch die leergefegte Innenstadt. Im Winter ging er ins Kino. Das war ihm nicht unangenehm, denn so kam er wenigstens abends einmal raus. Mit seiner Frau war er schon sehr lange nicht mehr ausgegangen.

Am nächsten Tag erzählte er dann dem Papagei, was er sich im Kino angeschaut hatte. Rico konnte schon manche kurze Inhaltsangabe wiederholen, wenn Herr Liebkind sie ihm oft genug vorgesagt hatte. »Äääääction mit viel Knallerei!« krähte er, oder »Liiiiebestragödie!«

* * *

Eines Morgens erzählte Herr Liebkind seinem Papagei von einem Gerichtsdrama, das er am Vorabend im »Gloria« gesehen hatte, und das ihn mächtig beeindruckt hatte. »Plä – do – yer«, sagte er ganz langsam, als er den Frühstückstisch abräumte.

Da entrang sich plötzlich der Kehle des Papageis ein klagender Laut.

Herr Liebkind hielt mit dem Einräumen der Lebensmittel in den Kühlschrank inne und trat besorgt näher.

Der Papagei ließ wieder ein langgezogenes Seufzen hören.

»Rico, mein Junge, geht es dir nicht gut?« fragte Herr Liebkind äußerst besorgt. Das hatte er ja noch nie gemacht!

Wieder stieß der Vogel ein stöhnendes Geräusch aus. Diesmal wurde es lauter, angestrengter, und plötzlich begann er, laut stöhnend heftig Luft ein- und auszuatmen, und seine strahlend gelbe Brust hob und senkte sich in schneller Folge.

Herrn Liebkinds Sorge wuchs und wuchs. Das Tier hatte womöglich etwas verschluckt, das ihm die Luft nahm. Das Stöhnen kam laut und mit heftigen Stößen, und schließlich krähte der Vogel: »Ja, Gernot, ja, Gernot, mach weiter Gernot!« und Herrn Liebkind wurde ganz schwindlig.

* * *

Am Abend, als seine Frau zurückkehrte und einen Stapel Akten auf den Wohnzimmertisch knallte, da glaubte Herr Liebkind einen besonders entspannten Ausdruck auf ihrem Gesicht zu entdecken, der ihm noch nie zuvor aufgefallen war. Sie lächelte ihn sogar an, und er hätte beinahe nicht den Mut gehabt, ihr seine Entdeckung mitzuteilen.

»Was ist mit Gernot Kappelhoff?«

»Was soll mit ihm sein?«

»Bringt er dir heute wieder Arbeit?«

»Was soll die blöde Fragerei?« Ihre gute Laune schwand augenblicklich. »Du könntest mir statt dessen einen heißen Tee machen!«

»Seit wann geht das schon so mit Kappelhoff und dir?« Er nahm all seinen Mut zusammen und blickte herausfordernd in ihr Gesicht, in dem sich die Augen angriffslustig zu schmalen Schlitzen verengten.

»Wer hat dir das erzählt?« fragte sie mit drohendem Unterton. »Wer zum Teufel hat dir diese Lügen aufgetischt?«

Für einen Moment hing eisige Stille in der Luft, und Herr Liebkind versuchte angestrengt dem Blick seiner Frau Stand zu halten.

Plötzlich begann Rico im Nebenraum wieder zu stöhnen. Dieses Mal ohne langen Anlauf. Er lief sofort zur vollen Form auf und schrie: »Ja, Gernot. Gernot, ja, jaaaa!«

Sie begann, wild fuchtelnd nach etwas zu suchen, mit dem sie das Tier zum Schweigen bringen konnte. Ihre Rechte krampfte sich um eine Buchstütze aus Marmor, und mit weit ausholenden Schritten ging sie auf die Küchentür zu.

»Halt!« rief er weinerlich. »Der Vogel kann doch nichts dafür!« Er versuchte, sie zurückzuhalten, aber sie stieß ihn zur Seite. »Wickert!« zischte sie wie eine Furie. »Du verdammte Missgeburt, halt endlich deinen Schnabel, oder ich werde dich für immer zum Schweigen bringen! « Sie holte gerade mit dem Marmorklotz aus, als Herr Liebkind in die Küche gestürmt kam.

* * *

Herr Liebkind hielt mit fragendem Gesichtsausdruck die Zuckerzange über die Kaffeetasse. Der ältere der beiden Polizisten nickte. »Zwei Stück bitte.«

Der jüngere war gerade damit beschäftigt, das zweite Stück Kuchen zu vertilgen.

»Es ist nur eine Frage der Zeit, bis wir dieses Schwein erwischt haben, Herr Liebkind!« sagte er und versuchte dabei nicht zu viele Krümel auf dem Sofa zu verstreuen.

»Einundzwanzig Messerstiche, sagen Sie?« fragte Herr Liebkind mit weinerlichem Tonfall und sah die beiden kopfschüttelnd an. »Als ich sie noch einmal anschauen durfte, da war gar nichts davon zu sehen.« Er sackte in sich zusammen. »Es ist alles so schrecklich.«

Die beiden Polizisten sahen sich ernst an. Vor ihnen saß ein gebrochener Mann, der vor einer Woche bei einem tragischen Unglück seine Frau verloren hatte. Man hatte sie im Park gefunden, verstümmelt, in einem kleinen Teich treibend. Am Ufer lagen Akten und Papiere verstreut. Sie musste gerade von der Arbeit gekommen sein. Was den Täter anging, tappten sie völlig im Dunkeln, aber das konnten sie vor diesem bedauernswerten Männlein unmöglich zugeben. Wahrscheinlich würden sie ihn nie finden.

»Ist das ein Kakadu?« fragte der Jüngere, um das Schweigen zu brechen und zeigte auf Rico. »Der sieht ja lustig aus. Er erinnert mich an irgendwen.«

»Das ist ein Ara. Ein Ararauna, genauer gesagt. Die kommen aus Südamerkia.« Ein liebevolles Lächeln huschte über Herrn Liebkinds Gesicht.

Der Vogel wusste genau, dass die Rede von ihm war. Er legte den Kopf schief und blickte zu den Männern hinüber.

»Kann er sprechen?« fragte der Ältere eifrig. »Ein Freund von mir hat einen, der kann jede Menge Schimpfwörter.«

Rico sprach nicht mehr. Der Marmorklotz hatte an diesem Abend den Käfig getroffen und zu Boden stürzen lassen. Seither hatte Rico keinen Laut mehr von sich gegeben, so sehr sich Herr Liebkind auch bemüht hatte.

Er strich dem Vogel über den Kopf. »Sie *können* reden. Oh, ja, das können sie. Nur braucht man sehr, sehr viel Geduld dazu. Nicht wahr, Rico?«

Der Papagei zwinkerte, sperrte das Maul auf und plärrte plötzlich: »Eeeeduard!« Und die drei Männer strahlten erfreut.

»Eeeeduard!« rief Rico nun erneut. Und in diesem Augenblick erkannte Herr Liebkind, dass Rico um die Augen herum wirklich ein bisschen wie Ulrich Wickert aussah. »Eeeeduard!« krächzte Rico. »Leg das Messer weg. Eeeeduard, leg bitte das Messer weg!«

Pralinen aus Brüssel

Ausgerechnet Kirsch!« Ich fluchte leise vor mich hin, als ich die vereisten Steinstufen zu dem ehemals beeindruckenden Gebäude hinaufstieg. Ausgerechnet derjenige, der im ganzen Dorf dafür bekannt war, dass Geheimnisse keine mehr waren, wenn sie ihn erst einmal erreicht hatten. Und dieser schwatzhafte alte Kerl hatte Mutter gefunden. Tot. Inmitten ihres chaotischen Biotops. Fröhliche Weihnachten!

Noch bevor ich die letzte Stufe erklommen hatte, öffnete sich die Haustür. Eine teure Eichentür mit aufwendigen schmiedeeisernen Verzierungen, die quietschend und verdreckt in den Angeln hing. In dem entstehenden Spalt wurde Kirsch sichtbar.

Er war ein kleines altes Männlein jenseits der Siebzig. Kein unsympathischer Kerl alles in allem. Kirsch war freundlich, hilfsbereit und kommentierte die meisten Vorkommnisse im Dorf mit einem verschmitzten Lächeln und dem Zwinkern seiner lustigen blauen Äugelchen.

Heute war er anders. Als er mich vor einer guten halben Stunde zu Hause in Gemünd angerufen hatte, klang seine Stimme dem Anlass entsprechend bedrückt, und auch jetzt war kein Lächeln in seinen wässrigen, von tausend Falten umrahmten Äugelchen.

»Im Wohnzimmer«, sagte er leise. Eine graugetigerte Katze huschte zwischen seinen Beinen hindurch ins Freie. Eine weitere, rötlich gefleckte, folgte mit kämpferischem Gefauche.

»Die ersten beiden«, dachte ich zerknirscht, während ich im Vorbeieilen flüchtig Kirschs Hand drückte. »Zwei von wer weiß wie vielen.« In der Wohnung umfing mich auf der Stelle eine atemberaubende Duftmischung aus Katzenpisse, Nagerstreu und Hundehaaren.

»Ich habe die Fenster nicht geöffnet«, erklärte Kirsch hinter mir. »Wegen der Spuren und so. Vor einer Viertelstunde habe ich dann doch schon mal die Polizei angerufen. Ich hoffe, das war auch in Ihrem Sinne?«

»Ja, ja, natürlich, Herr Kirsch. Das muss sein.«

Aus der Küche zur Rechten ertönte lautes Geschepper, und ich vermutete, dass dort zwei weitere Katzen ihren gewohnten Spielchen nachgingen. Oder vielleicht waren es ja auch zwei von den drei Hunden ... oder ein Hund und eine Katze ... Wer konnte bei einer solchen Menagerie schon noch mit Sicherheit sagen, in welchem Teil des Hauses welches Tier gerade damit beschäftigt war, irgendetwas Scheußliches mit dem kostbaren Mobiliar anzustellen? Drei Hunde, sechzehn Katzen, ein Meerschweinchen und ein halbes Dutzend Vögel verschiedenster Spezies. Da verlor man leicht den Überblick.

Mutter lag im Wohnzimmer, wie Kirsch es bereits angekündigt hatte. Ihre rundliche, in einen zerschlissenen Morgenmantel gehüllte Gestalt lag ausgestreckt auf dem Sofa, auf ihrem Schoß schlummerte zusammengerollt und genüsslich schnurrend ein besonders fettes Katzenexemplar. Um Mutters Leiche herum tobte das Chaos. Hunde hatten ihre Notdurft in den Ecken verrichtet, Katzen hatten sich daran gemacht, die Wirkung ihrer Krallen an den ehemals eleganten Polstersesseln und der zartgemusterten Tapete zu testen, einer der zwei Vogelkäfige war umgestürzt, und wie durch ein Wunder hatten die darin befindlichen Vögel weder von dem Sturz noch von der drumherum scharwenzelnden Katze einen körperlichen Schaden erlitten. Hunde kläfften, Katzen miauten, Vögel kreischten. Alles hatte Hunger, musste pinkeln, wollte Wasser. Der Weihnachtsbaum hing windschief vor dem Fenster und war zum größten Teil seiner altmodischen Kugeln entledigt worden, die zersplittert am Boden lagen.

»Ich war gestern noch hier«, murmelte ich. »ich habe ihr ihre Lieblingspralinen gebracht. Echte Brüsseler Pralinés. Sie war wie immer.« Und bei mir dachte ich: »Bösartig, hasserfüllt und durchgedreht.«

Mutters Gesicht war grotesk verzerrt. So, als habe ein grausamer Schmerz ihre letzten Atemzüge begleitet. Sie sah fast so aus wie in den Momenten unseres dürftigen Kontakts, in denen sie mir wieder einmal zu erklären versuchte, dass ich ein elender Kerl sei, weil ich keine Tiere mochte, dass alle meine Versuche, sie zu überreden, auch nur eines ihrer geliebten Tierchen wegzugeben, vollkommen zwecklos seien und dass sie und ihre treuen Gefährten zusammenbleiben würden. Bis in den Tod hinein.

»Wie sind Sie hereingekommen?«, fragte ich Kirsch. Der Alte zog einen Schlüssel aus der Tasche seiner grauen Popelinejacke. »Den hatte ich für alle Fälle. Ich hatte gestern angerufen, um ihr ein frohes Fest zu wünschen. Sie hatte mich für heute zum Kaffee eingeladen.«

Kaspar Kirsch, im Dorf unter dem Namen ›Kiersche Käsper‹ bekannt, war bis zu seiner Pensionierung Gärtner gewesen und richtete Mutter seit ein paar Jahren den Garten her. Je nach Jahreszeit setzte er Blumenzwiebeln, mähte Rasen, schnitt die Hecken und war der einzige Mensch, der jeweils der Tierbestattung am unteren Ende des riesenhaften Grundstücks nahe dem Waldrand beiwohnen durfte. Käsper hatte sich zu einer Art Hobbybestatter entwickelt. Jedes der Tiere, die das Alter hinweggeraffte, oder die irgendwann einer Krankheit erlagen, wurden von ihm fachmännisch unter die Erde gebracht und mit einem liebevoll bepflanzten Grab beschert.

Zu guter Letzt war jetzt also irgendetwas bei Mutters Plänen schiefgegangen. Sollte sie das Ende irgendwann einmal nahen sehen, dann werde sie dafür Sorge tragen, dass ihre geliebten Hunde, Katzen und das restliche Getier mit ihr gingen. Das bewahre sie davor, einem Tierhasser wie mir in die Hände zu fallen. Sie war wirklich völlig durchgedreht.

Kirsch deutete auf den unscheinbaren grauen Karton, der in der geöffneten Sideboardschublade, unweit von Mutters Sofa, stand, und der prall gefüllt war mit Medikamentenröhrchen, Fläschchen und kleinen Schachteln. »Genug, um die halbe Eifel auszurotten.« Er kannte sich gut aus. Pflanzenschutzmittel, Unkrautvernichtungsmittel, Rattengifte und ähnliches Zeugs gehörten früher zu seinem täglichen Arbeitsmaterial. »Phosphorsäure-Ester«, murmelte er, »wird heute bei Ratten kaum noch verwendet. Geht zu schnell. Die Viecher krepieren noch an Ort und Stelle und schrecken die anderen ab. Heute nimmt man etwas, das die Blutgerinnung verhindert, und sie verbluten innerlich. Tagelang, kläglich.« Sie hatte es immer angekündigt. Sie hatte immer geschworen, dass alle Tiere mit ihr gingen, wenn sie aus dieser Welt scheiden sollte. Ein gemeinsamer Ritt in die ewigen Jagdgründe. Jetzt war sie alleine losgaloppiert und nur ein kleiner Terrier, der unter der geöffneten Schublade lag und starr alle Viere von sich streckte, hatte sie anscheinend begleitet.

»Sie muss auf irgendeine Weise mit dem Zeug in Kontakt gekommen sein. Hat sie Ihnen erzählt, was sie damit vorhatte?«

Kirsch nickte. »Die anderen Viecher haben Glück gehabt.«

Im offenen Kamin, in dem gerade eine schwarzweiße Katze herumbummelte, lag ein Haufen erkalteter Asche. Ein Zipfelchen der Pralinenpackung war noch zu erkennen. »Hat sie Ihnen auch erzählt, dass sie das Haus anzünden wollte?«

Kirsch nickte erneut. »Für Sie sollte nichts übrigbleiben. Entschuldigung, aber so hat sie sich immer ausgedrückt.«

Wir sahen uns tief in die Augen.

»Haben Sie es deshalb getan?« fragte der listige alte Mann unvermittelt.

Was sollte ich ihm sagen? Sollte ich ihm erzählen, dass ich heute morgen schon einmal hier war, die restlichen vergifteten Pralinen hatte verschwinden lassen, die Schachtel verbrannt hatte? Dass ich ihr Giftarsenal hübsch drapiert und den kleinen Köter vergiftet hatte, damit alles nach Unfall aussah? Würde ihm das als Motiv reichen? Nur wegen des – zugegeben riesigen und wertvollen – Hauses? Ich brauchte nichts zu sagen. Kirsch wusste, dass es vielmehr aus Hass geschehen war: Aus nacktem Hass und ungeschminkter Eifersucht auf einen Haufen Viehzeug. Also nickte ich nur. »Aber das bleibt glücklicherweise ja unter uns«, sagte ich leise.

Kirsch schüttelte bedauernd den Kopf. »Nüsse«, sagte er nur und weidete sich an meinem verständnislosen Gesichtsausdruck. »Nüsse in Pralinen sind eine Qual für alte Damen. Man sollte stets darauf achten.« Er tippte sich gegen die Zähne. »Man kann eben nicht mehr so wie früher.« Kirsch bahnte sich durch das Chaos einen Weg zu dem Meerschweinchenkäfig. »Bleibt einem nur, die blankgelutschten Reste seinen kleinen Lieblingen zu kredenzen.«

Erst jetzt entdeckte ich das Meerschweinchen, das reglos auf dem Rücken lag. Seine langen Schneidezähne leuchteten gelblich inmitten des schwarzen Gewirrs zotteliger Haare.

Neben ihm lag, halb in den Hobelspänen verborgen, eine angeknabberte Haselnuss. Ich war sicher, dass ich noch Spuren echten belgischen Nougats an ihr finden könnte, wenn ich nur nahe genug heranging.

Durch den nervösen Lärm, den die Tiere verbreiteten, hörte ich, wie ein Fahrzeug die Auffahrt hinaufgefahren kam.

Der Koch, der nie etwas anderes sein wollte

Ich wusste, dass sie es waren, noch bevor sie die Burg erreicht hatten. Das Licht der Mittagssonne spiegelte sich in weißen Blitzen auf der Windschutzscheibe ihres Autos. Noch waren sie weit entfernt und schlängelten sich auf der schmalen Landstraße zwischen den Feldern durch. Ein kleiner, blitzender Punkt, ein rotes Fleckchen, das sich durch das aufkeimende Grün des Frühlings zu uns durchfraß und beständig näherkam.

Alles war friedlich. Der Wind trieb ungeduldig die Wolkenfetzen über das Firmament, und Schatten huschten über das Meer der Felder zu Füßen der Burg. Die Kühe betrugen sich ausgelassen. Gestern war der erste Tag gewesen, den sie im Freien verbringen durften. Ihre struppigen Felle strotzten vor Dreck, die zurückliegenden Wintermonate hatten sie in ihren Ställen verbracht. Der Frühling kam, daran bestand kein Zweifel. Alles war neu und frisch. Die Fenster meines Restaurants rochen noch ein wenig nach Kitt. Meine Hand strich über den frischlackierten Rahmen. Wie glatt sich frischer Lack anfühlte.

Ich hatte gewusst, dass sie kommen würden. An der Rezeption hatte ich die Anmeldung gesehen. Ein Doppelzimmer. Sie und ein Mann, dessen Namen ich nie zuvor gehört hatte. Ich hatte gespürt, wie Moser seinen Blick über die kleine Nickelbrille schickte und mich besorgt musterte, während ich den Zettel studierte. Ihr Name stand nicht umsonst da. Das war für mich bestimmt. Sein Name hätte für die Reservierung genügt, aber ich war mir sicher, dass sie wollte, dass ich vorbereitet war.

Ich war es nicht.

Wie sollte man sich auf eine solche Situation vorbereiten? Sie war gegangen. Ohne Streit und ohne die sonst üblichen Worte des Hasses. Sie hatte eine einfache Erklärung gehabt: Mein Schicksal sollte nicht das ihre sein, das war alles. Ich war dazu verdammt, bis an mein Lebensende Soßen abzuschmecken und Putenbrüste zu filetieren. Ich würde niemals etwas anderes machen, als meine Kunstwerke anderen Menschen zum Fraß vorzusetzen. Auf einer alten Burg, in einem zugegebenermaßen abgelegenen Landstrich. Ihr Schicksal sollte ein anderes sein, so hatte sie beschlossen. Sie wollte mehr, und ich war ihr nicht wichtig genug, als dass sie nicht darauf hätte verzichten können.

Und jetzt kam sie zurück. Als Hotelgast. Und der Name des fremden Mannes, mit dem sie ein Wochenende lang das Bett teilen würde, klang nach Geld. Es gibt Namen, deren Buchstaben klingen, langsam aneinandergereiht, nach barer Münze. »Lass uns auf eine Burg fahren. Wir können uns im Hotelzimmer einschließen und nur zu den Mahlzeiten aufstehen. Die Küche ist vorzüglich. Ach, und mein Exmann ist der Chefkoch ...« Oder vielleicht hatte sie es gar nicht erwähnt.

Schon der Sportwagen, der mitten auf dem gepflasterten Vorplatz zum Stehen kam, war beeindruckend. Beeindruckend war auch sie. Mit einer Eleganz, die ich nie zuvor an ihr beobachtet hatte, wand sie sich aus der Beifahrertür. Atemberaubend schön wie immer, wenngleich ein wenig zu stark geschminkt. Ihr Blick wanderte suchend an der Gebäudefassade entlang. Nicht nötig zu sagen, wonach sie Ausschau hielt. Ich hatte mich in der Zwischenzeit in die Küche zurückgezogen und richtete meinen Blick durch das winzige vergitterte Fensterchen neben dem Dunstabzug auf die beiden Neuankömmlinge. In der Kapelle übte der Neffe von Frau Graiffenstein auf der Orgel.

Der Mann war ein stattlicher Typ. Graumeliert und eindeutig einer von der Sorte, die automatisch schlanker, potenter und attraktiver wirkten, weil ihr Portemonnaie prallgefüllt war. Er hielt Händchen, als er mit ihr auf die Eingangstreppe zuschritt. Es war zu albern.

Ihr Blick fand meinen nicht. Was wollte sie mir sagen? »Sieh her, ich habe es geschafft!« Deshalb war sie hier.

Dann legte ich den Hirschbraten in die Himbeerbeize ein. Wild ist ein verwegenes Fleisch. Herb und ungezähmt schmeckt es, und nach Wald und Wiese.

* * *

Panowak, der Kellner brachte am Abend einen Gruß in die Küche. »Tisch vier lässt ausrichten, das wär aber richtig gut gewesen, Chef!«

Ich wischte mir die Hände an der Schürze ab. Ab und zu konnte ich durch den entstehenden Spalt in der Schwingtür einen kurzen Blick auf die beiden erhaschen. Ich hatte beschlossen, dass sie mich nicht zu Gesicht bekommen mussten, wenn es sich umgehen ließ.

Sie hielten Händchen und schoben sich gegenseitig gabelweise Kostproben vom mainfränkischen Schifferkarpfen und vom Inntaler Heubraten in den Mund. Er ging sehr oft zur Toilette.

»Haben sie das genauso gesagt?«

»Die Frau hat gesagt: Richten Sie bitte dem Küchenchef unseren herzlichen Dank für das fabelhafte Essen aus.«

»Und was hat er gesagt?«

»Er war auf Toilette, glaube ich.«

Sie tranken Espresso und er bestellte eine Patagas zu seinem Framboise.

Später, als alle Gäste das Restaurant verlassen hatten, ging ich an die frische Luft. Der sonnige Tag hatte Düfte geweckt, die den ganzen Winter lang im Verborgenen geschlummert hatten. Der Gärtner hatte den Grünstreifen entlang der Auffahrt gemäht, und der satte Geruch frischen Grüns hing in der kühlen Luft der Nacht.

In ihrem Zimmer brannte Licht. Ab und zu sah ich Schatten. Das Fenster stand einen Spalt offen, doch so sehr ich mich auch anstrengte, ich hörte nichts anderes als den Schrei eines Käuzchens dann und wann und den Fernseher aus Mosers Zimmer.

Vermutlich würden sie noch lange nicht schlafen. Ich konnte mich daran erinnern, wie wir uns das erste Mal in der Küche geliebt hatten. Ich hatte Sauce aus ihrem Bauchnabel geschlürft. Es war der Himmel gewesen. Sie war in solchen Nächten nicht zu bändigen.

Morgen früh würden sie nicht zum Frühstück herunterkommen.

Ich musste noch nach den Hühnern für das Ragout am nächsten Tag sehen, die in ihrem Sud schwammen. Es roch leicht seifig in der Küche. Ich schätze Geflügel sehr. Wenn beim Essen die scharfe Klinge durch das dichte weiße Fleisch schneidet, entbehrt das jeglicher Gewalt. Ein Bissen Hühnerfleisch in einer schaumigen Weißweinsauce zerschmilzt gewissermaßen auf der Zunge.

* * *

Ein weiterer strahlender Frühlingstag wurde uns beschert. Im nahen Dorf besuchte ich den Metzger. Ein verlässlicher alter Knabe, der um unsere verwöhnten Gäste wusste und um die Tatsache, dass es in erreichbarer Nähe zu viele Konkurrenten in seinem Gewerbe gab, als dass er es sich hätte leisten können, uns mindere Qualität zu liefern. Dementsprechend demütig gab er sich auch, als ich ein wenig am Rindfleisch der letzten Woche herummäkelte, und er bot mir zähneknirschend an, mir bei dem frisch geschlachteten Fleisch einen kleinen Preisnachlass zu gewähren. Ich konnte mir vorstellen, wir er über mich schimpfen würde, sobald ich ihm den Rücken kehrte.

Eine Weile sah ich ihm zu, wie er das portionierte Rindfleisch in meinen Lieferwagen verlud. Dann beschloss ich, beim Gemüsehändler vorbeizuschauen. Die Frau, die dort bediente, war ein reizendes Persönchen, das es immer wieder schaffte, mir ein paar Küchengeheimnisse abzuschwatzen. Ich gebe mein Wissen gerne weiter, wenn jemand echtes Interesse daran bekundet. Wir waren gerade in ein ernstes Gespräch über Rosmarin und seine Verwendung verstrickt, als ich die beiden sah. Sie bummelten durch den kleinen Ort und hielten plötzlich vor der Auslage des Gemüseladens an. Ihr rotlackierter Fingernagel beschrieb wirre Kurven über den Tomaten und der Roten Bete. Dabei schwatzte sie ununterbrochen. Er nickte nur grinsend und drückte ab und zu mit dem Zeigefinger einen Apfel.

Schließlich wanderte ihr Blick nach oben, löste sich von dem Gemüse und fiel in den Laden. Und dann hatte sie mich auch schon entdeckt. Nervös raffte ich meine Ware zusammen und verabschiedete mich von der Gemüsefrau. Ich wollte unbedingt vermeiden, dass unser Wiedersehen mitten in ihrem Laden stattfand.

Als ich mit meinen drei braunen Papiertüten vor den Laden trat, hatte sie ausreichend Gelegenheit gehabt, sich zu sammeln. Sie präsentierte mir ihr strahlendstes Lächeln. So hatte sie auch heute Morgen am Frühstückstisch gelächelt. Eigentlich hatte ich gar nicht erwartet, sie dort zu sehen. Ich war wieder im Verborgenen geblieben.

Das Lächeln war voller Besitzerstolz. Es war eine einzige Miene des Triumphs, die sie aufgesetzt hatte. Jetzt hatte sie uns endlich beisammen, und das war doch offensichtlich genau das, was sie überhaupt hierher zurückgetrieben hatte.

»Im Gemüseladen«, sagte sie betont heiter. »Das hätte ich mir natürlich denken können!« Sie rückte näher an ihren Begleiter heran. »Das ist Fritjof. Wir sind seit einem Monat zusammen! Er macht mir wundervolle Geschenke.« Ihr Ringfinger tänzelte vor meinen Augen. Ich verstehe nicht viel von Schmuck, aber dieses Stück war beeindruckend.

»Schön, dich zu sehen«, murmelte ich und war froh, dass ich die Arme voller Papiertüten hatte. Das bewahrte mich davor, Hände schütteln zu müssen, die ich nicht schütteln wollte. »Nett, Sie kennenzulernen, Fritjof.« Er war gut einen Kopf größer als ich.

Fritjof gab sich jovial. »Sie hat mir viel von Ihnen erzählt, und ich muss sagen, sie hat mit keiner Silbe übertrieben!« Er lachte schallend. Das konnte vielerlei bedeuten. »Sie kaufen für's Dinner ein, was? Das war eine kleine Sensation, gestern!«

»Danke.«

»Wir hatten gehofft, dich schon früher zu sehen«, fuhr sie fort. »Du kommst wohl immer noch nicht aus deiner Küche raus, was?«

»Naja.«

»Was erwarten uns denn heute Abend für Leckereien?« Fritjof strich sich das Haar zurück.

»Überraschung«, sagte ich.

»Möchtest du mit uns fahren?« flötete sie falsch und voller List. »Fritjof hat mir ein so süßes Geschenk gemacht. Es ist zwar wenig Platz in dem kleinen Flitzer, aber wir könnten dich schon irgendwie zum Schloss mitnehmen.«

Ich schüttelte den Kopf und murmelte etwas vom »Lieferwagen«. Dann gefror unser Gespräch mitten in der lauen Frühlingsluft zu Eis.

Ich betrachtete sie staunend und stellte fest, dass sie immer noch die beeindruckendste Frau war, die mir jemals in meinem Leben begegnet war. Sie war atemberaubend schön, auch wenn sie die Schminke mittlerweile zu dick auftrug. Ich versuchte zu ergründen, warum sie mich heimsuchte, warum sie mir das antat. War es das schlechte Gewissen, das sie besiegen musste? Glaubte sie, mit ihrem Spott und ihrer Arroganz könne sie darüber hinwegkommen, dass sie mich hatte sitzenlassen? Half es ihr, dass sie sich das arme Würstchen von früher noch einmal vor Augen führte, den armen Tropf aus der Küche? Vermutlich war es genau das. Ich fühlte mich gedemütigt.

In diesem Moment verspürte ich ein drängendes Verlangen, ihr wehzutun.

Fritjof fischte drei fertig gebundene Blumensträuße aus der Vase, die die Gemüsehändlerin feilbot und drückte sie ihr in den Arm. Sie küsste ihn einige Minuten voller Inbrunst. Ich sah weg.

Als er ins Geschäft ging um zu bezahlen, sagte sie nur: »Ich habe bei ihm den Himmel auf Erden. Ich bin froh, dass ich dich los bin.«

Als ich später an der Metzgerei ankam, winkte mir der Metzger fröhlich zu. »Alles verladen. Kann losgehen!« Während ich zur Burg zurückfuhr, dachte ich an die Mengen von Rindfleisch, die hinter meinem Rücken ruhten. Rindfleisch ist edel und von betörend schöner Farbe. Ein Roastbeef ist ein Schmaus für Gaumen und Augen.

* * *

Nur wenige Gäste waren an diesem Abend im Restaurant. Irgendein Fußballspiel hielt sie ab, und ich kann seit jeher keinem Gast nachweinen, der sich von einem Fußballspiel davon abhalten lässt, sich von mir bekochen zu lassen. Ich schnitt das Fleisch für den »Schweinebraten Jennerwein« und legte es für den übernächsten Tag in den Sud. Schweinefleisch ist ein braves, treues Fleisch, bei dem man immer weiß, woran man ist.

Panowak brachte leere Suppenteller von Tisch zehn herein. »Sie ist allein.«

Ich zog nur die Augenbrauen hoch und begann, die Früchte für den heißen Orangensalat zu zerkleinern. »Wer?«

»Die Frau von Tisch vier. Der Mann, dieser große, der dauernd auf Toilette war. Er ist nicht da.«

»Soso.« Die Säure der Orangen brannte in einem kleinen Kratzer, den ich mir am frühen Abend mit dem Messer zugezogen hatte.

»Moser sagt, Sie kennen sie von früher, Chef.«

»Soso, sagt Moser das?«

»Sie fragt nach Ihnen, Chef.«

Ich wischte mir langsam die Hände ab und trat an den Spiegel. Die Zipfel des Halstuchs saßen gerade, die weiße Mütze nicht zu schief. Ich ging in das Restaurant. Die fragenden Blicke einiger Gäste folgten mir, als ich auf Tisch vier zuging. Hatte sich da etwa jemand beschwert?

Sie sah mich traurig an. Als ich mich zu ihr hinunterbeugte, sah ich, dass Tränen ihre Augen füllten. »Jetzt freust du dich wohl.«

»Warum sollte ich?«

»Er ist weg.«

»Hat er sich den Magen verdorben?«

»Er ist weg, verstehst du nicht? Weg!«

Ich begriff, was sie mir zu verstehen geben wollte. Ihr Liebhaber hatte sie sitzen lassen. Er war weg. Sein Koffer war gepackt, und er war verschwunden. Das Auto hatte er ihr dagelassen.

»Hast du ihm etwas über mich erzählt?« fragte sie kleinlaut. »An der Rezeption sagte man, er habe sich nach dem Weg in die Küche erkundigt.«

»Bei mir war er nicht. Aber, was hätte ich ihm auch sagen sollen? Was hättest du von mir erwartet? Hätte ich dich in den höchsten Tönen loben sollen? Hätte ich ihm erzählen sollen, dass du verlässlich und treu, aufrichtig und genügsam bist? Er wird auch ohne meine Hilfe gemerkt haben, was für ein Vögelchen er sich da eingefangen hat.«

Von ihr kam keine Gegenwehr. Ihre Finger hantierten nervös mit der Serviette herum. In diesem Augenblick wurde mir bewusst, dass sie ihn geliebt hatte.

Ich beschloss, sie zu trösten.

»Ich werde dir etwas kochen. Etwas ganz besonderes. So, wie früher, als noch alles anders war.«

Ein schiefes Lächeln huschte über ihr Gesicht. »Ich habe jetzt keinen Appetit, tut mir leid.«

»Er wird schon kommen, der Appetit, das weißt du doch! Ich habe für dich immer die herrlichsten Sachen ausprobiert. Außergewöhnliche Kreationen, exotische Speisen. Am liebsten hätte ich nur für dich gekocht, mein ganzes Leben lang.«

Sie nickte zaghaft. »Na gut. Vielleicht lenkt mich das ein bisschen ab. Was ist es denn?«

Ich legte meinen Zeigefinger auf den Mund und hob abwehrend die Hand.

Es würde etwas Außergewöhnliches werden. Etwas mit Estragon und Zwiebeln, mit crème fraiche und vielleicht einer halben Knoblauchzehe. Ein bisschen schauderte mir vor dem Abschmecken, aber das Fleisch war fest und nicht zu faserig. Es war an manchen Stellen ein wenig sehnig, und ich suche noch nach einem vernünftigen Adjektiv, das den Charakter traf. Aber wie soll man eine Art von Fleisch beschreiben, das man noch nie zuvor in seinem Leben in der Pfanne gehabt hat?

Das Gesicht im Nebel

(Eine Hommage an Sir Arthur Conan Doyle)

Seit ich nach jenem tragischen Unglücksfall alleine vom Festland in unser altes London zurückgekehrt war, war nichts mehr so wie früher. Der Schmerz über den Verlust des besten Freundes, den sich je ein Mensch hatte wünschen können, schwand qualvoll langsam dahin, und es dauerte viele Monate, bevor meine Arbeit mich wieder derart gefangennahm, dass ich nicht mehr fortwährend an meinen verstorbenen Freund denken musste. Und doch gab es zahlreiche Dinge, die mir augenblicklich seinen Anblick ins Gedächtnis zurückriefen, sobald ich sie in die Hand nahm. Das gesamte Inventar unserer Wohnung in der Baker Street war bislang unangetastet geblieben, und ab und an drängte es mich, dort vorbeizuschauen, nachdem ich nach einem arbeitsreichen Tag meine Praxis in Kensington verschlossen hatte. Vermutlich würde ich schon bald den ganzen Haushalt auflösen lassen müssen, da es wiederholt zu Einbrüchen in den unbewohnten Räumlichkeiten gekommen war, bei denen glücklicherweise nicht allzuviel Schaden angerichtet worden war. Ob es begeisterte Anhänger oder ehemalige Widersacher meines Freundes waren, die bei Nacht und Nebel dort eingestiegen, vermag ich nicht zu sagen.

Ich hatte in der Zwischenzeit verschiedene Schriften veröffentlicht, in denen ich unsere gemeinsamen Abenteuer einer begeisterten Leserschaft zuführte, und gerade erst hatte die Zeitung den Abdruck des Falls des eingemauerten Bankdirektors angekündigt, dessen literarischer Fortgang allerdings gebremst worden war, da meine Notizen dazu zusammen mit anderen Aufzeichnungen jenen eben erwähnten

125

Einbrechern zum Opfer gefallen waren. Niemals wurden bei jenen Gelegenheiten, in denen ich unsere alte Wirkungsstätte besuchte, meine Erinnerungen so intensiv und gleichsam schmerzlich, wie bei jenem haarsträubenden Erlebnis, das sich im Winter des Jahres 1891 ereignete. Ich erhielt eine schriftliche Einladung zu einer Abendveranstaltung, deren Anlass mich vollständig aus der Bahn warf. Ich gebe zu, dass ich nach dem Öffnen des kunstvoll versiegelten Umschlags zunächst einen Cognac zu mir nehmen musste, da mir noch nie etwas derart Ungeheuerliches offeriert worden war.

Lady Victoria Boynton, die Witwe des Vierten Lord of Sandringham, war bekannt für ihr Interesse an allem Übersinnlichen, und ich hatte die verschrobene alte Dame nicht gemocht, seit Holmes und ich ihr einmal auf einem Empfang vorgestellt worden waren. Ich bin Arzt und beschäftige mich mit realen Dingen, mit Körpern und mit den Schmerzen, die in denselben stecken. Solche Dinge, die es angeblich zwischen den verschiedenen Formen des menschlichen Daseins geben soll, haben mich nie interessiert, und ihre Existenz habe ich stets angezweifelt. Und nun lud mich Lady Boynton zu einer Séance ein, die sie wegen des Besuchs von Irina Ermanova, eines Mediums von internationaler Berühmtheit, in ihrem Hause veranstaltete. Im normalen Falle hätte ich selbstverständlich ein solches Angebot ohne die geringste Beachtung in den Papierkorb geworfen, doch dieses eine Mal packte mich unbändiges Interesse an der Veranstaltung, für die ich gemeinhin nur milden Spott übriggehabt hätte, und der Grund war ebenso evident wie betrüblich: Irina Ermanova wollte an diesem Abend, an dem es darum ging, in Verbindung mit den Seelen der Verstorbenen zu treten, niemand anderen herbeizitieren, als den Geist meines verstorbenen Freundes, Mr. Sherlock Holmes!

Nie in meinem Leben hatte ich etwas von einer Frau namens Irina Ermanova gehört oder gelesen, was vermutlich daran lag, dass ich alle Zeitungsnotizen, die sich auf solcherlei Phantastereien beziehen, geflissentlich überlese und dass ich meine Ohren gegenüber allem Gefasel über Geisterspuk und ruhelose Seelen schon seit jeher verschlossen habe.

An dem Tage aber, an dem ich jenen Brief erhielt, sah ich mit verwirrten Gedanken in das Schneegestöber hinaus, das durch die Straßen Londons wirbelte, und beschloss, dem obskuren Treffen beizuwohnen. Was mich am kommenden Abend erwarten würde, wagte ich nicht zu vermuten, aber ich musste einfach dorthin. Vielleicht, um darüber zu wachen, dass kein Unfug mit dem Andenken meines teuren toten Freunds getrieben wurde, vielleicht, weil ich eine Chance witterte, als wirklicher Vertrauter des herbeizitierten Geistes den Schwindel im Handumdrehen aufdecken zu können, vielleicht aber auch insgeheim, weil ich mich fürchtete, eine Chance zu vertun, die man nicht noch einmal in seinem Leben bekommt.

Als ich am darauffolgenden Abend meiner Droschke entstieg und mit hochgeschlagenem Mantelkragen durch ein wirbelndes Flockenmeer hindurch die eben erst vom Schnee freigeräumten Stufen zur Stadtwohnung der übersinnlichen Witwe Boynton in Belgravia hinaufeilte, hatte ich noch einmal das Gefühl, umkehren zu müssen, aber ich sagte mir, jetzt, wo ich schon einmal hier sei, sei es das Beste, die Sache so rasch wie möglich hinter mich zu bringen.

Als ich vom Butler zu der kleinen, bereits im Salon versammelten Gesellschaft geführt wurde, beschämte mich ein allgemeiner Applaus, der mir bei meinem Eintreten gespendet wurde. «Wir alle bewundern Ihren Mut, Dr. Watson», erklärte Lady Boynton, die in einem schwarzen Paillettenkleid aussah, als gelte es, jemanden unter die Erde zu bringen, anstatt ihn wieder aus der Geisterwelt hervorzulocken.

»Mut? Wieso hält man mich für mutig? Ich denke nicht, dass es besonders mutig ist, sich mit ...«, meine Augen wanderten durch den Raum und zählten, »... sieben Menschen im Dunkeln an einen Tisch zu setzen und die Spitzen der kleinen Finger aneinander zu legen.«

Lady Boynton kicherte leise. Die schwarzen Federn ihres Haarschmucks zitterten. »Natürlich nicht, mein lieber Doktor.« Dann bekam ihr Gesicht eine pietätvolle Note. »Aber schließlich werden Sie heute Abend nach so langer Zeit der Trennung ... nach einer Zeit der Trennung, die für gewöhnlich so lange dauern wird, bis Sie selbst einmal vor Ihren Schöpfer treten, Ihren früheren Freund wiedersehen. Das ist etwas, was nicht jedem beschieden ist, und es kostet Mut, sich auf dieses Wiedersehen einzulassen.«

Ich nickte stumm und murmelte etwas Beiläufiges, um mir nicht noch mehr ihrer salbungsvollen Worte anhören zu müssen. Dann wurde ich den anderen Gästen vorgestellt. Es waren allesamt Mitglieder der Londoner Gesellschaft, die offensichtlich an diesem Abend nichts anderes suchten, als eine außergewöhnliche Zerstreuung. Den ein oder anderen hatte ich bereits einmal bei anderer Gelegenheit gesehen.

Und dann schneite geradezu sprichwörtlich noch ein letzter Gast herein, dessen Anwesenheit mich ungemein verblüffte: Lestrade.

»Inspector«, murmelte ich ihm leise zu. »Seit wann sind Sie unter die Spiritisten gegangen?«

»Quatsch«, brummte er genauso leise zurück und steuerte auf Lady Boynton zu. »Ich wollte mir diesen Unsinn ansehen, den man hier mit seiner Person veranstaltet. Ob Sie's mir glauben oder nicht, aber mir fehlt der alte Knabe ebenso sehr wie Ihnen.« Zu Holmes Lebzeiten hatte es bei Lestrade nie zu einem Bekunden seiner Zuneigung gereicht. Schön, dass er dies nun nachholte.

Dann wurde das Gas heruntergedreht, und Irina Ermanova betrat den Raum. Sie war eine überraschend junge, zierliche Person, deren pechschwarzes, glattes Haar streng in der Mitte gescheitelt war. Ihre Haut war von makelloser Blässe, und es erschien so, als leuchte sie geradezu inmitten der schwarzgekleideten Menschen und des verdunkelten Salons. Mit einem stummen Wink ihrer weißen, kleinen Finger, die aus ihren schwarzen Spitzenhandschuhen herausschauten, bat sie uns, am Tisch Platz zu nehmen. Es wurde feierlich still, nachdem das Stühlerücken und Räuspern ein Ende gefunden hatte. Man hatte mich unmittelbar an der Seite des jungen russischen Mediums plaziert, was mir einiges Unbehagen bereitete. Zu ihrer Rechten saß Lady Boynton, die mit feierlichem Blick auf die blankpolierte Platte des Mahagonitischs vor sich blickte.

Unsicher beobachtete ich, dass nahezu alle Anwesenden wussten, was sie zu tun hatten, ohne dass man ihnen Anweisungen gegeben hatte. Es befanden sich augenscheinlich außer mir und dem ebenfalls verunsicherten Inspektor Lestrade am anderen Ende der Tafel, am Durchgang zum Wintergarten, ausschließlich erfahrene Kenner der spiritistischen Szene am Tisch. Wir breiteten im mittlerweile noch schwächer werdenden Licht der Gaslampen die Hände flach vor uns auf der Tischplatte aus, und wenig später berührten die Spitzen meiner kleinen Finger die des Mediums zu meiner Rechten und die eines schnaufenden alten Herrn zu meiner Linken, der bereits voller Andacht die Augen hinter seinen Brillengläsern geschlossen hatte. Eine unangenehme Kühle ging von der Hand meiner russischen Nachbarin aus.

Ich hatte in diesem Moment das Gefühl, es gebe nun eine letzte Chance, dieser Jahrmarktvorstellung zu entfliehen, aber da öffnete Irina Ermanova ihren wohlgeformten Mund und sagte in gebrochenem Englisch. »Ich bin bereit, meine Damen und Herren, stellen Sie Ihre Fragen!« Dann legte sie den Kopf in den Nacken und ihr strahlend weißer Hals wölbte sich nach vorne.

»Wir sind zusammengekommen«, begann Lady Boynton mit vor Aufregung heiserer Stimme, »weil wir jemanden zu sprechen wünschen, der von uns gegangen ist.« Und dann sah sie mit ernster Miene zu mir herüber. »Sprechen Sie, Doktor. Bitte sprechen Sie ohne Scheu.«

Verlegen räusperte ich mich und warf einen hilfesuchenden Blick in die Runde. Alle hatten jedoch die Augen ganz oder halb geschlossen, bemühten sich um ein Höchstmaß an Konzentration. Nur Lestrade erwiderte meinen ratlosen Blick, bemühte sich jedoch, nicht aufzufallen. Welche Worte sollte ich äußern? Was konnte ich fragen, um die Anwesenden zufriedenzustellen? Das Licht erstarb nun beinahe vollständig. »Ich bin es, Doktor John Hamish Watson. Wenn ... wenn mich nun jemand ... wenn du mich hören kannst, Holmes, dann antworte mir.« Ich dankte der Dunkelheit, dass sie sich schützend über meine mit Sicherheit vor Scham feuerroten Ohren legte. Dann geschah das, was ich erwartet hatte: Nichts! – Ich wich dem Blick Lestrades aus. Mit Sicherheit hatte er große Mühe, nicht vor Lachen laut herauszuplatzen.

In diesem Moment ertönte leise und vibrierend ein dumpfer, unterschwelliger Ton, der sich im ganzen Raum ausbreitete und langsam anschwoll, sodass in dem Kristalllüster, der in der Dunkelheit über unserem Tisch hing, einzelne Kristalltropfen zu vibrieren und zu klimpern begannen. Ein eiskalter Schauer kroch mir über den Rücken, als ich erkannte, dass sich das sonore Geräusch der Kehle meiner jungen russischen Nachbarin entrang. Ihr ganzer Körper begann zu erzittern, und mit einem Mal verspürte ich den unwiderstehlichen Wunsch, meine Hand von der ihren wegzuziehen. Das monotone Brummen wich einem Seufzen, das so voller Schmerz und voller Sehnsucht durch den hohen Raum schallte, dass mir die Haare zu Berge standen.

Und dann materialisierte sich plötzlich im Durchgang zum angrenzenden Wintergarten ein weißlicher Nebel. Die bauchigen Wolken quollen auseinander, und aus ihrer Mitte hervor floss milchiges Licht.

Der Atem stockte mir, als ich plötzlich die vertraute Stimme hörte. »Hallo, Watson, mein Freund. Es ist schön, dich gesund und bei Kräften zu sehen.« Ich kannte diese Stimme seit vielen Jahren, hatte sie vermisst, und glaubte sie schon für immer verloren. Ich hatte sie in bester Stimmung erlebt, voller Enthusiasmus, wenn es daran ging, eine Spur aufzunehmen, hatte sie im Zorn erlebt, hatte sie gehört, wenn sie voller Wehklagen und Verzweiflung gewesen war. Und plötzlich schälte sich das Gesicht meines verstorbenen Freundes Sherlock Holmes aus dem Nebel heraus! Weiße Nebelschlieren umschmeichelten sein kurzgeschnittenes Haar, seine scharf geschnittene Adlernase warf einen Schatten, sein schmallippiger Mund war zu einem Grinsen verzogen, seine Augen blitzten mich durch die Dunkelheit hindurch an. Das Herz wollte mir stehen bleiben. Dies hier konnte niemand anderes sein als der Geist des größten Detektivs, den die Welt jemals gesehen hatte! Aber das war unmöglich! Ich stammelte undeutliche Silben und konnte den Blick nicht von ihm wenden.

»Wer hätte gedacht, dass wir uns so rasch wiedersehen«, sagte die Erscheinung, und ich nahm all meinen Mut zusammen und schrie meine Empörung heraus. »Das ist ein billiger Zigeunertrick, eine optische Täuschung! Lestrade, nehmen Sie diese Schwindlerin fest!«

»Prüfe mich«, sagte das Gesicht aus dem Nebel heraus. »Ich würde dir gerne mit Hilfe des mir von der Natur so spärlich zugedachten Talents auf der Violine vorspielen, das würde dich sicherlich überzeugen.«

»Lug, nichts als Lug und Betrug!« rief ich, vermied es jedoch, wie unter Zwang, meine Hände aus der Kette zu reißen!

»Welches waren die ersten Worte ...«

»Die ersten Worte, die wir wechselten? Oh, bei Gott, das ist lange her. Eine harte Prüfung! Ich glaube es war: »Ich sehe, Sie kommen aus Afghanistan«, oder so ähnlich.«

Die Worte trafen mich wie ein Schlag. Es war exakt derselbe Wortlaut wie damals, als wir uns zum ersten Mal begegneten! »Was für ein Spiel wird hier getrieben?« Jetzt fiel mein Blick auf die junge Frau zu meiner Rechten, die nun ebenfalls dasaß, die Augen weit aufgerissen, und auf das Bildnis aus der Vergangenheit starrte. Das Medium aus Russland konnte anscheinend selber nicht fassen, was da vor sich ging. Das Licht erhellte mit einem Mal wieder den ganzen Raum.

»Ein Spiel, mein lieber Watson«, sagte die Stimme jetzt ernst. »Gewiss, ein böses Spiel! Man trachtet dir nach dem Leben! Die Frau neben dir! Sieh dich vor, sonst hat dein letztes Stündlein geschlagen!« Und plötzlich sah ich unterhalb der Tischkante das verräterische Blitzen der gläsernen Giftspritze, die die falsche Schlange gefährlich nahe an mein Bein herangeführt hatte. Mit einem Schrei sprang ich auf, und stieß polternd meinen Stuhl um. Dann packte ich den bleichen Arm der Attentäterin und in dem Augenblick, in dem ich ihr tief in ihre blauen Augen blickte, erkannte ich

Prudence Vernon, die eigentlich blonde Tochter des betrügerischen Bankangestellten, den Holmes und ich vor einiger Zeit dingfest gemacht hatten. Und zugleich wurde mir klar, dass all dies, – die Einladung, das russische Medium, die Séance, – ein einziger, gewaltiger Betrug war, um mich zu töten und die Veröffentlichung der Einzelheiten des Falles zu verhindern. In der Spritze war vermutlich ein schwer nachweisbares Nervengift. Es hätte alles so aussehen sollen, als ob ich die Wiederbegegnung mit meinem verstorbenen Freund nicht verkraftet hätte, und mein Herzschlag aussetzte. Lestrade sprang durch die empört durcheinander schreienden Gäste hinzu und packte mit eisernem Griff die Hochstaplerin, die sich mit Händen und Füßen wehrte. Als ich zum Wintergarten hinüberblickte, sah ich nur noch, wie die Nebelwolken langsam zerrannen. Ich stolperte vorwärts und riss den Vorhang zur Seite, der die beiden Räume trennte. Als ich in das Dunkel des Wintergartens hineintaumelte, entdeckte ich eine kleine metallene Schale, in der Reste irgendwelcher chemischer Substanzen nur noch schwach vor sich hindampften. Und dann entdeckte ich den reglosen Körper eines Mannes, der in der Ecke lag. Als ich ihn hastig auf den Rücken rollte, stellte ich fest, dass er nur bewusstlos war. Man hatte ihm offensichtlich einen Schlag auf den Schädel versetzt. Ich erkannte eine angeklebte Nase aus Gummi und betrachtete kopfschüttelnd die effektvoll schwarz geschminkten vollen Lippen und Augenlider. Auf dem Kopf trug der Mann einen Deerstalker, den mein Freund nie so oft getragen hatte, wie man es ihm im Allgemeinen andichtete. Das Gesicht im Nebel hatte keine solche Kopfbedeckung getragen. Und dies hier war niemals im Leben der Mann, den ich auch bei noch so spärlicher Beleuchtung mit meinem alten Freund hätte verwechseln können! Und dann fiel mein Blick auf die offene Tür des Wintergartens, die in diesem Moment von einem scharfen Windzug aufgestoßen wurde. Schneeflocken wirbelten aus der Schwärze der Winternacht herein, und plötzlich wusste ich ganz genau, dass ich draußen vor der Tür Fußspuren von langen, schlanken Füßen im Schnee finden würde, die vom Haus wegführten und irgendwo im Nichts endeten.

Backe

oder: Das recht erträgliche Gewicht des Seins

Nun ja, ich bin ein wenig nervös, das werden Sie im folgenden vermutlich verstehen.

Er kommt, um mir das zu nehmen, was ich noch habe. Er hat es am Telefon angedeutet, obwohl er es vermieden hat, die Dinge beim Namen zu nennen.

Also werde ich mir die Zeit bis zu seiner Ankunft verkürzen, indem ich noch ein paar Geleefrüchte esse und weiterlese.

Sicherlich, es gibt Leute, die bestreiten, dass Geleefrüchte, ein Harfenadagio von Marcello und Dostojewskij miteinander harmonieren. Dies sind dieselben Leute, die mit dem Brustton der Überzeugung behaupten, bei der Lektüre von Camus oder Gide könne man zwar ohne Scham Schubert hören, aber keinesfalls Aldi-Dosenfisch in roter Tunke goutieren. Ausgemachter Unsinn, das alles!

Ich lese, seit mir meine Grundschullehrerin die ersten Schritte durch das Labyrinth der kleinen, schwarzen Zeichen, Häkchen und Schnörkel gewiesen hat. Und die Sache mit dem Essen hat sich, soweit ich mich daran erinnern kann, schon ein paar Jahre zuvor entwickelt. Meine Eltern haben diese beiden Leidenschaften früh erkannt und gefördert.

Von Hause aus begütert, stellte es nie ein Problem dar, entsprechende Mengen von Lektüre zu beschaffen und der Köchin Höchstleistungen auf dem kulinarischen Feld abzuverlangen. Bei uns wurde selbst bei Tisch gelesen. Ein Recht, das Vater für die Lektüre seiner Morgenzeitung forderte, wurde auch uns zuteil. Im Hintergrund sorgte bei uns tagtäglich gedämpfte Klassik für eine festliche Atmosphäre. So sind für mich also seit früher Kindheit Lesen, Essen und Musik zu einer untrennbaren Einheit verschmolzen. Meine Hände sind es gewohnt, einerseits die Seiten eines Buches umzublättern und andererseits außerhalb des Blickfeldes nach Köstlichkeiten zu tasten und diese zum Munde zu führen, nicht selten dirigieren die Finger der Rechten dabei mit sanften Schnörkeln die Melodie aus dem Lautsprecher. Das mit dem Schmökern eng verbundene Desinteresse an Bewegung und der ausgeprägte Appetit zeitigten früh die Folgen einer nicht zu leugnenden Ausdehnung meiner Körpermasse. Meine wenig verständnisvollen Mitschüler verliehen mir den unschmeichelhaften Spitznamen »Backe«. Das kränkte mich zunächst, wurde mir dann aber irgendwann gleichgültig und schließlich gewöhnte ich mich daran. Mein Vetter Fred nennt mich noch heute »Backe«..

Ich kann nicht von mir behaupten, in meinen jungen Jahren bei der Auswahl meines Lesestoffs besonders wählerisch gewesen zu sein. Groschenromane, gleich welcher Couleur (bis auf Liebes- oder Arztromane, die ich von jeher verschmäht habe), Karl May (dessen Gesamtwerk ich mehrfach konsumiert habe) und Kriminalromane stellten in jener Zeit meine Unterhaltung dar. Nebenbei naschte ich belgische Trüffeln und Törtchen aus der Konditorei am Markt. Während der Mahlzeiten sorgte ein Bücherhalter, den mein Vater ehedem von einer Reise nach Wien mitgebracht hatte, dafür, dass ich die Hummercremesuppe und das Filet Wellington essen konnte, ohne den Blick von den Dialogen des Dashiell Hammett-Romans oder dem spannenden Showdown meines Lassiter-Heftes abzuwenden.

Vater starb früh. Er verunglückte in einer stürmischen Winternacht auf der Fahrt von Bremen ins Ruhrgebiet.

Mutter hat mich vor sechzehn Jahren verlassen. Eine bösartige Geschwulst hatte sich durch ihren Unterleib gewühlt und sie qualvoll sterben lassen.

Seither fehlt mir so gut wie jeder menschliche Kontakt. Oder vielmehr: Er fehlt mir nicht. Mir sind ja meine Bücher geblieben.

In den Jahren nach Mutters Tod hat sich in meinem Dasein eine seltsame Veränderung vollzogen. Es geschah unmerklich und schleichend. Eines Tages quittierte die alte Köchin ihren Dienst, und ich war gezwungen, eine neue Küchenkraft einzustellen. Die junge Frau war Absolventin einer Hauswirtschaftsschule und hatte keine nennenswerte Berufserfahrung. Eigentlich engagierte ich sie nur, weil sie mich an eine Heldin eines Hemingway-Romans erinnerte, den ich gerade las.

Die Qualität der Speisen nahm ab. In dem Augenblick, in dem ich es merkte, stellte ich für einen Moment der Verblüffung fest, dass es mir gleichermaßen egal war. Was war an Pfannkuchen und fetten Bratwürsten auszusetzen? Warum durften es nicht mal drei Tage nacheinander Pommes Frites sein? Die Speisen füllten den Bauch, befriedigten meine Esslust und ließen sich genau so gut zu Thomas Mann und Boccherini kauen wie pochierter Lachs. Wo ich gerade Thomas Mann erwähne, glaube ich, dass noch gesagt werden muss, dass sich mit der Veränderung meiner Gaumenfreuden auch bei meinem literarischen Geschmack eine Wandlung vollzogen hat. Nicht ohne einen gewissen Stolz kann ich von mir behaupten, dass ich mich gewissermaßen durch die Literatur nach oben gelesen habe. Steinbeck, O'Neill und Kipling ebneten mir den Weg zu Eliot, Mann und Beckett. Von Zeit zu Zeit widme ich mich den großen Philosophen, versinke zum wiederholten Male in Klassikern wie Goethe, Schiller und Heine, und gerade im Augenblick kann ich wieder einmal nicht genug bekommen von Dosto-jewskij, Tolstoj, Puschkin und Turgenjew.

Ist es nun neun oder erst acht Jahre her, dass meine kleine Küchenfee dann schließlich geheiratet hat und fortgezogen ist? Seither bin ich ganz alleine.

Sorgfältig hebe ich nunmehr alle Hauswurfblättchen der diversen Pizzerien, chinesischen und indischen Restaurants auf, die ihre Speisen direkt ins Haus liefern. Einmal im Monat kommt der kleine Philipp aus der Nachbarschaft und füllt die Speisekammer mit Büchsenfleisch, Dosenfisch, Cräckern und Süßigkeiten auf.

Ab und an besucht mich der Arzt, um sich nach meinem Wohlbefinden zu erkundigen. Ich verlasse das Haus nicht mehr. Das wäre ohnehin zu beschwerlich, da ich mittlerwei-le ein Gewicht von etwa zweihundertzwanzig Kilogramm habe. Ich bewohne die Zimmer im ersten Stock des Hauses schon seit einigen Jahren nicht mehr. Mein Bett hat man mir in das frühere Esszimmer geschafft. Das Vermögen, das mir meine Eltern hinterlassen haben, geht langsam zur Neige, und ich habe damit begonnen, die kostbaren Einrichtungs-gegenstände und den ganzen Zierrat zu verkaufen. An die-sen Sachen lag mir ohnehin nie viel.

Außerdem brauche ich Platz für meine Bücher. Ursprüng-lich hatte ich sechzehn Regale, die bereits einigen Raum ein-nahmen. Seit einige Zeit jedoch muss ich mir ständig den Kopf zerbrechen, wo sonst noch Bücher in meiner Wohnung unterzubringen wären. Tagtäglich kommen neue dazu. Ich habe einen prompten Buchversand ausfindig gemacht, der mich mit neuem Stoff versorgt.

Ich habe begonnen, die Bücher auf dem Boden zu stapeln. Dabei musste ich nur beachten, dass ich mittlerweile sehr großzügige Schneisen für meinen enormen Körperbau freilassen muss. Die Fensterbretter, so entdeckte ich eines Tages, stellten ebenfalls famose Lagerplätze dar. Man kann auf ihnen herrliche Stapel errichten. Und da es mir ohnehin viel zu viel Mühe bereitet, die Rollläden zu bewegen, mauere ich mit meinen Büchern die Fensteröffnungen regelrecht zu.

Mein Vetter Fred ist nicht gerade begeistert von meinen Lebensumständen. Fred ist Immobilienmakler und hat schon ewig ein Auge auf die alte Villa geworfen. Er bezeichnet sie immer als ein echtes Juwel aus der Jahrhundertwende mit robuster Bausubstanz in zentraler Lage. Wie kann man nur auf diese Art und Weise von einem Haus reden?

Fred hat finanzielle Schwierigkeiten. Da hat sich irgendetwas mit Baugrundstücken in den neuen Bundesländern zugetragen, von dem ich keinerlei Ahnung habe. Es interessiert mich auch nicht. Freds Probleme sind nicht meine. Er hat oft versucht, mich zu überreden, dieses Haus zu verkaufen. Er würde eine gute Provision dabei erlangen und für mich bliebe genug, um bis an mein Lebensende in einer komfortablen kleinen Wohnung mit bester Pflege zu residieren. Immer, wenn Fred mit mir telefoniert hat, denn zu einem Besuch ist es schon seit Ewigkeiten nicht gekommen, lasse ich meinen Blick über die Bücherregale schweifen, und irgendwo in meiner fetten Brust krampft sich etwas zusammen. Dann bekomme ich Angst vor dem, was einmal sein wird, wenn ich mich einmal nicht mehr gegen Fred zur Wehr setzen kann.

Es klingelte. Ich legte Njetotschka Neswanowa und die Tüte mit Geleefrüchten zur Seite, bei denen mich früher einmal gestört hat, dass immer viel zu viele gelbe Früchte darin waren, wo doch die roten viel besser schmeckten. Das war, wie gesagt, früher, bevor mir egal war, was ich aß.

Ich betätigte den kleinen Knopf neben meinem Bett. Aus der Eingangshalle ertönte ein Summen und das Geräusch der sich öffnenden Haustüre.

»Hierher!« rief ich, als ich Freds zaghafte Schritte vernahm. »Im Esszimmer! Ich habe mich ein wenig hingelegt. Komm her!«

Fred erschien im Türrahmen. Er sah geradezu ekelerregend frisch und sportiv aus. Seine drahtige Gestalt steckte in heller Sommerkleidung, seine Füße in schneeweißen Segeltuchschuhen. Sein Hautfarbe hatte einen Bronzeton, der sowohl auf einen dreiwöchigen Südseeurlaub als auch auf eine Zehnerkarte bei einem dieser Sonnenstudios hindeuten konnte. In Anbetracht von Freds Finanzlage vermutete ich Letzteres.

Er stellte sich vor mein Bett, wippte federnd mit den Füßen und sah mich mitleidig an. »Backe, Backe«, sagte er und strich sich über den modischen Stoppelbart. »Was ist bloß aus dir geworden?«

»Aus dir aber auch, Fred. Du hast ja schon wieder abgenommen. Du treibst zuviel Sport. Dein Körper sieht aus wie tausend andere in diesem Land. Du möchtest doch gerne eine *gewichtige* Persönlichkeit sein, oder?« Ich lachte nervös. Fred blieb ernst.

»Ich bin nicht hergekommen, um Small-talk mit dir zu halten. Ich habe nicht so viel Zeit wie du. Hätte ich all die Zeit, die du schon in deinem Leben mit Schmökern und Fressen verplempert hast, wäre ich glücklich und zufrieden.«

»Mehr Geld hättest du damit aber noch lange nicht«, sagte ich gekränkt. »und um Geld geht es doch bei deinem Besuch, oder?«

»Genau!« Er fischte einen Papierbogen aus der Innentasche seines cremefarbenen Jacketts und hielt ihn mir mit seinen frisch manikürten Fingern vor die Nase. »Das ist nur ein

Entwurf. Wenn du damit einverstanden bist, werde ich es ins Reine schreiben lassen und du wirst unterzeichnen. Das ist der letzte Versuch. Sonst ...«

Ich überflog seine mit Kugelschreiber gekritzelten Zeilen. »Vollmacht. Hiermit bevollmächtige ich Herrn Fred Küsters, den Verkauf des Hauses Riesekestraße Nr. 17 ...« Ich sollte ihn mit dem Verkauf des Hauses beauftragen. Ich sah das Papier an und dann sah ich Fred an. Er rieb sich nervös die Mundwinkel. Ihm stand das Wasser wirklich bis zum Hals..

»Los, nun sag schon Ja!« Er zappelte nervös. »Was willst du denn noch mit dem Riesenkasten? Du vegetierst hier vor dich hin, hast keinen Kontakt mehr zur Außenwelt. Du bist ja wie ein Tier! Wie ein fettes, gefräßiges Tier, das seinen fetten Arsch nicht mehr hochkriegt!«

»Sonst?«

Fred sah mich verständnislos an.

»Ich soll unterschreiben, sonst ...?«

Er trat ganz nahe an mein Bett heran und blickte mich mit funkelnden Augen an. »Du machst es sowieso nicht mehr lange, du fettes Monstrum. Irgendwann macht deine Pumpe schlapp, und dann versenkt man dich mit einer Planierraupe auf dem Friedhof. Dann erbe ich das alles sowieso! Aber solange kann ich nicht warten, verstehst du? Ich könnte dich entmündigen lassen, dich in ein Krankenhaus bringen lassen! Eingesperrt! Diät! Weg von deinen Büchern! Willst du das?«

Wortlos riss ich vor seinen vor Entsetzen weit geöffneten Augen das Papier in kleine Streifen, steckte sie in den Mund, kaute und schluckte sie herunter. Dann schob ich eine gelbe Geleefrucht hinterher.

»Du hast es nicht anders gewollt, du fette Sau!« Er kramte mit hastigen Bewegungen ein Handy hervor und tippte hektisch auf der Tastatur herum. »Dr. Baumann?«

Glauben Sie, es ist schwer zu beschreiben, welche Mühe es bereitet, einen Körper wie den meinen aus eigener Kraft von der Matratze hochzustemmen und aus dem Bett zu bewegen. Wenn ich es erst einmal zuwege gebracht habe, meine Füße über die Bettkante hinauszuschieben, ist der Rest allerdings fast ein Kinderspiel.

Ich tastete ächzend mit den Füßen auf dem Boden nach meinen Hausschuhen, fand sie, schlüpfte hinein.

»Ja, hier spricht Fred Küsters. Doktor Baumann, ich bin gerade zu Besuch bei meinem Vetter ...« Er betrachtete meine Bemühungen, meinen Hintern von der Bettkante hochzuhieven, mit einer Mischung aus Skepsis und Abscheu. Ich winkte ihn herbei. »Fred, sei so gut und hilf mir mal bitte.«

»Einen Moment, Doktor.« Fred machte einen ungeschickten Schritt nach vorne und wusste für einen Moment lang nicht, wie er mich berühren, wie er mir eine Hand zur Stütze reichen könne.

Zuerst hatte ich mir überlegt, es sei vielleicht das Vernünftigste, meine alte Lederstrumpf-Ausgabe zu holen und ihm diese über den Schädel zu ziehen. Vor meinem geistigen Auge sah ich bereits, wie der Buchrücken seinen Hinterkopf traf. Ein krachendes Geräusch würde ertönen, vielleicht würde Blut spritzen. Auf jeden Fall würde sein Schädel dem Gewicht meines schwersten und liebsten Kinderbuchs nachgeben und bersten. James Fenimore Cooper würde ihn töten.

Aber dann wusste ich plötzlich, dass das, was geschehen musste, viel einfacher war!

Als ich vor ihm stand und auf ihn hinunterblickte – Fred war einen guten Kopf kleiner als ich – musste ich grinsen. Er sah mich verwirrt an. Sein Blick fiel auf meine Hände, suchte nach etwas, mit dem ich ihm Gewalt antun konnte, fand nichts. Seine Linke krampfte sich um das Handy, und gera-

142

de, als er es wieder zum Ohr führen wollte, sagte ich: »Fred, mir ist schwindlig«, ließ mich einfach nach vorne fallen, registrierte noch, bevor ich mich während des Sturzes halb um meine eigene Achse drehte, den panischen Gesichtsausdruck in seinen Augen, hörte seinen jämmerlichen Schrei, der sich unter das melodische Spiel der Konzertharfe mischte und ein unappetitliches Krachen, als wir zu Boden stürzten.

Als ich auf dem Rücken lag und zu den Regalen und den Büchern auf den beiden Fensterbrettern hinaufblickte, fühlte ich, wie der Körper meines Vetters ein paar verzweifelte Versuche machte, sich zu winden, unter meinem Gewicht wegzurobben, sich überhaupt in irgendeiner Form zu bewegen. Ich roch Blut. Ich hörte ein unterdrücktes Röcheln, das schwächer und schwächer wurde. Aus den Augenwinkeln sah ich Freds Linke, die verkrampft und zitternd nach dem Handy tastete, das ihr entglitten war und nur eine Handbreit entfernt lag. Sie zuckte noch einmal und blieb dann erschlafft auf dem Teppich liegen.

Aus dem Handy hörte ich leise quäkende Geräusche.

»Hilfe!« rief ich. »Wenn mich jemand hört, dann helfen Sie mir! Es ist etwas Schreckliches geschehen. Ich kann nicht mehr alleine aufstehen!« Ich schickte ein paar gekünstelte Seufzer und Schnaufer hinterher und betrachtete dann den Zipfel der Geleefruchttüte, die über die Kante des Nachttischs hing. Ich verspürte großen Hunger. Und außerdem musste ich wissen, wie es der armen Njetotschka Neswanowa weiterhin erging.

Hundepension

Die einen kläfften heiser, hysterisch, sprangen mit nervösen Hüpfern gegen die federnden Metallgitter, die anderen bellten dröhnend, tief und kehlig, drehten Runde um Runde in ihren Käfigen. So unterschiedlich sie auch gegen die ungewöhnliche Unterbringung rebellierten, so sehr glichen sie sich doch in anderen Dingen: Sie wirbelten Haare herum, schissen in die Ecken und trieben Vera langsam aber stetig an den Rand des Wahnsinns.

Sie starrte nervös durch das Küchenfenster zu den Hundezwingern hinüber und zog gierig an ihrer Zigarette. Die erste seit drei Jahren. Sie hatte sie unten im Dorf in dem kleinen Edeka-Laden gekauft, in dem die dürre alte Besitzerin sie seit dem Augenblick kritisch gemustert hatte, in dem sie hierhergezogen war.

Die erste Kippe nach so langer Zeit.

Jetzt, wo Uwe weg war, war alles anders. Da durfte es auch mal eine Zigarette sein. Wer konnte schon wissen, wie es jetzt weiterging?

Ihr Blick wanderte durch die Küche. Zusammengewürfelter Kram. Ein alter Gasherd, ein Ikea-Regal, ein Kühlschrank, beklebt mit holzfarben gemaserter Folie. Palettenweise stapelte sich das Hundefutter in der Ecke hinter dem alten Küchenschrank von Uwes Großmutter. Von der Decke baumelten zwischen üppigen Büschen strohtrockener Minze, brüchigen Salbeis und rieselnden Oreganums mehrere uralte Fliegenfänger, die gespickt waren mit den Leichnamen hunderter Fliegen. Blankpoliert und stahlglänzend thronte dagegen inmitten der Unordnung Uwes Getreidemühle auf dem Beistelltisch. Erst gestern hatte sie das klobige Gerät blankgescheuert. Frischgeschrotetes Müsli und grobgekörntes Brot.

Seit gestern war alles anders.

Der Polizeiwagen fuhr vor. Dichte Staubwolken wurden von dem unbefestigten Boden emporgewirbelt. »Wie im Wilden Westen«, dachte Vera und schob träge die Glastüre zum Vorplatz auf. Die Ankunft des Streifenwagens hatte bei den Hunden erneut wildes Gekläffe hervorgerufen.

Die beiden Beamten kannte sie bereits. Am Vortag hatten sie sich schon einmal herausbemüht. Hier hinaus, an den Arsch der Welt. Nach ihrem Anruf hatten sie Uwes Personalien aufgenommen, sie gebeten, ihn zu beschreiben und dann allen Ernstes gefragt, was er denn zuletzt getragen habe. Beinahe hätte sie gelacht und gesagt: »Dasselbe wie jeden Tag. Grauer Strickpullover und Jeans im letzten Stadium der Auflösung.« Sie verkniff es sich. Die Beamten hätten es bestimmt merkwürdig gefunden.

Ob sie eine Ahnung habe, warum ihr Mann verschwunden sei? Hatten diese Typen wohl jemals auf diese Frage eine halbwegs vernünftige Antwort bekommen? Sie hätte hunderte von Gründen nennen können, warum er plötzlich von der Bildfläche verschwunden war. Sie hätte ein grobes Bild ihrer kaputten Ehe zeichnen können, aber vermutlich wäre ihr irgend etwas entfahren, das darauf schließen ließ, dass sie keineswegs unglücklich war, dass Uwe seit zwei Tagen nicht von einem seiner weitläufigen Spaziergänge zurückgekommen war. Der Einzige, der etwas über Uwes Verbleib hätte aussagen können, wenn er denn der Menschensprache mächtig gewesen wäre, war Titus, der hechelnde Labrador, der als einziges Vieh den Luxus des freien Auslaufs genoss, da er Uwes persönlicher Begleiter auf all seinen Spaziergängen war. So auch beim letzten.

Der größere der beiden Beamten kam lächelnd auf sie zu, während sein Kollege sich schnaufend mit einem großen Taschentuch den Schweiß von der Stirne rieb.

Sie erinnerten stark an Stan und Ollie.

Der Dürre deutete eine leichte Verbeugung des Kopfes an. »Tut mir sehr leid, Frau Sattmann. Leider keine Neuigkeiten.« Er zuckte mit den Schultern und nestelte an seinem Gürtel herum. »Wir waren nur gerade in der Nähe ...«

Waren sie nicht. Hier oben in der Eifel fuhr man nicht mitten in der sengenden Sommersonne mit dem Streifenwagen »gerade mal in der Nähe vorbei«. Hier oben fuhr man überhaupt nirgendwo »gerade mal vorbei«, weil es hier nichts gab, das man über ihre Hundepension hinaus hätte aufsuchen können. Tatsache war, dass sie eine attraktive Brünette war, der der Mann abgehauen war. Da fuhr man auch schon mal einen Umweg. Selbst in der Bruthitze über den Eifelhöhen.

Sie schlenderten über den staubigen Hof. Die Hunde beruhigten sich allmählich. Stan beugte sich zu dem alten Labrador hinunter und kraulte sein heißes Fell. Träge drehte sich der Hundekoloss auf den Rücken und ließ sich den fetten Bauch kraulen.

»Wenn Sie sagen ›keine Neuigkeiten‹, heißt das so viel wie ›Es gibt überhaupt nichts Neues‹, oder eher so was wie ›Wir hätten da schon was, aber mit dieser Spur weiß nur die schlaue Polizei was anzufangen‹? Etwas zu trinken?« Sie stieß die Glastüre auf, und die beiden Polizisten folgte ihr wortlos. Sie konnte die Blicke der beiden auf ihrem Hintern spüren, der, nur mit einem knappen Bikinislip bekleidet, unter ihrem grellroten T-Shirt hervorwackelte. Sie genoß das Gefühl. Vor allen Dingen, weil Uwe schon längst jeden Blick für solcherlei Appetitlichkeiten verloren hatte.

146

Sie deutete matt auf die zerschlissene Eckbank. »Sperrmüll«, dachte sie in diesem Augenblick wieder, und sie sah eine stattliche Anzahl von Müllcontainern vor ihrem geistigen Auge, die sich stetig füllen würden, wenn es erst einmal daran ging, das Haus für den Verkauf zu entrümpeln.

Sie zeigte zwei gekühlte Flaschen Bier, und die beiden Polizisten nickten zaghaft, mit mühsam beherrschter Freude, ohne einander dabei anzusehen. »Normalerweise ...«, begann Ollie und tupfte wieder mit seinem Taschentuch auf der Stirne herum. Der Rest des Satzes blieb als unausgesprochener Gedanke in der Hitze des Mittags hängen, während kühles Bier in die Gläser schäumte.

»Er kommt sicher zurück«, sagte Stan nach dem ersten nicht endenwollenden Schluck und unterdrückte ein Rülpsen. »Ich weiß nicht, ob Ihnen das ein Trost ist, aber in den meisten dieser Fälle ...« Auch der Rest dieses Satzes zerbröselte in Bedeutungslosigkeit angesichts des nächsten kühlenden Schluckes.

Vera rauchte wieder und drehte sich zum Herd, wobei sie vorgab, etwas von dem altmodischen Metallgestell um die Gasdüsen herum abzukratzen, damit niemand von den beiden ihr nicht mehr zu unterdrückendes Schmunzeln bemerkte.

Uwe war weg.

Und Uwe blieb auch weg.

Nur so konnte sie den Traum von einem neuen Leben in geordneten Bahnen endlich in die Tat umsetzen. Ein Leben ohne Hundehaare in der Butter, ein Leben ohne Dinkelbrot und Ziegenkäse von Uwes bekloppten Kumpel unten im Dorf. Ein Leben in der Stadt, in Bistros, Kinos und auf Feten! Ein Leben mit dem unvergleichlichen Wohlgenuss von doppelstöckigen Cheeseburgern und Pizza! Ein Leben ohne diese beschissene Eifel und vor allem ... ohne Uwe!

Ein weiteres Auto fuhr auf den Hof. Der bordeauxrote BMW kam, umwirbelt von einer mächtigen Staubwolke, vor dem Hauseingang zum Stehen. Der Wagen spie seinen Fahrer, den rotgesichtigen Franz Dieffenthal, regelrecht aus. Mit kraftvollen Schritten und geballten Fäusten stapfte der Seniorchef einer großen Heizungsbaufirma auf das Haus zu und stand wenige Augenblicke später schnaufend und mit den Kiefern mahlend im Rahmen der Küchentüre.

Vera registrierte beunruhigt, dass der alte Herr heute noch ein bisschen röter und noch einen Schritt näher am Infarkt war als gestern, als er seine Colliehündin Sheila von ihrem sechstägigen Aufenthalt abgeholt hatte.

»Das wird Folgen haben!« polterte er los, ohne eine noch so knappe Begrüßung zu formulieren. Die beiden Polizisten versuchten unbeholfen, ihre Bierflaschen aus seinem Gesichtsfeld zu mogeln.

Dieffenthal registrierte Veras fragenden Gesichtsausdruck und fuhr fort. »Gestern abend kriegte meine Sheila Probleme. Schmerzen! Sie wissen, was ich sagen will ... Magenschmerzen, Koliken.« Er ruderte wild mit den Armen, schnappte nach Luft und brüllte Vera dann an: »Das arme Tier wäre mir fast unter den Händen weggestorben!«

Vera setzte ein besorgtes Gesicht auf. »Aber ...« Dieffenthal fiel ihr ins Wort. »Ich weiß nicht, was Sie dem Hund zu fressen gegeben haben! Ich weiß nur, dass der Tierarzt eine Notoperation durchgeführt hat, und das Tier gerettet hat. Das hier ...« Er öffnete seine geballte Rechte und hielt einen kleinen Gegenstand vor Veras Gesicht. Selbst die Polizisten konnten von ihrem Sitzplatz aus genau erkennen, um was es sich handelte.

Der kleine goldfarbene Ring sah ein wenig mitgenommen aus. Leichte Verfärbungen, stark zerkratzt. Die feinen Rillen des Eherings hatten sich mit allerlei Schmutz zugesetzt.

»Dieses Ding hat es – fragen sie mich nicht wie – fertiggebracht, den Darm meines armen Hundes zuzusetzen! Können Sie mir erklären, wie ein Ehering in den Magen meines Collies kommt? Wo ist Ihr Mann?«

Vera zündete sich eine Zigarette an. Ihr Blick fiel, vorbei an den Polizisten, denen eine fürchterliche Ahnung das schiere Entsetzen aufs Gesicht malte, hinaus auf die Hundezwinger.

Sie dachte daran, dass die Hunde Uwe schon immer *zum Fressen gern* gehabt hatten, kicherte bei dem Gedanken daran, dass *Uwes Herz schon immer dem alten Titus gehört hatte*, wie er es immer formulierte, und schließlich brach sie in lautes, unkontrolliertes Lachen aus bei der Erinnerung daran, dass Uwe beim Kauf der neuen Getreidemühle gesagt hatte: »*Die mahlt alles klitzeklein ... sogar Knochen könnte die zermalmen!*«

Puckel

Es lag eine herzzerreißende Traurigkeit in dem Blick seiner großen blauen Augen. Es war ein stummes Fragen nach dem Sinn des Unerklärlichen. Die geweiteten Augen hefteten sich forschend an das verkniffene Gesicht der Mutter, die danebenstand und gleichfalls schweigend betrachtete, wie der Körper des ehemals stolzen Hahns mit panisch flatternden Schwingen in unregelmäßigen Kreisen über den schlammigen Hof schoss, wieder und wieder gegen die Bretter der Stalltüre, das Mauerwerk des Wohnhauses rannte, torkelte und schlingerte, während der dazugehörige Kopf mit blutverschmiertem Halsgefieder schlaff und leblos auf dem Holzklotz lag.

Mit einem Büschel Stroh rieb der Vater die Klinge der Axt sauber und hustete trocken und unbeteiligt. Seine Rechte fegte mit einem kraftvollen Wisch den verbliebenen Kopf in die Nähe des Misthaufens. Wenig später machte er sich daran, den Körper aufzusammeln, dessen hektische Bewegungen weniger und weniger geworden waren, bis er schließlich zuckend, dreck- und blutbesudelt in einer Ecke des Hofes liegenblieb. Die prachtvollen Federn hatten ihren Glanz verloren, die stolzgeschwellte Brust war in sich zusammengefallen.

Stumm verfolgte der Junge die Szene. Speichel tropfte aus seinem rechten Mundwinkel, der unnatürlich schief nach unten stand. Seine Mutter strich sanft mit der Hand über seinen missgestalteten Körper und hielt seine kleine Hand. »Der Hahn kütt jetz en de Himmel«, murmelte sie. »Do hätt der et vell besser. Dämm deet jetz nüüs mie wieh.«

* * *

150

Er war gewachsen. Größer und schneller, als man es hätte erwarten können. An den niedrigen Zimmertüren musste er sich bücken, um nicht anzustoßen, was die hässliche Erscheinung seines unförmigen Rückens noch verstärkte. »Puckel«, riefen sie im Dorf und lachten, wenn er versuchte, ihren Steinwürfen auszuweichen.

Nur seine Mutter hatte Trost für ihn, strich mit ihrer rauen Hand über seine stoppeligen Wangen und blickte gütig in seine Augen, die die gleichen tiefblauen Seen geblieben waren wie vor Jahren.

Der Vater schlug ihn. Er tat es gerne und oft. Der »Puckel« war zu nichts nütze. Die einfachsten Handgriffe waren ihm nicht beizubringen, und mit seiner unbändigen Kraft hätte er doch sicherlich zwei Lohnarbeiter ersetzen können. An ihm war nichts zu verdienen, und das einzige, was er verdiente, war eine Tracht Prügel dann und wann.

Das Blut vom Ochsen hatte er in die Küche tragen sollen. Wieder einmal hatte er fassungslos mit angesehen, wie ein Tier getötet worden war, wie das Leben einfach aus dem Körper wich und einen seelenlosen Kadaver zurückließ. »Der kütt jetz in de Himmel«, hatte die Mutter wieder gemurmelt, so, als müsse sie es ihm wieder und wieder erklären, so als sei er immer noch das kleine, verständnislose Kind. Jetzt war er der große Junge, aber verständnislos war er geblieben.

Aus dem Blut sollte Wurst gemacht werden und kräftige Blutsuppe. Aber seine eigenen Beine hatten ihm wieder einmal im Weg gestanden, und die große Schüssel stürzte mitsamt dem schweren, ungehobelten Körper zu Boden, schepperte und tönte blechern, und das kostbare Blut saugte der trockene, sonnengewärmte Staub des Hofes rasch und durstig auf. Mit fahrigen, ungelenken Bewegungen versuchte der Junge rasch den schwarzroten Schlamm in die metallene

Schüssel zurückzuschöpfen, aber die Flüssigkeit war schon versickert. Weinend blickte er auf seine blutschlammigen Hände und seine hühnenhafte Gestalt kniete gebeugt, bucklig und zitternd inmitten des Hofes.

Der erste Tritt seines Vaters traf ihn in den Magen, der zweite in den Rücken. Sie kamen mit solcher Wucht und jagten eine solche Springflut des Schmerzes durch seinen deformierten Körper, dass er die weiteren, rasch nacheinander folgenden Hiebe und Tritte kaum noch wahrnahm. Gegen das gleißende Licht der unbarmherzigen Sonne beobachtete er, dass seine Mutter versuchte einzugreifen und Anstalten machte, ihren mageren Körper zwischen den ihres Sohnes und den ihres Mannes zu werfen.

Der Vater schob sie wütend zur Seite, packte das Hemd des Jungen in der Höhe des Buckels und zerrte ihn auf die Beine. Dann stieß er ihn brutal und rücksichtslos zu dem kleinen Schuppen, der halbverdeckt hinter der Scheune im Schatten stand, und schleuderte ihn hinein. Es war finster und stickig, und durch den Schleier seiner Tränen versuchte er mit seinen tiefblauen Augen das ihn umgebende Dunkel zu durchdringen.

Von draußen drang erneuter Lärm in sein Gefängnis. Er hörte seine Mutter, die dafür bezahlen musste, dass sie versucht hatte, ihr Kind zu schützen. Wie schon so oft zuvor.

Er hörte dumpfe Schläge, lautes Klatschen und das Scharren der Füße im Staub. Aber er hörte keinen einzigen Ton des Schmerzes. Kein Jammern, kein Weinen. Sie ertrug es still.

* * *

Der alte Tünn war gestorben. Mit eingefallenen Wangen und tief in die Höhlen zurückgesunkenen Augäpfeln, über die sich weiß und ledern die Augenlider spannten, hatte sein

Leichnam nun schon einen Tag und eine Nacht in der Stube gelegen. Viel hatte er nicht mehr tun können in den letzten Monaten. Seine Kräfte hatten ihn verlassen, und eine unerbittliche böse Krankheit hatte ihm Qualen und Schmerzen bereitet, hatte ihn von innen heraus zerfressen, so wie der Holzwurm kräftiges Holz mürbe macht und bricht.

Aus sicherem Abstand, schützend umrahmt vom blassbraunen Rechteck des Türrahmens, hatte er dagestanden und den Leichnam im Kerzenschein betrachtet, hatte versucht, das heitere Bild der Erinnerung an das rotwangige Gesicht des freundlichen alten Knechts mit dem Labyrinth aus toten Schatten und gelblich-wächsernen Wölbungen in Einklang zu bringen, das dort über dem viel zu großen Hemdkragen im Halbdunkel ruhte. Es gelang ihm nicht, und als die Mutter ihm von hinten zurief, er solle die Türe schließen, bevor die Fliegen in das Zimmer hineinkonnten, da sah er sie ängstlich an und fragte schwerfällig und unartikuliert: »Himmel?« Und seine Mutter nickte. Dankbar versuchte er ein schiefes Lächeln und schloss die Tür. Am Tag der Beerdigung, an einem Herbstmorgen unter schiefergrauem Eifelhimmel, da stand er, halbverdeckt von seinen Eltern, am Grab und lächelte immer noch.

* * *

Der kleine, polnische Kriegsgefangene lag wimmernd hinter der Scheune, und drei der Jungen aus dem Dorf lachten ihn aus und bewarfen ihn mit Schneebällen. Sie trafen ihn an manchen Stellen, an denen der Bauer ihm vor wenigen Minuten erst im Suff zahlreiche schmerzhafte Wunden beigebracht hatte. Er rieb sich das rechte Bein, hob gleichzeitig schützend den Arm, um das Schneebombardement abzuwehren und heulte und fluchte auf Polnisch und hatte Hände und Arme zuwenig.

»Puckel! Puckel!« schrien sie begeistert, als er um die Ecke gestapft kam und im gleichen Moment, in dem seine trägen Gedanken die Situation erfassten, stehen blieb, als sei er in Sekundenschnelle angefroren.

Augenblicklich änderten die kleinen Gestalten ihre Taktik und nahmen sich nunmehr seinen Buckel als neue Zielscheibe für ihre festgepressten Schneegeschosse. Im Nu prasselte ein unbarmherziger Schneeballhagel auf seinen deformierten Rücken hernieder. Doch so sehr sie sich auch anstrengten, je näher sie auch kamen und je erbarmungsloser sie zu ihren Würfen ausholten – er blieb unberührt stehen und starrte durch den leicht hernniederrieselnden Schnee zu dem gekrümmt am Boden liegenden Fremden hin, der nur noch leise wimmerte, da ihm eine Atempause gegönnt war. Er schenkte dem Mann mit den dichten Augenbrauen und dem wilden schwarzen Schnauzbart einen Blick, wie dieser ihn noch nie zuvor in diesem feindseligen Dorf gesehen hatte. Seine blauen Augen schienen vor Trauer, Mitgefühl und Schmerz beinahe so etwas wie Wärme durch den frostigen Wintertag zu ihm hinzuschicken.

* * *

Verwundete waren ins Dorf zurückgekehrt. Blutend und ausgemergelt. Wassens Pitter hatte einen Arm verloren. Drieburgs Nöll war blind. Aus der Familie Keutgen waren drei Mann gefallen. Und Meusers Hubert hatte einen Splitter im Schädel, der ihn in den Wahnsinn zu treiben schien. Kurz nach seiner Heimkehr verschwand er im dichten Eifelschnee, ohne eine Spur zurückzulassen. Auch der Pole verschwand in diesem Winter.

Die Welt war aus den Fugen geraten. Tod und Verdammnis hingen über dem kargen Landstrich, in dem am Westwall der bestialische Krieg kalt und hungrig seine Opfer verschlang.

* * *

Sie erwachte in den frühen Morgenstunden von einem Geräusch, das nicht in die schwarze Stille der dörflichen Nacht passte. Es hatte sie geweckt, aber sie konnte nicht sagen, was es gewesen sein mochte.

Im Bett neben ihr lag der Bauer und ließ grunzende Laute vernehmen. Nichts schien ihn zu stören.

Unruhe keimte in ihr auf, ohne dass sie hätte sagen können, was sie umtrieb. Sie glitt sachte aus dem Bett und warf sich ihr großes Tuch um. Es war beißend kalt.

Ihr erster Blick galt dem Jungen.

In seiner kleinen Stube fand sie ein leeres Bett. Ihre Unruhe schwoll zu einem Gefühl des Entsetzens an. Etwas ging vor sich, und sie hatte nicht Phantasie genug zu sagen, was es sein mochte. All die Jahre hatte sie schützend ihre Hand über ihren Jungen gehalten, und hatte – zumeist ohne wirklichen Erfolg – versucht, die Anfeindungen seines ungnädigen Vaters von ihm fernzuhalten. Meist hatte sie es selber mit Schmerzen und Demütigungen bezahlen müssen. Vor den Augen des Jungen ... des armen, zurückgebliebenen, verständnislos dreinblickenden Jungen.

Die Haustüre war angelehnt, das dünne Licht der Neumondnacht ließ den Schnee behutsam im matten Grau erstrahlen. Sie fand die Fußspuren im gleichen Moment, in dem sie die schwere Türe vollends öffnete und ihren panischen, suchenden Blick in die Nacht hinausschickte. In aller Hast warf sie sich ihren Mantel über und stieg in die Stiefel.

Dann folgte sie der Spur, die schnörkellos und zielstrebig den Hof über die dahinterliegenden Felder verließ und dem schwarzen Horizont entgegenstrebte. Der linke Fuß war jeweils scharfkantig und mit festem Schritt in den Schnee geprägt, der Rechte hatte eine ungenaue, zerfurchte Spur hinterlassen.

In ihrem Kopf fegten die Gedanken wirr umeinander. Was hatte ihr Kind vor? Wo ging es hin? Was würde geschehen, wenn der Vater dahinterkäme, dass es sich nachts aus dem Haus stahl?

Wollte ihr Junge am Ende weg? Hatte er sich in seinem wirren Geist einen Weg ausgemalt, der Tyrannei des Alten zu entfliehen?

Sie musste sich beeilen, um ihn einzuholen!

Dann führte die Spur ins Peschfelder Loch. In die Ödnis eines von der Dorfbevölkerung gemiedenen kleinen Tals, das wild und verwachsen seit jeher Kulisse für Schauergeschichten und düstere Ammenmärchen gewesen war.

Die Spur führte geradewegs hinein, leitete sie hindurch unter verkrüppelten schwarzen Ästen, krummgebeugt unter der schweren Last des Schnees und durch die gierigen Fänge des dürren, mannshohen Strauchwerks. Sie stolperte und rutschte. Sie stieß sich die Handknöchel auf und raffte wieder und wieder ihren triefend nassen Nachtrock, um nicht fortwährend von widerborstigem Gestrüpp festgekrallt zu werden. Sie hatte fast schon beschlossen, wieder umzukehren, ihren Mann zu wecken, und Hilfe aus dem Dorf zu holen, da ...

... nahm sie den flackernden Lichtschein wenige Schritte vor sich wahr. Ihre Schritte verlangsamten sich. Sie setzte die schmerzenden Füße zaghaft und ängstlich. Als sie an der kleinen Lichtung angelangt war, hielt sie für einen Moment den Atem an. Die blassweiße Wolke, die ihr seit ihren ersten

Schritten in die Winternacht aus dem Mund entwichen war, verschwand für Sekunden. Nichts vernebelte den Blick auf die Szenerie, die sich ihr bot.

Sie sah Kreuze.

Viele, vielleicht zwei Dutzend. Jemand hatte sie gerade erst sorgfältig vom Schnee befreit. Sie waren ungelenk zusammengeschustert.

Es gab kleine, zwei Handbreit hoch, aus dürren Zweigen gebunden. An dem ein oder anderen steckte eine Feder. Nass, struppig. An manchen baumelten Überreste von lange verfaulten Blumen.

Es gab größere, kniehoch. Mit einem Stück Geweih geschmückt das eine, mit einer Hundekette das andere, manche mit frischem Tannengrün herausgeputzt.

Und es gab große. Einen Meter hoch vielleicht. Aus Brettern, die nass und schwarz einen flackernden, langgestreckten Schatten in das Kerzenlicht auf dem schneebedeckten Boden der Waldlichtung warfen. An einem hing klamm und schlaff ein Verband, dessen Blutflecken tiefschwarz aussahen. An einem anderen erkannte sie die speckige Mütze des Polen.

Sie schlug die Hände vor den Mund und stürzte auf ihre Knie. Schnee stob auf. Ein Würgen quälte sich aus ihrer Kehle hervor, und sie presste ihre eiskalten Finger ganz fest auf den Mund, um nicht einen gellenden, gepeinigten Schrei in die knisternde Stille der Nacht hinauszustoßen.

»Himmel«, flüsterte ihr Junge, als er behutsam an ihre Seite trat. Der Schnee knirschte unter seinen schweren Schritten. »Himmel.«

Und sie verstand.

Sie hatten es besser jetzt. So glaubte er. Ihre Schmerzen hatten endlich ein Ende. Sie hatten ihr irdisches Jammertal durchschritten und ihre geschundenen Körper hinter sich gelassen. Hähne, Katzen, Hunde ... Menschen. Panisch zählte sie die größeren Kreuze. Sechs Stück.

Wer?

Wann?

In diesem gottlosen Krieg verschwanden Menschen. Waren einfach weg. Wer würde sie jemals unterm schwarzen Waldboden suchen?

»Himmel«, sagte ihr Kind und legte sacht die Hand auf ihre zitternde Schulter. Etwas blitzte durch die Nacht. Der Schein der Kerze wurde funkelnd von der blankschliffenen Schneide reflektiert, als er die alte Axt hob.

Als sie ihn ansah, hielt er die Fäuste hoch über dem Kopf erhoben. Die Axt war kaum zu sehen, verschwand im Dunkel hinter ihm. Er hielt sich beinahe gerade, so, als habe er nie einen Buckel gehabt. Und er lächelte sie an. Das Lächeln hing ihm schief im Gesicht, und langsam bahnten sich die Tränen ihren Weg über sein entstelltes Gesicht.

»Himmel«, flüsterte er lächelnd und schlug zu.

Schottenkaros

Herr Breuer für Kasse Fünfzehn ... Herr Breuer bitte.« Im Kaufhof roch es nach nassen Mänteln. Draußen wirbelte der Schnee um die Häuser, und hier drinnen hatten sie die Heizung bis zum Anschlag hochgedreht. Die Verkäuferin schwitzte, sie hatte richtige Schweißperlen auf der Stirn stehen. Ihre Wimpern flackerten nervös, als sie sich eine ihrer blonden Strähnen hinters Ohr zurückschob. »Mein Kollege hilft Ihnen gleich weiter«, sagte sie beiläufig zu dem jungen Mann, der zur Seite trat, um der nächsten Kundin Platz zu machen, die einen Schal auf den Tresen legte: Schottenkaro.

»Was stimmt nicht damit?« fragte die Kassiererin in einem Tonfall, der nur mühsam verbergen konnte, dass die letzten Tage sie ganz nahe an den Rand der Verzweiflung getrieben hatten. Weihnachtsrummel, Umtauschstress, Inventur ... Im Januar würde sie in ein tiefes Loch fallen, sich einfach fallen lassen, die Augen schließen und zwei Wochen krankfeiern. Ihr rotlackierter Fingernagel kreiste über dem Schal. Ein einfacher Herrenschal, fünfzig Prozent Wolle, fünfzig Prozent Acryl, gedecktes Schottenkaro.

»Den möchte ich gerne umtauschen«, kam es von der anderen Seite der Verkaufstheke.

Warum tauschte man einen solchen Schal um? Sie musterte die Kundin. Eine kleine Frau in den Fünfzigern, mollig, graumelierte Löckchen unter einer Pelzmütze. Rote Apfelbäckchen und ein Lippenstift, der sicherlich im Dunkeln leuchtete. »Passt der nicht?«, fragte sie, während sie den Stoff nach einem Preisetikett absuchte. »Oder hatte Ihr Mann schon einen anderen?« Sie spürte, dass sie gleich kichern musste. Zeit, dass all das hier vorbei war. Auf der Silvesterfete bei Achim würde sie sich die Kante geben, so wie noch nie zuvor!

Die Kundin lächelte ungetrübt vor sich hin. »Er hat meinem Mann nicht gefallen«, sagte die kleine Frau. Dann kramte sie in ihrem Portemonnaie herum und förderte einen Kassenzettel zutage, den sie der Verkäuferin über den Tresen schob. »Hier ist der Beleg.« Die Verkäuferin prüfte den Zettel und murmelte: »Neunundzwanzig fuffzich. Geld kann ich Ihnen aber keins zurückgeben. Da müssen Sie sich schon was anderes für sich aussuchen.«

Jetzt wurde ein buntes Halstuch über den Tresen geschoben. Pantoffeltierchenmuster mit bordeauxfarbener Umrandung. Seniorenabteilung. Die Kundin strahlte. »Wenn meinem Mann der Schal nicht gefällt, dann kaufe ich mir eben selbst was von dem Geld. Dann tu ich mir halt selber mal was Gutes.« Die Verkäuferin lächelte falsch zurück und tippte auf ihrer Kasse herum.

Zufrieden verstaute die Kundin wenige Augenblicke später das Tuch und den Kassenbon in ihrer grauen Handtasche. Sie wünschte der Kassiererin einen guten Rutsch und machte dem nächsten Kunden Platz. Die kleine Frau wackelte in ihren ausgetretenen Lederstiefeln zwischen den Regalen her auf den Ausgang zu, und das Lächeln wich dabei nicht aus ihrem Gesicht.

Ihrem Mann hatte der Schal wirklich nicht gefallen. Eigentlich seltsam, da es sich um ein wirklich unauffälliges Muster in gedeckten Farben handelte. Etwas, das er ganz gut zu seiner dunklen Winterjacke hätte tragen können. Oder auch zu dem beigefarbenen Kamelhaarmantel. Wahrscheinlich aber hatte er wieder einmal nur an dem Schal herumgemäkelt, um sie zu kränken. Wenn sie über die zurückliegenden sechsunddreißig Jahre nachdachte, kam ihr in den Sinn, dass sie bei ihm eigentlich nie so richtig gewusst hatte, ob ihm etwas wirklich nicht gefallen hatte, oder ob er nur nörgelte, um sie damit zu verletzen. Wahrscheinlich war es beides gewesen. Fünfzig Prozent Unzufriedenheit und fünfzig Prozent Bosheit. Am Anfang hatte es ihr wehgetan, aber später hatte sie sich damit eingerichtet. Es konnte sogar ganz leicht sein, mit einem notorischen Nörgler zusammenzuleben. Wenn man sich erst einmal damit abgefunden hatte, dass der Mensch, mit dem man Tisch und Bett teilte, ohnehin kein gutes Haar an dem ließ, was man tat, dann konnte man nicht mehr viel falsch machen.

Sie hätte das mit dem Schal schon in dem Moment wissen müssen, in dem sie ihn gekauft hatte. Ein einfacher Herrenschal, nichts, aus dem man einen Streit hervorzaubern konnte. Nur ihr Mann beherrschte das. Schottenkaros möge er grundsätzlich nicht, so hatte er sie angefahren. Das müsse sie doch langsam wissen.

Der Kartoffelsalat, den es am Heiligabend gab, seit sie denken konnte, war ihm zu salzig gewesen und der Weißwein zu warm. Der Christbaum stand zu nah an der Heizung, und die Lichterkette im Vorgarten war ungleichmäßig in den Baum gehängt worden. Mit den Meisenknödeln war sie zu verschwenderisch gewesen und mit dem Streusalz zu sparsam. Auf dem Weihnachtsteller lagen zu viele Printen und zu wenige Zimtsterne. Die Batterien in der Fernbedienung waren leer, die Kerzen rußten, die Weihnachtsschallplatte hatte seit dreizehn Jahren immer noch denselben Sprung. Das Rasierwasser, das sie ihm schenkte, roch zu aufdringlich, die neuen Filzpantoffeln waren zu unbequem, der silberne Füller lag nicht gut in der Hand, und der Schal ...

Den Schal hatte sie ihm um den Hals geschlungen, als er um acht Uhr die Nachrichten gucken wollte, hatte fest an beiden Enden gezogen, amüsiert beobachtet, wie sich sein schlecht rasierter Nacken oberhalb der Schottenkaros rötete, anschwoll, wie er wild mit den Armen ruderte, den Weihnachtsteller von der Sofalehne stieß, wie seine neuen Pantoffeln ihm von den Füßen glitten, seine Finger sich in die Brokatkissen gruben, wie seine Bewegungen immer langsamer und schwächer wurden, und sie hatte erst wieder losgelassen, als der Nachrichtensprecher ihr ein frohes und gesegnetes Weihnachtsfest gewünscht hatte.

Ihre Finger tasteten nach der seidigen Oberfläche ihres neuen Halstuchs in ihrer Handtasche. Dann verließ sie das stickige Kaufhaus und trat in die erfrischend kühle Winterluft hinaus.

De liebe Jung

De liebe Jung! Müschelchen, komm mal schnell, da ist er wieder!« Pelz fegte ein paar Krümel von der Kunststofftischdecke und erhob im selben Schwung die Hand zum Gruß. Seine Frau Irmgard erschien mit der Kaffeekanne in der offenen Terrassentür und reckte ebenfalls den Arm zum Winken in die Höhe. Echte Freude zauberte kleine Fältchen in die Gesichter des Ehepaars. Aus ihren Mundwinkeln glänzten verstohlen die Goldkronen hervor.

Pelz rückte mit gebuttertem Finger die Brille auf dem Nasenrücken zurecht, ohne dabei die andere Hand sinken zu lassen.

»Jetzt ist Urlaub«, sagte seine Frau zart und hauchte ihm einen Kuss auf die Wange. Es schmeckte nach frisch aufgetragenem Rasierwasser und verwischter Marmelade.

»Ja, Müschelchen.« Pelz nickte zufrieden und blickte dem Trecker nach. Dann ließ er langsam den Arm sinken. »Jetzt ist Urlaub.«

De liebe Jung hatte zurückgewinkt, als er auf seinem Ferguson vorbeigeschnarrt war. Mit einem kräftigen, behaarten Arm, auf dem der grobkarierte Hemdsärmel bis zum Ellenbogen zurückgekrempelt war und beachtliche Muskeln sehen ließ. Er hatte dem Ehepaar aus der Stadt sein strahlendstes Lachen geschenkt und die Freude in ihren Gesichtern gesehen. Eigentlich waren ihm all diese Städter reichlich egal. Schlimmstenfalls gingen sie ihm auf die Nerven, aber diese beiden waren gut. Sie waren im Laufe der Jahre allen Vereinen beigetreten, ließen Geld im Dorf und saugten alles, was ihrer Meinung nach das Leben in der Eifel so lebenswert machte, gierig in sich auf: Das Sechs-Uhr-Läuten, den Güllegestank und den Radau der Trecker und Kreissägen.

Sie nannten ihn »*de liebe Jung*«, das hatte er in der Kneipe gehört, und er ahnte, dass er in ihr Bild vom idyllischen Dorfleben hineingehörte. Wenn sie am Abend in ihrem Ferienhäuschen am Dorfrand angekommen waren und am Morgen in aller Frühe ihr erstes Frühstück im Freien einnahmen, dann winkten sie ihm zu wie kleine Kinder, die mit offenen Mündern einem Heißluftballon hinterherstarren. Am liebsten, da war er sich ganz sicher, da wären sie einmal bei ihm mitgefahren. Aber das wäre nichts für ihn.

Andere Landwirte ließen die Städter sogar in ihren umgebauten Scheunen wohnen.

Es gab Grenzen.

De liebe Jung rieb sich über sein stoppeliges Kinn und griff um das Lenkrad. Der Trecker vibrierte unter seinem Hintern. Violette Fliederdolden peitschten gegen die Scheibe, als er auf der Höhe der Bushaltestelle einem entgegenkommenden LKW Platz machen musste. Der Frühling war gewaltig in diesem Jahr. An den Hängen schäumte das helle Grün des jungen Laubs zwischen den Nadelwäldern hervor. Er würde heute wieder in den Wald fahren. Holzrücken. Es gab viel aufzuräumen nach dem Winter.

Er spähte in den Himmel, an dem ein paar mickrige Wölkchen einen aussichtslosen Kampf gegen ein sattes Blau kämpften.

»Sybille« hatte das letzte Tief geheißen, das mit seinem Dauerregen die Äcker unter Wasser gesetzt hatte. Oder doch »Sebastian«?

Früher hatten die Tiefs ausschließlich weibliche Namen gehabt, wie »Christiane« oder »Steffi«, heute hießen sie manchmal auch wie die Jungs. »Theo« oder »Harald«. Wegen der Emanzipation.

Seine Schwester hatte das gut gefunden. Die wohnte jetzt seit anderthalb Jahren mit ihrem Freund in Frankfurt und kam nur noch selten zu Besuch.

Seit dem Tod seiner Mutter hatte er den Hof jetzt ganz allein. Das Vieh hatte er verkauft und lebte jetzt davon, anderen Bauern mit seinen Maschinen zu helfen. Und manchmal machte er Holz im Wald.

De liebe Jung erreichte die Stelle im Wald, an der das Holz aufgetürmt lag und mit ein paar Buchstaben aus rosa Sprühfarbe markiert worden war. Hier hatte er am Vorabend aufgehört. Er hatte geschuftet, bis ihm die Knochen wehtaten. Er hatte den ganzen Tag die feuchte, erdige Luft des Waldes in seine Lungen gepumpt und mit dem Handrücken den Staub, den Schweiß und die kleinen Tierchen auf seiner Stirn verrieben. Er ackerte für gewöhnlich bis zur Abenddämmerung und erlaubte sich dann hinterher bei einer Zigarette, in Ruhe sein Werk zu betrachten. Und manchmal, wenn er die Stämme zählte, und den Blick durch den Wald an die Stellen wandern ließ, an denen am Vormittag noch der Windbruch und die toten Bäume des Vorjahrs gelegen hatten, dann war er zufrieden mit sich. Dann fuhr er auf seinem Ferguson durch die Dämmerung nach Hause, duschte sich den Schweiß vom Körper und schlief vor dem Fernseher ein. Die Abende endeten fast immer so. Ihm fehlte so gut wie nichts.

De liebe Jung steckte sich heute erst einmal eine an, bevor er loslegte. Er rauchte Roth-Händle ohne Filter. Er konnte was vertragen. Versonnen blickte er dem milchigen Qualm nach, den die durchs Blätterdach rieselnde Sonne in ein silberglänzendes Band verwandelte.

Weiter hinten gab es eine Naturwaldzelle. So nannte man das. Bei ihm hießen die Dinger Kraut-und-Rüben-Wälder, weil da alles wuchs, wie es wollte. Wenn ein Baum umfiel, blieb er liegen, und wenn der Knöterich wucherte, dann wucherte er eben. So wollte es das Forstamt. Er mochte diese Stellen. Da war alles so, wie es sein sollte. Kein Mensch schnippelte daran herum, keiner buddelte herum oder pfuschte der Natur ins Handwerk. Es war ein Anblick zum Ergötzen.

Die Existenz dieser Kraut-und-Rüben-Flecken versuchte man so geheim zu halten wie möglich. Sie lagen in der unergründlichen Tiefe der Eifelwälder, und man vermied es, unnötig auf sie aufmerksam zu machen.

Er kannte sie alle. Er hatte denjenigen von ihnen, die er mit eigenen Augen gesehen hatte, Namen gegeben: Sophie, Rosi, Ellen und Ingrid. Eine Gertrud gab es und eine Paula. Bei ihm gab es diesen Quatsch mit den Emanzipationsnamen nicht.

Hier das hieß Sandra. Er erinnerte sich. Da war er vor zwei Jahren schon einmal gewesen.

Über ihm rätschte ein Eichelhäher. Alarm! Da raucht einer! Mensch im Revier!

Hier kam keiner unbeobachtet durch.

»Gut so«, murmelte er und drückte die Kippe auf dem rissigen Gummi des Treckerreifens aus. Dann begann er, die Ketten zu sortieren. Ölig klimperten die Glieder umeinander. Ihr Rasseln schallte zwischen den Stämmen in das feuchte Grün des Waldes.

* * *

De liebe Jung rieb sich den Nacken mit einem fleckigen Tuch. Er spürte, wie die Schweißperlen zwischen seinen Schulterblättern hinunterrannen. Am liebsten hätte er das T-Shirt ausgezogen, aber der Abend hing schon in der Luft. Der Wald kühlte ab. Mückenschwärme wirbelten durch die Luft. Der Waldboden atmete mit trägem Seufzen die Hitze des vergangenen Tages aus.

Das reichte jetzt. Mit verkniffenem Gesicht versuchte er zu überblicken, wieviel er heute geschafft hatte. Dreißig Meter, vielleicht sogar vierzig. Seine Knochen sagten ihm auf jeden Fall, dass es genug war. Schweiß rann ihm in die Augen.

Er gönnte sich eine letzte Zigarette in der hereinbrechenden Dunkelheit.

Dann schwang er sich auf den Trecker und startete den Motor. Knatternd vibrierte das Fahrzeug unter ihm. Es zerdröhnte den stillen Waldfrieden. Ein paar andere Landwirte nannten ihre Trecker beim Kosenamen. »Emma« oder so. Er fand das albern.

Mit einer ungestümen Lenkbewegung wendete er das Gefährt und holperte über den unebenen Weg aus dem Wald hinaus.

Auf der Landstraße genoss er den Fahrtwind, der ihm in Ärmel und Kragen kroch und sein T-Shirt aufblähte.

Als er sie an der Bushaltestelle stehen sah, wunderte er sich nicht. Sie studierte ratlos das Schild. Hier standen die Fremden oft. Der Fahrplan war einige Jahre alt, da stimmte kaum noch eine Abfahrtzeit drauf. Ratlose Gesichter, diskutierende Pärchen, Blicke auf die Armbanduhr. Immer wieder, wenn er hier vorbeikam.

Sie winkte, als er näher kam. Verloren stand sie da, an einem rostigen Haltestellenschild, mit Schweißrändern unter den Achseln und zornig zusammengekniffenen Augenbrauen. Die Haltestelle gehörte zum Josefshof, ein paar hundert Meter weiter am Waldrand. Sonst lebte hier niemand.

Ihr schneeweißer Arm leuchtete im Licht der untergehenden Sonne fast noch mehr als ihr wirres rotes Haar. Sie winkte weit ausholend.

Er begann, das Gas zu drosseln und rollte langsam aus. Fast genau vor ihr kam er zum Stehen.

»Kommt der Acht Uhr fünfundvierzig noch?« fragte sie laut, um gegen das Püttern des Dieselmotors anzukommen. Sie hatte Tausende von Sommersprossen. Sechzehn, siebzehn mochte sie sein, oder vielleicht etwas darüber. Sie hatte kleine Brüste und schmale Lippen. Ihr Kinn reckte sie energisch vor.

Er ließ sich Zeit zu antworten. Nicht, weil er ihre Ungeduld genoss, sondern, weil das so seine Art war. Er war kein Mann unbesonnener Worte. Sie brauchten eben ihre Zeit von seinem Gehirn bis zur Zunge.

»Acht Uhr fünfundvierzig? Nee, leider nicht, nee.« Er rieb sich das stoppelige Kinn. »Nach Acht kommt hier gar nix mehr. Schon lange nicht mehr. Das Schild ist uralt.«

Sie fluchte auf Englisch. Das verstand er nicht. Warum wurde heute nur noch auf Englisch geflucht?

Er sah ihren Rucksack. Ein riesiges Bündel groben olivgrünen Stoffs, offensichtlich prall gefüllt. Sie blickte wieder auf die Uhr, gerade so, als könne sie die Zeit zurückdrehen, wenn sie nur oft genug hinsah.

Er kannte das. So standen sie immer da. Verärgert oder verzweifelt, je nachdem wie ernst die Lage war. Mit dem Bus durch die Eifel? Das konnte er keinem empfehlen.

Er nickte ihr noch mal freundlich zu und zeigte den Anflug eines Lächelns, als er das Gas wieder hochdrehte.

»Halt!« rief sie und wedelte mit beiden Armen. »Ich komm' doch niemals hier weg. Morgen früh fährt erst der Nächste, und ich hab keine Lust in dieser verfickten Wildnis zu übernachten.«

Nachdenklich ließ er den Blick schweifen. Das Abendrot zauberte Feuer auf die Hügel.

»Ich nehm' Sie ein Stück mit. Bis zum nächsten Dorf.« Er drehte sich zur Seite und nahm seine Ledertasche vom Seitensitz. »Kommen Sie rauf.«

Er reichte ihr die dreckige Hand, und sie zögerte keinen Augenblick, sie zu ergreifen. Sie schenkte ihm sogar ein dankbares Lächeln, obwohl er keine Anstalten machte, ihr bei dem schweren Rucksack zu helfen.

»Glauben Sie, ich kann im Dorf irgendwo unterkommen? Nur für heute Nacht.« Sie schob sich eine feuerrote Strähne aus dem Gesicht. »Ich hab keinen Bock, für eine Nacht dieses Scheißzelt aufzuschlagen.«

Er überlegte lange, bevor er langsam nickte und sagte: »Sicher. Da findet sich schon was.«

Der Trecker legte sich schwungvoll in die nächste Kurve, und die Finger ihrer Rechten klammerten sich um das Gestänge des Führerhauses.

»Ich bin die Josie.« Sie wühlte mit der Linken in ihrem Rucksack herum und förderte ein Päckchen Gauloises zutage. »Eigentlich Josefa. Meine Eltern haben einen Knall. Ich bin abgehauen.« Sie kicherte, aber er sagte ihr seinen Namen nicht.

* * *

»*De liebe Jung*! Müschelchen, heute ist der aber früh unterwegs!« Pelz winkte mit der Zeitung.

Seine Frau schloss die Gartenpforte hinter sich und winkte. In der Armbeuge hielt sie die Tüte mit frischen Brötchen.

Der Trecker fuhr knatternd vorbei, und *de liebe Jung* winkte fröhlich zurück. Frau Pelz blickte ihm lange nach und machte sich so ihre Gedanken. So ein attraktiver Mann. So ein Naturbursche.

»Müschelchen, ich habe Hunger!«

* * *

De liebe Jung spuckte geräuschvoll aus. Er hatte Dreck in den Mund bekommen, und es knirschte zwischen seinen Zähnen. Hier war das Gelände hügeliger als da, wo er gestern gewesen war. Es ging steil einen Hang hinunter. Die Fichten standen dicht an dicht, und es gab einen Bach, der unten im Tal gluckerte.

Es war elf Uhr, und er war fertig. Heute war es schwül. Sicher würde noch ein Gewitter kommen. Er hockte sich auf einen kleineren Wurzelteller, der schief aus der Erde aufragte. Kraut und Rüben. Alles verwildert und verwachsen. Morgen würde er wieder Holz rücken, so, wie an den anderen Tagen. Heute war Pause.

Er hatte nur ungefähr gewusst, wo sie war, diese Naturwaldzelle. Man kam mit dem Trecker nicht einmal auf vierhundert Meter heran, und selbst zu Fuß war es sehr unwegsam. Hier kam kein Mensch hin. Scheißschlepperei.

Während er sich seine Zigarette anzündete, ließ er den Blick schweifen. Die Plane musste noch gefaltet werden, und die Stricke und der Wust von Paketband mussten verschwinden.

Die Gauloise schmeckte nicht. Er schnippte sie ins Laub.

Dann begann er, den Spaten sauber zu wischen und überlegte, dass dieser Platz unmöglich »Josie« heißen konnte. So ein Waldstück kriegte nicht so einen beschissenen englischen Namen. »Josefa« würde es heißen. Die anderen hatten schließlich auch alle keine englischen Namen.

Maison Morteuil

I. Solange Colmar

Ihre großen blauen Augen waren starr auf einen Punkt oberhalb der Holzvertäfelung gerichtet, an dem nur noch ein blasser Fleck vermuten ließ, dass dort bisher das Portrait von Monsieur gehangen hatte. Die feingliedrigen Finger spielten nervös mit der Schnur des Telefons, das vor ihr auf dem Boden stand.

»Natürlich Madame, machen Sie sich keine Sorgen. Ich werde gleich danach schauen. Irgendwo muss er ja schließlich sein. Ein großer, brauner, sagten Sie? ... Ja, das stimmt. Sie haben recht. Auf mich haben diese Kerle von der Spedition auch einen ausgesprochen unsoliden Eindruck gemacht ... Genau! Haben Sie gesehen, was der Blonde mit Ihrer kleinen Kirschholzkommode gemacht hat? Nein, natürlich haben Sie das nicht mitbekommen. Immer wenn Sie oder Monsieur Cavatte in der Nähe waren, haben diese Kerle ja alles mit Glacéhandschuhen angefasst. Aber wehe, Sie waren mal nicht in Sicht ... Ja, ja, ich schaue gleich zuerst nach dem Koffer, und danach werde ich dann zu Bett gehen.« Sie machte einen Schritt zur Seite, um aus dem Fenster blicken zu können. »Nein, hier sieht es nach Regen aus. Es zieht sich langsam zu ... Sonnenuntergang? Oh, wie wunderschön. Ich beneide Sie, Madame. Schlafen Sie auch gut, Madame, und richten Sie bitte Monsieur meine besten Grüße aus ... Natürlich ... Oh, ja. Und hoffentlich werden wir uns einmal wiedersehen. Vielleicht, wenn Sie dann einmal nach Paris kommen? Bei den Brignols? ... Ich weiß, ich habe es Ihnen schon so oft gesagt, aber ich bin Ihnen und Monsieur wirklich sehr, sehr dankbar, dass Sie mir diese neue Stelle bei den Brignols ... Ja, es sind wirklich sehr, sehr nette Leute. Ich werde mich rasch eingewöhnt haben ... Natürlich ... Gut. Ach, bevor ich es vergesse: Mit dem Telefon ist nun auch alles geregelt. Um Mitternacht wird abgeschaltet. Die Dame von der Telefongesellschaft hat mir extra Bescheid gesagt. Das fand ich sehr nett, ich meine ... Wie bitte? Oh, nein, nein. Es ist ja nur eine Nacht. Die letzte. Da wird ja nicht plötzlich die ganze Welt versuchen wollen, hier anzurufen. Wenn etwas Dringendes wäre, könnte ich ja auch unten im Dorf ... Oh, nein, Madame.« Sie kicherte verhalten. »Nicht bei Luc, nein, nein. Sie wollen mich veralbern, Madame. Ich versichere Ihnen, Madame. Ich werde alles hier vermissen, sehr vermissen. Aber keinesfalls diesen Luc, diesen Einfaltspinsel. Gut, Madame. Vielen Dank. Leben Sie wohl, Madame.« Sie ließ den Hörer auf die Gabel gleiten. Ein leises Klicken hallte durch den Raum und brach sich an den kahlen Wänden.

»Vermissen«, murmelte Solange und kniff verbittert die blassen Lippen zusammen. »Ich werde alles sehr, sehr vermissen.« Sie atmete langsam und tief den Geruch des alten Hauses ein. Sie roch den stumpfen Geruch von Bohnerwachs, auf den alten Polstersesseln unter den weißen Schonbezügen, und sie glaubte noch einen Hauch jenes Rosenöls zu erahnen, das Madame immer auf die Schale mit den getrockneten Rosenköpfen geträufelt hatte, die auf dem Vertiko an der Stirnwand des großen Raumes gestanden hatte.

Ihr Blick wanderte zu dem leeren Platz, der beim Abtransport des kostbaren Möbelstücks entstanden war. Staubflocken tummelten sich entlang der Fußleiste. Sie zog die Stirn kraus. Fast zwanzig Jahre war sie in den Diensten der Cavattes gewesen. Niemals hatte es je so erbärmlich ausgesehen. Maison Morteuil war ein stolzes Haus gewesen, ein

Hort der Ruhe, angefüllt mit herrlichem Mobiliar, erlesenem Schmuck und mit der gütigen Freundlichkeit des alten Regierungsrats Cavatte und seiner Gemahlin. Aber jetzt hatten die Cavattes auf ihre alten Tage ein neues Domizil im Süden suchen müssen, jetzt war dieses Haus ausgeräumt und bei lebendigem Leibe seiner Eingeweide beraubt worden. Jetzt herrschten Staub und eisige Stille. Und sie war die letzte, die diesen Grabgesang zu hören bekam. Sie war für eine Nacht zurückgeblieben, damit das Haus nicht allein stand, damit niemand sich jetzt, wo es allein und abseits auf seinem Hügel stand, einen Spaß daraus machte, eine Scheibe einzudrücken, einzusteigen, die Schonbezüge von den letzten, noch verbliebenen Möbelstücken zu reißen und irgendeinen Unfug damit anzustellen, den sie sich im Traum nicht auszumalen vermochte.

Morgen würde sie fort sein, auf der Fahrt nach Paris, zu den Brignols, die ohne Zweifel eine ehrbare Familie waren, und gewiss gut zu ihrer neuen Haushaltskraft sein würden. Aber Paris war Paris. Und das hier ... ihr Blick wanderte die Holztreppe zur Galerie hinauf und verlor sich im dunklen Gebälk der hohen Decke ... das hier würde sie nie wiedersehen. Tränen verschleierten ihren Blick. Sie nestelte ein Taschentuch aus dem Ärmel ihrer Strickjacke und schneuzte sich. Dann gab sie sich einen Ruck und beschloss, Besen und Kehrblech zu holen, um die Wollmäuse zu entfernen. So etwas hatte es hier nie gegeben, und etwas Derartiges würde auch dieser Immobilienmakler nicht zu sehen bekommen, wenn er morgen die neuen Besitzer durch die Räume führte. Ripoux, ein skrupelloser Geschäftemacher aus Dijon, der die finanzielle Zwangslage der Cavattes schamlos ausgenutzt hatte. »Ripoux ...«, murmelte sie vor sich hin, als sie in der Besenkammer das Licht einschaltete. So hieß er, dieser

Immobilienhai. »Ripoux oder Ripoche, oder so ähnlich.« Sie fischte das Kehrblech und den Handfeger vom Regal. »Nein, Ripoux ... Ripoux. Ja, Ripoux.«

Er hatte es nicht einmal für nötig befunden, das Anwesen persönlich in Augenschein zu nehmen. Monsieur Ripoux hatte geruht, einen seiner Angestellten vor Ort hinauszuschicken. Ein paarmal hatte er sich telefonisch aus Dijon gemeldet. Vermutlich über eines dieser Funktelefone. Vermutlich von einem anderen wichtigen Termin, kurz vor dem Abschluss eines anderen dreckigen Geschäfts, oder kurz danach. In der anderen Hand vielleicht ein Glas Champagner.

Und Madame Cavatte hatte dann immer den ganzen Abend geweint. Sie hatte zuletzt fast jeden Abend geweint. Und Monsieurs Spaziergänge vor dem Zubettgehen waren immer länger geworden, so, dass Madame und auch sie schließlich sogar begannen, sich Sorgen zu machen, ob ihm möglicherweise etwas zugestoßen war, oder ob er am Ende sogar ... Nun, er war immer wieder zurückgekehrt. Und das war gut so. Die Cavattes hatten beschlossen, miteinander alt zu werden. Sie gehörten zusammen. Hier oder in ihrer neuen Heimat, sie hatten immer noch einander.

Und was hatte sie jetzt noch?

Sachte schob sie die blassgrauen Knäuel mit dem borstigen Handfeger auf das Blech. Die alte Standuhr, die bereits von ihrem Platz an der Wand hin zu den verbliebenen Sesseln gerückt worden war, schickte ihr gleichmäßiges, hartes Ticken in die bittere Stille.

Sie war allein. Und seit Monaten nagte sich der quälende Gedanke durch ihre Gedanken, dass sie von nun an immer allein bleiben würde, dass Paris sie schlucken und verzehren würde. Sie kannte die Stadt aus dem Fernsehen, sie hatte darüber gelesen, und jedes Bild, jedes Wort hatte ihre Furcht wachsen lassen.

Sie kniete neben den beiden großen Kartons, in die Madame Cavatte mit ihrer Hilfe die schweren Samtvorhänge aus der Halle und dem Salon hineingepackt hatte. Dort, wo ihre Herrschaft von nun an lebte, gab es keine Verwendung mehr für die schweren, großen Stoffbahnen, und trotzdem hatten sie sie abgehängt, hatten sie sorgfältig verpackt, die Kartons mit schwarzem Filzschreiber beschriftet, damit nichts, aber auch gar nichts übrigbleiben sollte für die, die nun kamen. Luc Vanavel würde sie am Morgen mit seinem kleinen Lieferwagen holen. Er hatte von Madame den Auftrag, die Kartons an den Pfarrer zu liefern, der sich darum kümmern würde, dass die Leute aus dem Dorf ein paar ordentliche Vorhänge für ihren Gemeindesaal daraus gemacht bekamen.

Ripoux würde nichts mehr vorfinden, wenn er irgendwann seinen Fuß in dieses Haus setzen würde. »Ripoux«, murmelte sie bitter, und zaghaft rannen ein paar Tränen ihre Wangen hinunter und tropften auf das Kehrblech.

Ihr tränenverschleierter Blick fiel wieder auf die Kartons, und sie erkannte im Halbdunkel dahinter die messingfarbenen Schnallen des Koffers, nach dessen Verbleib sich Madame vorhin am Telefon erkundigt hatte.

Sie rutschte auf den Knien näher heran und zerrte den Koffer aus seinem Versteck heraus. Na, also. Da war er. Nichts durfte verlorengehen. Das, was den Cavattes noch geblieben war, war zu kostbar, als dass es einfach so verschwand, wie es angeblich bei einem Umzug immer wieder verschiedenen Gegenständen widerfährt.

Sie zog ihr Taschentuch hervor, schneuzte sich erneut und rieb sich mit dem Handrücken die Tränen aus den Augen.

Mit zitternden Fingern legte sie den Koffer vor sich auf den Boden und schob die Knöpfe der beiden Schnappverschlüsse nach außen. Mit einem lauten Klacken sprangen die Schlösser auf, und sie hob vorsichtig den ledernen Deckel an.

Der Inhalt war sorgfältig gefaltet. Madame selbst hatte ihn gepackt. Der Koffer enthielt ihre Abendgarderobe, zumindest einen Teil davon. Ihre Hand strich über die Oberfläche des blauen Abendkleids. Es war nachtblauer Samtstoff. Er glänzte edel und verlockend. Am Saum des Dekolletés war ein zartes, paillettendurchwirktes Muster aus Pflanzenornamenten aufgesetzt, und die Ärmel waren aus weichfließendem Tüll genäht, der sich so zart wie ein kühler Lufthauch um den Arm schmiegte.

Sie hatte Madame bei verschiedenen Gelegenheiten in diesem Kleid bewundert. Geburtstage, Silvesterfeiern, Empfänge für einflussreiche Leute aus der Stadt. Eine zarte, schlanke Gestalt, die sich mit anmutigem Lächeln durch die Schar der Gäste hindurchbewegte, eine vorbildliche Gastgeberin, und eine zeitlos schöne Frau.

Bevor sie richtig begriff, was sie tat, hatten ihre Hände das Kleid bereits aus seinem Behältnis hervorgeholt, hatten die hauchdünnen Ärmel ausgebreitet und es gegen ihren Körper gepresst. Ihr Blick wanderte an sich hinab. Sie hatte Madames Figur, aber nicht ihre Grazie, hatte ihre Größe, aber doch nicht ihre vornehme Haltung.

Einem plötzlichen Impuls folgend wandte sie sich zur Seite, wo bislang immer die Garderobe gehangen hatte, die rechter Hand von einem großen Brokatspiegel flankiert gewesen war. Aber auch hier gab es an der Wand nichts als große, blasse Schatten. Wunden, die sich geöffnet hatten, seit man dieses Haus entkleidet hatte.

Der samtige Stoff flüsterte leise unter der trockenen Haut ihrer Finger. Sie hatte mit einem Mal das unbändige Verlangen, das Kleid überzustreifen und sich darin zu anzuschauen. Noch einmal diese kostbare Hülle auf einem Körper betrachten zu dürfen. Selbst, wenn sie noch irgendwo einen Spiegel fand, würde sie sich darin nicht ins Gesicht sehen können. Denn alles, was sie dort beobachten konnte, waren rotgeweinte Augen, ein würdeloses, ungeschminktes, trauerndes Gesicht mit tiefen Sorgenfalten. Und sie wollte doch nur noch einmal das Kleid betrachten, noch einmal die Illusion haben, Madame Cavatte sei bei ihr.

Als sie auf die Treppe zulief, stolperte sie über das Kehrblech, und der Staub verteilte sich wieder auf dem Boden. Achtlos lief sie weiter und sprang die steinernen Stufen hinauf, von denen der persische Läufer entfernt worden war. In ihrem Zimmer gab es einen kleinen Taschenspiegel. Sie stolperte die Gänge entlang, in denen sie es vermied, das Licht einzuschalten, da von den Decken nur noch bloße Glühbirnen kaltes Licht auf nackte Wände warfen.

Ihr Zimmer war finster. Draußen hatte sich der Himmel rasch zugezogen, die Wolken hatten sich zu einem bedrohlich schwarzen Gewühl zusammengeballt. Sie glaubte, bereits die ersten Regentropfen fallen zu hören. Sie konnte nicht anders, als das grelle Licht einzuschalten.

Ohne das Kleid aus den Händen zu legen, kramte sie in ihrem Kulturbeutel herum. Es waren nicht viele Dinge darin, gewissermaßen nur das Nötigste. Ein zartrosa Lippenstift und ein wenig blauer Lidschatten reichten ihr schon seit langem. Monsieur hatte ihr immer wieder Komplimente gemacht und gesagt, von welch natürlicher Schönheit sie sei, und dass auf ihrem Gesicht jegliches Make-up so überflüssig sei, als ob jemand versuche, mit Farbe und Pinsel eine Rose zu verschönern. Monsieur war ein Meister, wenn es darum ging, Komplimente zu machen.

Der Spiegel war klein und rund, und sie fürchtete, dass es darin nicht viel zu sehen gab. Und doch öffnete sie mit fliegenden Fingern die Knöpfe ihres Kleides, streifte sich den groben Stoff über die Schultern, und als sie es über die Hüften schob und sich bückte, fiel ihr Blick auf die beiden gläsernen Rechtecke des Zimmerfensters. Gegen den dunklen Abendhimmel spiegelte sich ihr Körper in den Glasscheiben. Sie erkannte ihre schlichte Unterwäsche, ihre blasse Haut, die im harten Licht der Glühbirne milchig leuchtete.

Niemals zuvor hatte sie sich umgezogen, ohne zuvor die Vorhänge zuzuziehen. Die Burschen aus dem Dorf, so hatte sie immer angstvoll gedacht, könnten draußen herumlungern, und nur darauf warten, einen Blick auf ihren nackten Körper zu erhaschen. Allen voran Luc, der einfältige Sohn des Bauern Vanavel. Er stellte ihr schon seit Jahren nach, und obwohl er ihr ein bisschen leid tat, weil er keine Frau abbekam, und obwohl es ihr ein wenig schmeichelte, dass er sich gerade in sie verguckt hatte, war ihr der Kerl doch zuwider.

Seit ihrer Kindheit hatte niemand sie jemals nackt gesehen. Nur Monsieur.

Eines Tages war Monsieur in ihr Zimmer getreten, als sie sich gerade wusch. Es war ein heißer Tag gewesen, und das Aufhängen der Wäsche hinterm Haus hatte sie so sehr ins Schwitzen gebracht, dass sie am Nachmittag den dringenden Wunsch verspürt hatte, sich zu waschen. In diesem Moment war Monsieur Cavatte hereingekommen. Sein Klopfen hatte sie durch das Rauschen des Wasserhahns nicht hören können.

Er hatte für einen Augenblick wie gebannt auf ihre Hand gestarrt, die, in einen rosafarbenen Waschlappen gehüllt, zwischen ihren Schenkeln ruhte, und noch bevor sie die Hände vor die zierlichen Brüste schlagen konnte, noch bevor sie nach einem Handtuch greifen, ja bevor sie auch nur einen Laut des Erstaunens hatte ausstoßen können, hatte Monsieur bereits eine rasche Entschuldigung gemurmelt, hatte auf den

Absätzen kehrtgemacht und die Tür wieder hinter sich geschlossen. Sie war, vom Schreck wie gelähmt, auf einen Stuhl gesunken und hatte eine ganze Weile da gesessen, immer noch den Waschlappen gegen ihre Scham gepresst. Seither war Monsieur nie wieder in ihrem Zimmer gewesen. Das war jetzt vier Jahre her.

Mit hungrigen Blicken betrachtete sie sich selbst im Glas des Fensters, gegen das nun die ersten Regentropfen prasselten. Mit offenem Mund verfolgte sie jede ihrer Bewegungen, als sie in das Kleid stieg, es über die Hüften zog, mit den Armen hineinschlüpfte, die Brust hervorwölbte und nach hinten in den Nacken griff, um den Reißverschluß zu schließen.

Sehr langsam machte sie den Versuch, ein paar anmutige Drehungen vor dem Spiegelbild zu vollführen. Die Illusion war nahezu perfekt. Das bleiche Licht warf einen harten Schatten auf ihr Gesicht. Die Gestalt, die sie vor sich sah, konnte man wahrhaftig für Madame halten.

»Sie sind wunderschön, Madame«, flüsterte sie, so, wie sie es ihr immer wieder gesagt hatte. »Sie sind zum Weinen schön. Ich bete für Sie und Monsieur, und ich verfluche die Menschen, die Sie von hier fortgejagt haben, Madame.«

Während draußen die ersten Blitze zuckten, bahnten sich erneut heiße Tränen ihren Weg.

In diesem Moment vernahm sie plötzlich, wie aus weiter Ferne, die Türglocke.

II. Frederic Ripoux

Er hatte gehofft, einigermaßen trocken vom Auto bis zum Portal zu kommen, aber auf den regennassen Steinstufen war er bereits ausgerutscht, hatte sich schmerzhaft das Schienbein

gestoßen, und der Regen war gnadenlos auf ihn niederge-
prasselt. Triefend nass lehnte er wenig später an der kühlen
Graniteinfassung der Haustüre und drückte wieder und wieder den Klingelknopf. Mit der Rechten rieb er sich sein
schmerzendes Bein. Das neue Kashmir-Jackett war versaut,
soviel stand fest. Und die verdammte Tür öffnete auch niemand, soviel stand auch fest. Wieder presste er den Daumen
auf den messingfarbenen Knopf, und wieder erklang irgendwo gedämpft ein reichlich gewöhnliches »Dingdong«, das so
gar nicht zu dem imposanten alten Kasten passen wollte.

Warum öffnete niemand diese verfluchte Tür? Irgendwo
im ersten Stock hatte er durch den Regen hindurch Licht
gesehen, als er sein Auto die Auffahrt hinaufgelenkt hatte.
Was im Grunde genommen nichts zu bedeuten hatte, denn
wer dachte schon daran, hinter sich in allen Räumen fein säu-
berlich das Licht zu löschen, wenn man damit beschäftigt
war, einen Kasten von anderthalb Tausend Quadratmetern
leerzuräumen?

Irgend etwas tat sich hinter der schweren Eichentür.
Dumpf erklangen Stöße, er hörte gedämpftes Schlüssel-
geklimper, und dann öffnete sich die Tür.

Zuerst nahm er nur ein unendlich blasses Gesicht und zwei
große, hellblaue Augen wahr, die fragend auf ihn gerichtet waren.

Pailletten glitzerten am Dekolleté des Kleides, das er als
nächstes erkannte. Ein Ballkleid. Etwas für den besonders
festlichen Anlass. War er am Ende in eine große Abschieds-
party geraten? Aber selbst vor der Geräuschkulisse des um
ihn herum tobenden Unwetters war deutlich, dass aus dem
Inneren des Hauses nichts als finstere Stille drang. Das blasse Wesen vor ihm schwieg immer noch beharrlich. Sollte das
Madame Cavatte sein? Die Ehefrau des alten Knaben, mit
dem er die Verhandlungen geführt hatte?

»Verzeihen Sie die späte Störung, Madame«, sagte er und setzte sein strahlendstes Lächeln auf. Demonstrativ schlug er das Revers seines ruinierten Kashmir-Jacketts hoch und trat von einem Fuß auf den anderen. Wie lange sollte er noch hier draußen herumstehen und sich nassregnen lassen?

»Ich sollte eigentlich erst morgen hier sein. Ich weiß, dass Sie nicht mit mir rechnen. Aber ich war heute in Marseille, und ich dachte, es sei doch klüger, sofort hier zu bleiben, anstatt zurück in den Norden zu reisen und morgen dann wieder ...«

Die Dame im dunklen Kleid starrte ihn an, ohne dass er Unverständnis oder Ärger in ihren Augen lesen konnte. Ihr Blick war einfach nur leer. Vollkommen leer und beinahe so auf ihn gerichtet, als ginge er durch ihn hindurch.

»Ich habe bisher nur mit Ihrem Mann gesprochen, Madame Cavatte. Ripoux. Fréderic Ripoux. Ich bin der Makler. Ich habe hier morgen Nachmittag einen Termin mit den künftigen Besitzern, und da habe ich mir gedacht ...« Der Wind jagte eine wahre Wasserfontäne unter den Türsturz und er wand sich frierend. »Verzeihung, Madame, aber im Dorf gibt es keinen einzigen verdammten Gasthof, und es sieht fast so aus, als hätte ich keine andere Wahl, als im Auto ...«

In dem Moment, in dem er seinen Namen genannt hatte, so erinnerte er sich hinterher, war plötzlich ein Hauch des Erkennens durch ihr Gesicht gehuscht, und ihre Finger waren um die Kante des Türblattes gekrochen. Weiß wie Schnee lagen sie auf dem dunklen Holz der Tür.

Schließlich murmelte ihr Mund ein paar tonlose Worte, und sie öffnete die Tür vollends. Mit einem Satz rettete er sich ins Trockene. Hinter ihm fiel die Tür schwer ins Schloss, und wie jedes seiner eigenen Geräusche, wie das Klatschen seines nassen Jacketts, wie das Schmatzen seiner aufgeweichten Schuhe, hallte auch dieses Geräusch von den nackten Wänden wider und verebbte langsam.

Seine Augen blickten an den Wänden der Halle entlang, betrachteten die Holzvertäfelung, sein Blick wanderte hinauf zum Deckengebälk und musterte schließlich den anthrazit-farbenen steinernen Hallenboden. All das kannte er bisher nur von Fotografien, und in dem Moment, in dem er es nun tatsächlich vor sich sah, erfüllte ihn das satte Gefühl, mit diesem Kasten keinen Fehler begangen zu haben.

»Verzeihen Sie, dass ich Sie nicht sofort erkannt habe, Monsieur Ripoux«, erklang die brüchige Stimme der Frau hinter seinem Rücken. Während er sich zu ihr umwandte, entledigte er sich ächzend seines Jacketts. »Kein Problem, Madame. Wie konnten Sie auch ahnen, dass wir uns noch begegnen würden?« Er streckte seine Hand aus, was aber offensichtlich von ihr nicht bemerkt wurde, denn sie griff mit beiden Händen nach seinem Jackett und nahm es ihm ab.

Ein Moment der Stille entstand, in dem nichts zu hören war, außer dem Ticken der Standuhr.

»Ist Ihr Mann da?« brach er das Schweigen und näherte sich händereibend dem kunstvoll geschnitzten Treppen-pfosten.

»Monsieur Cavatte ist bereits abgereist«, sagte sie leise und verschwand geräuschlos mit dem sandfarbenen Jackett in einem Nebenraum.

Ripoux ließ erneut den Blick schweifen und nickte zufrieden. Als sie zurückkehrte, hatte er sich bereits auf einem der noch verbliebenen Sessel niedergelassen. Lässig hatte er die Beine übereinandergeschlagen und hatte die Arme auf der weißbetuchten Lehne ausgebreitet. »Der Komfort lässt zu wünschen übrig, wenn es dem Ende zugeht, nicht wahr, Madame?« sagte er und lachte scheppernd. »Ich würde meine Mutter verkaufen, wenn ich jetzt einen Cognac dafür bekäme. Aber vermutlich sind all diese Kostbarkeiten schon in Ihrem neuen Domizil, nicht wahr?«

»Hier ist nur noch das Nötigste, das ich für diese letzte Nacht brauche«, sagte die Dame im Abendkleid schleppend. »Und ein paar Möbel, die morgen früh abgeholt werden. Bis zu Ihrem Termin am Nachmittag wird alles leergeräumt sein.« Sie hatte die Hände gefaltet und knetete sie unentwegt. »Sie sehen, ich kann Ihnen nicht einmal mehr etwas zu trinken anbieten. Außer einem Glas Milch vielleicht ...«

Er verneinte lachend. »Das will ich erst gar nicht anfangen. Vielen Dank, Madame.« Dann beugte er sich vor, setzte eine halbwegs ernsthafte Miene auf und sagte: »Wie ich sehe, haben Sie sich in Schale geschmissen, Madame. Ich hoffe, ich störe nicht Ihre ganz private, kleine Abschiedsfeier. Das wäre mir höchst unangenehm. Vielleicht sollte ich doch besser im Auto ...«

Sie hob abwehrend die Hände. »Ich bitte Sie, Monsieur. Bleiben Sie ruhig hier. Der Abschied ist längst gemacht.« Und dann fügte sie mit einem Lächeln hinzu, das er nicht recht deuten konnte: »Wer wird schon sein Herz an ein so altes Gemäuer hängen, nicht wahr?«

»Eben!« Er sprang auf und ging auf den Kamin zu. Seine Rechte fuhr über den Sims und klatschte auf den nackten Stein. »Altes Gemäuer, ganz recht. Ein kühler, alter Kasten mit endlos hohen Wänden und schlecht schließenden Fenstern, habe ich Recht?«

Dann trat er nahe an sie heran und setzte eine verschwörerische Miene auf. »Den neuen Eigentümern habe ich es natürlich ganz anders geschildert. Ihr Mann wird es Ihnen sicherlich erzählt haben. Ein amerikanischer Esoterik-Heini, der hier seine europäische Zentrale einrichten will. Ich sage

Ihnen: Der ist ganz geil auf so ein altes Gemäuer! Der braucht jede Menge Zimmer für seine Seminare und all diesen ganzen Zauber. Ich verwette mein letztes Hemd, dass in diesen Zimmern auch allerhand Einzeltherapien über die Bühne gehen.« Er zwinkerte ihr zu. »Sie verstehen, was ich meine?«

»Ich ahne es, Monsieur.« Sie stand immer noch stocksteif da und schlang nervös ihre Finger ineinander.

Ripoux klopfte an der Holzvertäfelung herum und meinte jovial: »Ich kann mir denken, dass Sie ganz schön froh sind, diese muffige Bude endlich los zu sein. In Ihrem Alter, da kann man doch froh sein, wenn man wieder in der Zivilisation weilt. Ich weiß ja nicht, wie Ihr Gatte das sieht, aber hier draußen ist man doch gewissermaßen bei lebendigem Leibe begraben. Ist es nicht so?« Er hielt inne und registrierte verunsichert ihr andauerndes Schweigen.

Dann trat er näher, fasste sie leicht an der Schulter und fuhr in beinahe väterlichem Tonfall fort: »Sie werden sehen. Dort, wo Sie jetzt hingehen, werden Sie die schönsten Jahre Ihres Lebens verbringen. Ein paar Hundert Quadratmeter für zwei Personen, kein überflüssiges Personal ... Sie hatten doch Personal, oder?«

»Ein Dienstmädchen«, sagte sie tonlos und hatte den Blick starr auf den Fußboden gerichtet.

»Seien Sie froh, dass es zu Ende ist, Madame!« Wieder warf er den Kopf zurück und lachte scheppernd. »Dienstboten sind eine Geißel Gottes! Klingt pathetisch, ist aber so. Die Burschen machen der Herrin des Hauses schöne Augen, und die Dienstmädchen lassen den Hausherrn nachts nicht schlafen. Haben Sie nicht diese Erfahrung gemacht?« Während er plauderte und umherschritt, hier eine Tür öffnete und dort aus dem Fenster in das Unwetter hinaus starrte, den Blick mit den Händen beschattend, war die Dame im blauen Abendkleid an die Treppe getreten und räusperte sich zaghaft. Keine Miene, kein Zucken in ihrem Gesicht verriet, was sie von diesem gutgebauten dynamischen Burschen hielt, der umherwanderte und sein Revier markierte. Seine Duftmarken setzte. Ja, genauso verhielt es sich. Monsieur Ripoux war nichts anderes als ein lausiger Köter, der überall seine Duftmarken setzte, der regelrecht in die Ecken pisste. Jeder Griff seiner Hände, jeder Schritt seines Fußes jagte ihr einen Schauder des Ekels über den Rücken.

»Vielleicht wollen Sie Ihre Sachen ein wenig trocknen, Monsieur«, sagte sie leise. »Oben gibt es ein Badezimmer, in dem ist eine Heizsonne an der Wand installiert. Ich fürchte, es gibt kein heißes Wasser mehr, sonst würde ich Ihnen zu einem Bad raten. Ich könnte Ihnen allerdings eine Tasse Tee zubereiten.«

Er zog die Stirn kraus und nickte dann nachdenklich. »Gute Idee. Ich bin froh, wenn ich wieder trockene Sachen am Leib trage.« Er erklomm die erste Treppenstufe. »Bemühen Sie sich nicht. Sagen Sie mir nur, wo ich das Bad finde.«

All das war nun schon sein, keine Frage. Er bewegte sich ungemein selbstsicher in seinem neuen Besitz umher.

»Wenn Sie im Gang sofort die erste Türe links öffnen, sind Sie schon drin. In dem kleinen Köfferchen finden Sie zwei Handtücher und ein Stück Seife.«

»Ich helfe mir schon, vielen Dank.« Und lächelnd fügte er hinzu: »Ich helfe mir immer selber. Dienstboten habe ich gottlob keine.« Und während er die Treppe hinaufstieg, plapperte er unaufhörlich weiter. »Ihr Dienstmädchen hatte ich vor ein paar Wochen mal an der Strippe. Klang reichlich tranig, die Kleine. Erste Türe links, sagten Sie?« Dann ging er die Galerie entlang. Das Holz knarrte unter seinen Füßen, und schließlich verschwand er im Durchgang zum Flur.

Er tastete mit der Linken nach dem Lichtschalter und seine Hand erzeugte ein schleifendes Geräusch, als sie über die kalte, nackte Wand strich. Der Flur war stockfinster. Mit der Rechten knöpfte er sich das nasse Hemd auf.

Der Lichtschalter, den er ertastete, war keiner der gebräuchlichen Kippschalter, sondern er ließ sich drehen. Mit einem lauten, schnalzenden Geräusch rastete er ein, und drei von der langgestreckten Decke hängende Glühbirnen gossen kaltes Licht in den Flur. Irgendwo hörte er ein Fenster klappern und das unablässige Prasseln des nicht endenwollenden Regens.

Er öffnete die erste Tür zur Linken, so wie seine Gastgeberin es ihm gesagt hatte. Wieder fand er tiefschwarze Finsternis vor. Muffiger Geruch schlug ihm entgegen. Nicht der Geruch, den ein Badezimmer im Allgemeinen ausströmte. Auch hier fand er rechter Hand den Schalter, den er wieder drehte. Nur flammte hier kein Licht auf. Irgendetwas war defekt. Im Schein der Flurbeleuchtung erkannte er einen rötlich lackierten Dielenboden. Er fischte das Feuerzeug aus der Brusttasche, entzündete es und fand seine Vermutung bestätigt: Dies war nicht das Bad. Leergeräumte Wandregale zeugten davon, dass dies einmal der Vorratsraum gewesen sein musste.

Kopfschüttelnd zog er die Tür ins Schloss und wandte sich dem gegenüberliegenden Zimmer zu.

Auch hier fand er den altmodischen Drehschalter vor, aber die Szenerie, die sich ihm hier präsentierte, als er das Licht entzündete, bot ihm auch weder Wanne noch wärmespendende Heizsonne. Hier lag ein alter Teppichboden, und zwei offene Kisten voller Bücher warteten auf ihre Abholung.

Hatte er die seltsame Frau missverstanden?

Verwirrt schloss er die Tür, stand für einen Augenblick ratlos auf dem Flur und rieb sich das Kinn. Schließlich machte er kehrt und trat zurück auf die Galerie.

»Madame?«

Sie war nirgends zu entdecken. Seine Augen durchmaßen den großen Raum, der ihm zu Füßen lag, als er an die Balustrade herantrat. Seine Hände legten sich auf die abgegriffene hölzerne Oberfläche des Handlaufs.

»Madame?«

Hinter ihm löste sich ein Schatten von der Wand. Etwas glitzerte. Blaue Pailletten.

Er fuhr herum, und im selben Augenblick kam etwas auf sein Gesicht zugeschossen.

Als Letztes sah er ihre blauen Augen, die weit aufgerissen auf ihn gerichtet waren. Er sah Tränen, die aus ihnen hervorschossen. Eine bizarre Grimasse des Hasses hatte sich in ihr Gesicht gegraben. Aus ihrer Kehle brach ein unbeherrschter, ächzender Laut der Anstrengung hervor, genau wie bei einer verzweifelt kämpfenden Tennisspielerin.

Das Kehrblech traf seinen Kopf mit unvorstellbarer Wucht, noch bevor er zur Seite springen oder abwehrend die Hände hochreißen konnte. Der Schmerz in seinem Schädel explodierte in einem grellen Feuerwerk. Ripoux taumelte rückwärts, und gerade hatten seine Hände hinter seinem Rücken instinktiv Halt auf dem hölzernen Geländer gefunden, da sah er sie ein zweites Mal angreifen. Die Hände vorgestreckt schnellte sie auf ihn zu, stieß einen verzweifelten Schrei aus und rammte ihm die Handflächen gegen die Brust.

Plötzlich spürte er das Geländer nicht mehr, die Füße verloren ihren festen Halt auf dem hölzernen Boden der Galerie, alles taumelte um ihn herum, der mattgraue Hallenboden kam mit rasender Geschwindigkeit auf ihn zu, und in seinen Ohren dröhnte etwas, das wie sein eigener Todesschrei klang.

Die Kühe waren ruhig. Da musste schon der Blitz einschlagen, bevor die Mädels in Unruhe gerieten. Schnaufend betrachtete der fette Luc die rundlichen Leiber, die im dumpfen Halbdunkel der Stallbeleuchtung Seite an Seite standen und zufrieden vor sich hin kauten. Luc kratzte sich den stoppeligen Nacken und schniefte vernehmlich. Als er auf den Hof hinaustrat, zum Himmel emporblickte und die Wolkenfetzen betrachtete, die am Mond vorbeijagten, atmete er die klare würzige Nachtluft ein. Nach einem Regen roch man Grün in all seinen Schattierungen. So, hatte er sich immer vorgestellt, müsse es an einem besonders kühlen Tag im Urwald riechen.

Seine Mutter rief ihn vom Haus her.

»Was is?«

»Die Solange hat angerufen. Grad' eben. Ob du noch Zeit hast!«

Er zog scharf die Luft ein. Solange? Mit seinen klobigen Fingern drückte er das mikroskopisch kleine Knöpfchen an seiner Uhr, das die Ziffern zum Leuchten brachte. Sein ganzer Stolz. Es war schon viertel vor elf. Er war für morgen bestellt. Was wollte Solange jetzt von ihm?

Er fuhr seiner krakeelenden Mutter barsch über den Mund und holte den kleinen Wagen aus der Wellblechgarage.

»Solange, Solange ...«, keifte seine Mutter ihm hinterher. »Die nutzt dich nach Strich und Faden aus, und du? Du grinst dazu noch blöde, du armer Hohlkopf!«

Der Motor schnarrte heiser, als Luc den kleinen Fiat die gewundenen Straßen zum Maison Morteuil hinauflenkte. Er fuhr sich aufgeregt mit der Zunge über die Lippen. Solange wollte ihn sehen! Es war fast elf! Um diese Uhrzeit gab es nichts mehr zu schleppen, da war nichts mehr wegzutransportieren! Sie hatte diese Stunde gewählt, um sich gebührend von ihm zu verabschieden. Er kicherte leise vor sich hin und klopfte übermütig aufs Lenkrad, als könne er damit den Wagen zur Eile antreiben. All die Jahre hatte sie das Pflänzchen Rührmichnichtan gespielt, und heute nacht, da war sie ganz allein und einsam und traurig. Und da wäre es doch gelacht, wenn er es heute nacht nicht pflücken könnte, das kleine Pflänzchen. Seine grobe Pranke tastete auf dem Beifahrersitz nach seinem Abschiedsgeschenk für seine Angebetete, und in seine Vorfreude mischte sich wieder die Trauer, die er schon seit langem nagend in sich gespürt hatte, die ihm die letzten Wochen vergällt hatte, und ihn dazu veranlasst hatte, seine Tage zumeist im »Toison d'Or« zu verbringen anstatt auf den Erbsenfeldern. Solange ging weg und würde nie mehr wiederkehren. Dann standen die Chancen für ihn wieder auf Null, wenn es darum ging, endlich eine Frau zu finden. Eine Annonce würde er aufgeben, das hatte er sich fest vorgenommen. Gilbert würde ihm dabei helfen. Gilbert wusste, welche Worte bei sowas wichtig waren. Und was würde Gilbert wohl sagen, wenn er ihm morgen erzählte, dass er Solange in dieser Nacht ... Wieder kicherte er und spuckte aus dem Wagenfenster.

Das Auto hielt mit blechernem Geschepper auf der Auffahrt. Verblüfft erkannte Luc einen glänzenden roten Zweisitzer, der so flach war, dass er glatt unter jedem Fuhrwerk hindurchschießen konnte. Wem gehörte diese Karre?

Misstrauisch betrachtete er das schnittige Gefährt, während er ausstieg. Er umrundete es mit schlurfenden Schritten und fuhr mit seiner Linken über den glänzenden Metalliclack. In der Rechten hielt er Solanges Abschiedsgeschenk.

Das gefiel ihm nicht. Wieso rief sie ihn jetzt, wo sie Besuch hatte?

Er fuhr herum, als er ein Geräusch vom Haus her hörte.

Oberhalb der Steinstufen zeichnete sich dunkel die Silhouette einer Frau gegen das blassgelbe Rechteck der Türöffnung ab. Madame Cavatte? Langsam stieg er die Stufen hinauf.

Sein fettes Kinn sackte staunend herunter, als er Solange erkannte. Sie war ihm immer schon schön erschienen, aber in diesem Kleid sah sie so unglaublich elegant aus. So, als sei sie die Herrin des Hauses. Edel, verführerisch, kostbar. Das Mondlicht ließ die Pailletten an ihrem Ausschnitt glitzern. Er schluckte schwer.

Plötzlich löste sie sich aus dem Türrahmen und kam auf ihn zugelaufen. Mit einem entkräfteten Aufseufzen riss sie die Hände vor das Gesicht und presste ihren Kopf an seine Brust.

Luc hielt fassungslos den Atem an. Die Frau, die er anbetete und begehrte, suchte Trost an seiner Brust, und er hätte wirklich nur die großen Arme um sie zu legen brauchen und den Augenblick genießen können, aber er war wie gelähmt.

»Was ... was is denn, Solange?«, fragte er heiser und traute sich nicht, sich zu räuspern. »Is es ... is es, weil du fortgehst?«

»Hilf mir, Luc! Du bist der Einzige, der mir helfen kann!«

Er blickte aus den Augenwinkeln zu dem roten Sportwagen hinüber, der zweifellos etwas zu bedeuten hatte. Nur was?

»Is einer bei dir?« fragte er schwerfällig. »Is es das?«

Sie richtete sich auf, fuhr sich mit dem hauchdünnen Stoff ihres Ärmels über die Nase und schniefte erbärmlich. Dabei blickte sie ihn aus ihren traurigen blauen Augen flehentlich an. »Er wollte mich überfallen ... Mir etwas antun. Jetzt ist er tot.«

Luc brauchte lange, bevor er auch nur eine Ahnung hatte, was hier vorgefallen war. Von dem Augenblick an, in dem ihm etwas dämmerte, stellte er keine weiteren Fragen mehr.

Wie selbstverständlich nahm er sie an seine Seite, legte seinen schweren Arm um sie und führte sie langsam zum Haus zurück.

In der Halle lag der Körper eines Mannes, den er noch nie zuvor gesehen hatte. Blut war auf die Steinplatten gesickert. Die linke Gesichtshälfte des Mannes war eine einzige blutige Masse. Das rechte Bein war grotesk verdreht. Mit Sicherheit war kein Knochen darin unversehrt. »Was ...«, setzte Luc an, und sah Solange an, deren Augen zur Galerie hinaufwanderten, und er verstand.

»Er ist mir hinterhergelaufen. Ich glaube, es ist einer von den Leuten, die dieses Haus übernehmen. Er hat versucht, mich zu küssen. Er wollte mich ...« Sie vergrub das Gesicht in seiner Armbeuge.

»Alles vorbei«, murmelte er mit trockenem Mund. »Alles vorbei, meine Kleine.« Und dann überwand er seine Furcht und strich mit seiner schwieligen Hand ganz sanft über ihr Haar, streichelte es, so zärtlich er konnte, berührte sie kaum dabei.

»Hilf mir«, flüsterte sie und legte ihre Hand auf seinen Brustkorb.

Er nickte. »Ich ruf ... na, am besten, ich werd Guillaume auf der Polizeiwache anrufen.«

Sie fuhr hoch und riss die Augen weit auf. »Nein!« Und dann nahm sie seine Hand, griff mit beiden Händen nach ihr und presste sie fest. »Nur das nicht, Luc. Nur das nicht! Die Polizei wird alles falsch verstehen! Es gibt Ärger für Monsieur und Madame! Alles wird in heller Aufruhr sein, und keinem wird es etwas nützen!« Und dann brach sie in stummes Schluchzen aus und sank langsam an seinem Körper hinunter auf die Knie. Sie schlang die Arme um seine speckigen Hosenbeine und er spürte das Zucken ihres kraftlosen Körpers. Luc knetete nervös das kleine längliche Päckchen in seiner Rechten.

»Ich werde der Polizei erzählen müssen, was er mir gesagt hat ... was er von mir verlangt hat, wie er mich angefasst hat ...« Sie schluchzte herzzerreißend, und ihr Schluchzen ging in gequältes Husten über. »Das kann ich nicht, Luc! Hilf mir bitte. Bitte!«

»Aber ...« Er beugte sich zu ihr hinunter. »Was soll ich'n tun? Wie soll ich'n dir jetz helfen?« Seine Stimme klang lächerlich dünn und quäkend für einen Mann seines Formats.

»Das Moor«, flüsterte sie aus der Tiefe zu ihm hinauf. »Ihn und sein verdammtes rotes Auto werden sie dort nie finden. Du kennst dich dort aus, Luc. Du bist der Einzige, der mir dabei helfen kann, verstehst du?«

Eine Weile blieb es still. Zunächst verharrte Luc unbeweglich. Dann befreite er sich langsam aus ihrer Umklammerung und machte ein paar Schritte auf den Fremden zu. Er kratzte sich am Kopf und betrachtete den grausam zugerichteten Körper. Er sah das aufgeknöpfte Hemd, begutachtete die teuren Klamotten. Luc hatte eine Ahnung, dass hier irgendetwas nicht ins Bild passte, ohne jedoch genau sagen zu können, was es war.

»Also gut.« Er drehte sich zu Solange um, die immer noch erschöpft und weinend am Boden kauerte. Dann ging er zu ihr und half ihr auf die Beine. Wir müssen uns beeilen. Ich weiß 'nen Weg unten, an der Straße nach Douxvelles. Hoffentlich is der jetz nich total abgesoffen, nach dem Regen. Der führt hinterm Wäldchen direkt ins Moor. Da isses richtig.«

Ein Lächeln huschte durch ihr Gesicht.

Er berührte sie sanft an der Wange. »Solange ...«

»Ja?«

»Du weißt ja, ich kann nich so doll große Worte machen ...«

»Dann lass es.« Sie hauchte ihm einen flüchtigen Kuss auf die Wange. »Ich hole eine Decke, in die wir ihn einwickeln können.«

Ohne sich noch einmal nach ihm umzusehen, verschwand sie durch die Tür in den Küchentrakt.

Luc hatte einen trockenen Mund vor Aufregung. Er tastete nach seiner Gesäßtasche, aber sein Flachmann war nicht an seinem angestammten Platz. »Junge, Junge«, murmelte er und ging in die Knie.

Sein Blick wanderte über das entstellte Gesicht des Mannes. War sicherlich mal ein gutaussehender Bursche gewesen. So einer von denen, die an jedem Finger zehn Frauen oder mehr haben konnte. Naja, damit war jetzt wohl Schluss. »So, wie du jetz aussiehst, Freundchen, so nimmt dich erstmal keine mehr.«

Er blickte hinauf zur Galerie. Solange hatte sich gewehrt. Er hatte den Halt verloren, war über die Brüstung gekippt ... *Finis*.

Dann blickte er wieder auf den Mann, und plötzlich spürte er, wie seine Nackenhaare sich sträubten. Hatte der nicht gerade noch den Mund zugehabt?

Und dann zuckten die Augenlider.

Luc fuhr sich nervös durchs Haar. »Heilige Bernadette, der Bursche lebt!« flüsterte er und atmete mit flachen Stößen.

Und dann öffneten sich die Augen. Zuerst war nur das Weiße der Augäpfel zu sehen. Der Mann öffnete hilflos den Mund und schloss ihn wieder. Ein heiserer Laut ertönte.

»Solange!« schrie Luc schrill.

»Hilfe«, flüsterte der Mann. Seine Pupillen rollten gequält hin und her. »Helfen Sie mir!«

»Solange!!!« Lucs Stimme hallte durch den leeren Raum.

Dann sprang er so behände auf, wie sein fetter Körper es zuließ. Hektisch warf er den Kopf herum. Ein Glas Wasser. Irgendwie musste er dem Mann etwas einflößen. Alle Gläser waren bereits verpackt, abtransportiert, womöglich längst im neuen Heim der Cavattes wieder in die Vitrine geräumt.

Er durchquerte die Halle und riss die Tür zur Toilette auf, die die Cavattes vor über zehn Jahren neben der Garderobe hatten einbauen lassen. Er drehte den Hahn auf und formte mit seinen riesigen Händen eine Schale, in die er das Wasser laufen ließ. Dann eilte er zurück zu dem Verletzten und brachte es zustande, die paar Tropfen, die ihm nicht zwischen den Fingern hindurch weggesickert waren, in den Mund des Mannes zu träufeln. Das schien ihn zu beleben. Er hustete und bewegte seinen rechten Arm zum Hals. »Ist sie weg?« fragte er und hustete wieder. »Was ist mit der Irren?«

»Sie sollten still sein, Kerl«, sagte Luc tonlos, der hin und hergerissen war zwischen seinen Gefühlen. Einerseits dachte er daran, dass der Kerl versucht hatte Solange etwas anzutun, andererseits hüpfte ihm das Herz im Leibe, weil er lebte und wieder zu sich kam.

»Sie ist irre«, keuchte der Mann heiser. »Sie ist durchgeknallt ... aaah.« Ein heftiger Schmerz verzerrte sein Gesicht. »Madame Cavatte ist gefährlich, passen Sie auf.«

»Madame Cavatte?« fragte Luc verwirrt.

»Die Frau ... diese Frau im blauen Kleid. Ist sie weg?«

»Das is das Dienstmädchen. Solange. Sie wollten ihr an die Wäsche, stimmt's, Sie Drecksack?« Lucs Tonfall wurde kühler.

Der Mann versuchte unbeholfen, sich aufzurichten, indem er sich auf den Ellbogen abstützte. Es misslang ihm, und als er mit dem Kopf auf den Boden zurückschlug, stöhnte er gequält auf. »Sagt sie das? Sagt die Cavatte so was?« fragte er ächzend.

Luc nickte. »Solange. Sie is aber das Dienstmädchen. Wie kommen Sie auf Madame Cavatte?« Lucs Gedanken waren verwirrt. Irgend jemand belog ihn hier nach Strich und Faden. Was war hier los gewesen? Wieso trug Solange das Kleid von Madame? Wer war dieser Kerl?

»Sie hat sich für sie ausgegeben. Sie ist verrückt ... gefährlich, verstehen sie? Mann, sie hat mich mit dem Kehrblech geschlagen!«

»Wieso sollte ich Ihnen glauben, M'sieur? Wieso sollte mich Solange belügen? Können Sie mir das mal sagen?«

Solange stand im Türrahmen. Sie hatte eine grobkarierte Decke im Arm. Verunsichert starrte sie auf die Szenerie, die sich ihr bot.

»Er lebt, Solange!« Luc richtete ruckartig den Oberkörper auf, als er sie bemerkte. »Wir müssen ihm helfen.«

Langsam kam sie näher. Sie hielt das Bündel in ihren Armen weiterhin fest umklammert.

»Hörst du, wir müssen ihm helfen!«

»Einen Dreck müssen wir«, flüsterte sie. »Das Dreckschwein hat versucht, mir etwas anzutun. Er wollte mich ...« Dann starrte sie Luc mit geweiteten Augen an. »Kein Mensch wird ihn vermissen. So einen vermisst keiner.«

»Solange, was soll ...«

»Schaff ihn aus diesem Haus.«

»Zu einem Arzt, ja, ist gut.«

»Ins Moor. Töte ihn.«

Aus seiner Perspektive heraus sah dieser fette Kerl aus wie ein gewaltiger Berg. Schnaufend blickte er auf ihn herab und wandte immer wieder den Blick fragend zu der Frau im blauen Kleid.

»Töte ihn!« sagte sie wieder, diesmal eine Spur schärfer.

Ripoux machte eine hilflose Geste mit dem rechten Arm. Den linken konnte er vor Schmerz kaum bewegen. Sie wollten ihn töten! Im Hirn dieser verfluchten Idiotin war etwas entgleist, und nachdem ihr erster Versuch, ihn umzubringen, misslungen war, wollte sie jetzt diesen Fettsack dazu bringen, ihn abzumurksen!

Wieder versuchte er, sich mit den Ellenbogen hochzustemmen, und wieder brach er zusammen.

Er stöhnte gequält auf.

»Solange, der Kerl hat Riesenschmerzen.«

»Na, und?« schrie sie plötzlich aufbrausend. »Das ist mir egal, du Trottel! Kannst du denn nicht verstehen, dass er leiden *muss* ?«

»Aber wieso?« Der Dicke rang verzweifelt die Hände. Aus Ripoux' Perspektive sah es zum Brüllen komisch aus, wie der große, fette Bursche sich gequält hin und her wand und mit einer hohen, sich überschlagenden Stimme auf die Frau einredete. »Ich versteh' dich nich, Solange. Hier stimmt doch was nich. Was is mit dem Kleid? Haste das etwa für ihn angezogen? Könnte doch sein, oder? Ich glaub fast, du lügst mir hier was vor, Solange. Du siehst aus wie auf 'nem Staatsempfang. Geschliffen und gelackt. Der hat dich gar nicht angerührt, stimmt's? Was hat er dir denn nur getan, dass de ihm so was antust?«

Die Frau schwieg.

»Jetz red schon, Solange! Der Kerl stirbt hier, und da will ich nich schuld dran sein!«

»Sie ist irre«, preßte Ripoux hervor. »Holen Sie die Polizei, Mann! Los schon, rufen Sie an!« Mit einer unsicheren Bewegung wies er zum Telefon, das am Boden vor der Holztäfelung stand.

Die Frau fuhr plötzlich mit einer unvermittelten Bewegung herum und lief auf die Tür zu, die zum Küchentrakt führte.

»Wohin läufst du, Solange?« rief der Dicke.

»Ich mache es selbst, du fetter Idiot! Ich hole etwas ... Ein Messer, einen Knüppel ... Ich werde schon was finden!«

»Warte!« Der Dicke rannte hinter ihr her und beide verschwanden durch die Tür.

Ripoux witterte seine Gelegenheit.

Das Telefon schien unerreichbar für jemanden mit seinen Verletzungen. Kilometer weit entfernt. Zweifellos hatte er aber nur diese eine winzige Chance, lebendig aus diesem Irrenhaus zu entkommen. Als er sich zur Seite drehte, fuhr ihm ein höllischer Schmerz durch die linke Hälfte seines Körpers. Jede seiner nun folgenden Bewegungen steigerte diese infernalischen Qualen ins Unerträgliche, und trotzdem brachte er es zustande, sich unter Aufbringung seiner letzten Kräfte vorwärts zu schieben. Gerade als er mit zitternden Fingern den Telefonhörer zu fassen bekam, polterte etwas hinter der halbgeöffneten Tür, durch die die beiden verschwunden waren. Er hielt für einen Augenblick inne und starrte mit einem panischen Blick zu der Tür. Blut verschleierte seinen Blick. Nichts geschah. Seine Finger suchten sich ihren Weg über die Tasten des Apparats, und voller Aufregung hob er den Hörer ans Ohr und wartete keuchend bis die Verbindung hergestellt wurde.

»Gendarmerie Douxvelles, bonsoir«, meldete sich eine schläfrige Stimme.

»Helfen Sie mir. Mein Name ist Ripoux. Ich ...«

Von der Standuhr tönten zwölf blecherne Glockenschläge. Sie hallten an den kahlen Wänden wider und verursachten einen ohrenbetäubenden Lärm.

»Hören Sie, Monsieur ...« Am anderen Ende herrschte Stille. Ripoux stockte. »Hallo? Sind Sie noch dran?«

Er drückte den Unterbrecher, wieder und wieder, doch das Ergebnis blieb dasselbe. Die Leitung war tot.

Der Hörer entglitt seiner kraftlosen Hand, Tränen schossen ihm in die Augen. Aus! Er würde sterben.

Die Tür wurde aufgerissen.

Sie kamen zurück.

Der Dicke trat als erster in die Halle. Sein Gang war unsicher. Er machte den Eindruck, als sei er betrunken. Schwer und stampfend setzte er einen Fuß vor den anderen und kam auf Ripoux zu. Er hatte die kleinen Schweinsaugen weit aufgerissen und starrte ihn mit seltsam leerem Blick an. Die Arme hatte er nach hinten gedreht, und scheinbar war er damit beschäftigt, etwas hinter seinem gewaltigen Rücken zu verbergen oder sich dort zu kratzen. Als er Ripoux fast erreicht hatte, öffnete er seinen Mund und begann, mit den Lippen tonlose Silben zu formen.

Und plötzlich kippte er einfach nach vorne, stürzte auf den harten Steinboden und blieb reglos liegen.

In seinem Rücken steckte ein kleines Beil. Es war das, mit dem Solange die Anzündhölzer für das Kaminfeuer geschlagen hatte. Luc hatte sie dabei unzählige Male beobachtet und auch das ein oder andere Schwätzchen mit ihr gehalten. Es hatte im Schuppen hinterm Haus gelegen, zusammen mit ein paar anderen Gerätschaften, die es nicht wert gewesen waren, mitgenommen zu werden. Das alles konnte Ripoux nicht wissen.

Er schrie.

Die Frau im blauen Kleid stand mit leerem Blick im Türrahmen. Stumm starrte sie auf das Szenario.

»Warum?« schrie Ripoux. »Warum tun Sie das? Was hat er Ihnen getan? Was habe *ich* Ihnen getan?«

Langsam kam sie auf ihn zu, umrundete den leblosen Berg, aus dessen Rücken das Beil wie ein ungestaltes Gipfelkreuz herausragte, und sah beinahe mitleidig auf ihn herab.

»Das ist ja der Jammer, Monsieur. Im Grunde genommen wissen Sie ja gar nicht, was Sie angerichtet haben. Dieses Haus ...« Sie hob die Arme und drehte sich langsam um die eigene Achse. »Maison Morteuil, Monsieur Cavatte, Madame Cavatte ... all das war mein Leben. Es gibt keine gütigeren Menschen, es gibt kein Zuhause, das sich mit diesem messen könnte. Und Sie haben das alles mit ein paar Telefonaten zerstört. Sie müssen dafür büßen.«

Ripoux Gedanken schossen wild durcheinander. Die war total durchgedreht. Er sollte Schuld am Verkauf des Hauses sein? Die Cavattes und dieser Kasten hier sollten es wert sein, dass zwei Menschen sterben müssen? »Aber die Cavattes *mussten* doch verkaufen. Ich bin doch nur der Makler! Geht das in Ihren irren Schädel nicht hinein? Mich trifft doch keinerlei Schuld!«

Wortlos ging sie zurück zu der Tür, aus der sie eben gekommen war. Aus dem dahinterliegenden Dunkel holte sie einen kleinen rostigen Kanister hervor.

Ripoux' Panik wuchs. Was würde der nächste Zug dieser Irren sein? Eine grauenvolle Ahnung keimte in ihm auf, die ihn seine Augen entsetzt weiten ließ.

»Sie werden doch nicht ... Hören Sie, ich kann doch nichts dafür, Sie blöde Kuh! Ich kann Ihnen helfen. Sie bekommen einen Traumjob bei mir! Vergessen Sie alles, was ich vorhin über Dienstboten gesagt habe! Ich brauche dringend ein fähiges ...«

Ohne ihn auch nur eines Blickes zu würdigen, kam sie langsam auf ihn zu, zog im Vorbeigehen wie in Trance den Schonbezug von einem der Sessel, schleifte ihn hinter sich her und ging an ihm vorbei zum Kamin. Er versuchte nach dem Schonbezug zu greifen, um sie zurückzuhalten, aber er griff ins Leere. Seine Hand streifte die Leiche des fetten Mannes, berührte etwas Weiches in Geschenkpapier, das dem Toten aus der Brusttasche gefallen war, als er zu Boden ging.

Sie warf den Schonbezug in den Kamin und schüttete etwas aus dem Kanister darüber. Sofort verbreitete sich metallischer Benzingestank im Raum. Sie spritzte es auf den Boden vor dem Kamin, gegen die Holzvertäfelung und auf die letzten Möbel. Dann holte sie eine Schachtel Streichhölzer hervor, entzündete eines der kleinen Hölzchen und hielt es für einen Augenblick geradezu andächtig zwischen Daumen und Zeigefinger, bevor sie es in den Kamin warf.

Das benzingetränkte Tuch entzündete sich mit einem dumpfen Dröhnen. Die Flammen schlugen aus dem Kamin und leckten in Sekundenschnelle über Boden, Vertäfelung und Sessel, fraßen sich hungrig und flackernd überall dahin, wohin sie Benzin geschüttet hatte. Sie schwenkte den längst leeren Kanister immer noch mit mechanischen Bewegungen, tat so, als gösse sie immer noch Benzin aus und kam mit völlig entrücktem Gesichtsausdruck auf ihn zu.

Er hatte nur noch eine Chance.

Seine Hand hatte erneut nach dem Telefonhörer gegriffen. Er hob ihn ans Ohr und sagte: »Hallo? Sind Sie noch dran? ... Gut! Kommen Sie schnell. Maison Mor ...« Sie warf scheppernd den Kanister weg, stürzte auf die Knie und griff panisch nach dem Hörer.

Es war ein hellblauer Seidenschal, hauchdünn und hübsch lang. Das Muster war geschmacklos, aber der fette Klotz hatte treffsicher das klare Blau ihrer Augen ausgesucht.

Eben diese großen blauen Augen riss sie entsetzt auf, als er ihr den Schal um den Hals warf. Das Geschenkpapier flatterte durch die Luft. Er packte das eine Ende des Schals mit den Zähnen, biss zu, so fest er konnte und packte mit der unversehrten Hand das andere Ende. Dann zog er zu.

Sie schlug wild mit den Armen um sich, kippte vornüber, strampelte mit den Beinen, versuchte den eisernen Griff um ihren Hals zu lösen. Ein schauerliches Würgen mischte sich unter das Knistern der Flammen, die die Standuhr erreicht hatten, und die Bewegungen der Frau wurden langsamer und schwächer, je höher die Flammen loderten. Und schließlich rührte sie sich nicht mehr.

Ripoux ließ sich erschöpft zur Seite fallen. Der Schmerz und die Erschöpfung raubten ihm fast die Sinne, aber er rappelte sich erneut auf, robbte langsam und stöhnend auf die Haustür zu, wobei er sich mit dem Knie des rechten Beins nach vorne schob. Rauch breitete sich aus, die Hitze wurde schier unerträglich.

Als er das Holz der Haustür ertastete, glaubte er, es sei zu Ende und seine Kraft reiche nicht mehr für die Rettung, aber unter gewaltigen Schmerzen schaffte er es, sich zur Klinke hochzuziehen und die Tür zu öffnen.

Dann umfing ihn kühle, würzige Nachtluft. So würzig, wie sie hier auf dem Lande immer nach dem Regen roch.

... die Bösen in den Sack!

Charlies Mutter war tot. Ein Oberschenkelhalsbruch im Sommer, und schon im Herbst war für die bis dahin kerngesunde Siebzigerin alles vorbei. Charlie nahm es sehr schwer. In der Zeit nach ihrem Tod hatte er mit dem Fotografieren aufgehört, die heimliche Wohnung in der Stadt nicht mehr betreten und jeden Abend brav zuhause gesessen und geweint.

Vielleicht war ihr Tod die Strafe für das, was er all die Jahre ohne ihr Wissen getan hatte. Es hätte sie viel früher dahingerafft, wenn sie auch nur die geringste Ahnung gehabt hätte ...

Irgendwann schließlich wurden seine Tränen weniger und die Abende länger und länger. Die Trauer wich einem menschlichen Drängen, das er schon beinahe verlorengeglaubt hatte. In der Woche vor Weihnachten gab er sich schließlich einen Ruck, fuhr in die nahe Stadt und betrat zum erstenmal nach zwei Monaten die Wohnung auf der Kölner Straße. Es war kalt, die Luft war abgestanden, die Blumen verdorrt, aber ansonsten war alles so, wie er es verlassen hatte: Der Fernseher, die Kompaktanlage, das Bett, alles umrahmt von einer verruchten Mischung aus Chrom und Plüsch.

Sie waren alle begeistert gewesen, wenn sie zum erstenmal den Raum betraten. Der Alkohol hatte sie eingestimmt, die gute Laune explodierte förmlich, wenn sie den Spiegel über dem Bett entdeckten, und alle, egal, ob sie sich zunächst zierten, oder ob sie sofort in die Vollen gingen, wussten, dass hier ihre unerfüllten Träume wahr wurden.

Charlie betrachtete sich im Deckenspiegel. Ein gutfrisierter Endvierziger mit verführerisch funkelnden Augen blickte auf ihn hinunter. All die Jahre hatte seine Mutter nie verstanden, warum er nicht die Frau fürs Leben fand, wo er doch im Dorf alle hätte haben können. Die ledigen wie die verheirateten. Doch was sollte er mit dem späten Mädchen vom Kindergarten oder der Verlobten vom Ortsvorsteherssohn? Nicht, dass er sich nicht die ein oder andere atemberaubende Situation hätte vorstellen können ... Doch gleich sein ganzes Leben mit jemandem teilen?

Die Kneipen der Stadt waren voll von frustrierten Frauen, die Trost und einen starken Mann suchten. Charlie tröstete sie alle. Seit er sich vor Jahren dieses Zimmer genommen hatte, hatte er es mit Leben gefüllt, mit Stöhnen und Lachen und mit Gefühlen, oder zumindest dem, was er dafür hielt.

Er bedauerte die Callboys, die Tag für Tag vor dem Telefon auf einen Anruf lauerten. Sie wussten nie, wie die Frau aussah, die an der Türe klingeln würde und hatten keine Wahl. Charlie hingegen hatte die freie Auswahl!

Er schob das Bild beiseite. Ein billiger Druck aus dem Möbelhaus. Viel Gold, viel Violett. Das kleine Fach dahinter verbarg die Kamera. Die Batterie war voll. Im Schrank fand er einen neuen Film. Alles war so, als habe es zwei Monate lang auf seine Rückkehr gewartet.

Charlie zog die Handschuhe aus und sah auf die Straße hinab. Die Autos zogen weiße Qualmfahnen hinter sich durch die eisige Abendluft. Nächste Woche war Weihnachten. Er war allein. Zum erstenmal. Wie sollte er das nur durchstehen?

In der Schublade des Buffetschranks fand er das Adressbuch. Die Namen, die er darin las, nahmen ihn sofort wieder gefangen. Er erinnerte sich an jede einzelne von ihnen. An ihre verschämten Blicke, wenn er sie zum ersten Wein einlud, an das nervöse Zwinkern, wenn er irgendwann ihre Hand nahm, an ihre Aufregung, wenn sie mit ihm vor der Haustüre standen und an ihren Blick, der seinem Finger folgte, der auf das Fenster im dritten Stock wies. An ihre Körper, die unter seinen Händen förmlich dahinschmolzen, und an ihre Verzweiflung, wenn er ihnen die Fotos und die Rechnung präsentierte.

Diese blöden Hühner! Glaubten sie, man könne im Leben etwas bekommen, ohne dafür zahlen zu müssen? Er war kein Unmensch. Er verlangte keine Unsummen. Gerade soviel, wie man unbemerkt von der Haushaltskasse abzweigen konnte. Manche Damen überraschten ihn auch derart mit ihrem körperlichen Verlangen, dass er ihnen die Zahlungen erließ und stattdessen einen erneuten Besuch einforderte. Und sie kamen wieder. Aus Furcht, oder aus Lust – das war ihm egal. Sie hatten ihm ihre Seele verkauft, und er genoss dieses Gefühl.

Es war Zeit, das Leben wieder in geordnete Bahnen zu lenken! Sein Blick blieb an einem Namen hängen: Doris. Das wäre die Richtige für Heiligabend! Glühwein, White Christmas und Doris in weinroten Strapsen! Er drehte den Heizkörper auf und holte sein Handy hervor.

* * *

Es war mollig warm. Nebenan plätscherte das Badewasser und der Wohlgeruch des frischen Tannengrüns vermischte sich mit dem Qualm von Charlies Zigarillo. Die Vorhänge waren zugezogen, und weihnachtliche Panflötenmelodien säuselten durch die Wohnung. Charlie schritt, nur in einen nachtblauen Bademantel gehüllt, durch das Zimmer. Alles war zu seiner Zufriedenheit arrangiert. Das würde das Fest der Liebe werden!

Sicher, es war nicht so glatt gelaufen, wie er es erhofft hatte. Die zweimonatige Pause hatte die Damen irrigerweise annehmen lassen, dass ihre Bekanntschaft aus unerklärlichen Gründen erloschen war. Aber ganz egal, welche Ausflüchte sie auch fanden: Weihnachten, so hatte er ihnen versichert, lasse er noch Gnade walten, aber im Neuen Jahr sei eine Rückkehr zu den alten Gewohnheiten zwingend notwendig.

Er hatte mit Müttern telefoniert, die ihre Familie an diesem Abend unmöglich verlassen konnten. Das konnte er verstehen. Schließlich lag ihm daran, keinen Verdacht bei irgendwelchen Ehemännern zu wecken. Agnes, die flippige Zahnärztin, war umgezogen, Ruth, die üppige Kleine von der Käsetheke, war krank und brauchte im Bett heute nur eine Wärmflasche. Antje, die intellektuelle Rothaarige, war übers Fest verreist. Christa, Inge und Sonja wurden von ihren Ehemännern, die sie einst in Charlies tröstende Arme getrieben hatten, am Abend zum Essen ausgeführt, Lydia war schwanger und Anita schob Nachtwache im Hospital. Mit solchen Problemen hatte er nicht gerechnet, und er hatte sich im Geiste schon am Heiligen Abend auf der Suche nach einer einsamen Seele durch die Kneipen ziehen sehen.

Dann bekam er Rita ans Telefon. Sie war ebenso schockiert wie die anderen und versuchte, ihn abzuwimmeln. Aber dann willigte sie schließlich doch ein. Rita würde es also sein. Rita, mit der er damals sein neues Bad eingeweiht hatte.

Die Wanne war vollgelaufen. Ein elegantes, mitten im Raum stehendes Teil, in dem sich hoher Schaum über heißem, duftenden Wasser türmte. Er ließ den Bademantel fallen und stieg hinein. Das Zigarillo steckte zwischen seinen gebleckten Zähnen, als er bis zur gebräunten Brust ins Wasser glitt. Der Schaum knisterte leise. Gleich würde sie da sein. Die Türe war unverschlossen. Er hoffte, Champagner und ein heißes Bad würden sie positiv einstimmen.

»Charlie?«

Seine Rechte ruhte auf dem Wannenrand und hielt das Champagnerglas umschlossen. Seine Linke spielte mit seinem Goldkettchen. Er wartete schweigend auf ihre Reaktion, wenn sie ihn entdecken würde.

Rita war groß und dunkelhäutig. Nicht mehr ganz jung, aber mit einer tadellosen Figur gesegnet. Charlie betrachtete sie lächelnd, als sie im schwarzen Mantel im Türrahmen erschien. Amüsiert entdeckte er ein Bündel Reisig und einen Kartoffelsack in ihrer Hand.

»Bescherung?«, fragte er grinsend.

Um ihre Mundwinkel herum zeichnete sich der Hauch eines Lächelns ab. »Es ist doch Weihnachten, oder?«

»Allerdings, mein Engelchen. Und ich bin froh, dass du so brav warst und hergekommen bist.«

»Warst du denn auch hübsch artig, Charlie? Ich habe da nämlich auch eine Überraschung für dich.«

Er stutzte. Sein Lächeln wurde unsicher. Er liebte es nicht, mit dem Unvorhergesehenen konfrontiert zu werden. In ihren Augen war nichts zu lesen, was über die Art der Überraschung Auskunft geben konnte. Ein Geschenk? Ein Essen? Vielleicht hatte sie ja Gefallen an der Idee gefunden, den Abend mit ihm zu verbringen und trug unter ihrem Mantel etwas Raffiniertes aus Spitze? Sie wusste, dass er so was mochte.

Oder war es etwas, das ihn beunruhigen sollte? Hatte sie jemandem von ihm erzählt? War sie am Ende vielleicht gar nicht allein gekommen?

Rita tippte die Türe an, so dass sie ganz zur Seite schwang, und den Blick ins Wohnzimmer freigab.

»Sie sind alle gekommen.«

Das Zimmer war gefüllt mit Frauen. Sie standen da, in Mäntel gehüllt, mit rotgefrorenen Nasen, Handschuhen, Mützen, Moonboots. Still. Unheimlich.

»Sie können nicht lange bleiben. Die meisten müssen zu ihren Familien zurück. Schwierig für sie, überhaupt herzukommen. Hoffentlich weißt du das zu würdigen.«

Charlie rutschte das Zigarillo aus dem Mundwinkel und verschwand zischend im Badeschaum. Er erkannte Agnes, die vorgeblich jetzt in Recklinghausen lebte, die hustende Ruth, die angeblich verreiste Antje mit den feuerroten Haaren, die schwangere Lydia und all die anderen. Was sollte das werden? Ein Scherz auf seine Kosten?

»Alle, die im Büchlein standen, Charlie. Hoffentlich bist du nicht sauer, weil ich ein bisschen geschnüffelt habe. Anita lässt sich entschuldigen. Sie konnte sich einfach nicht vor der Nachtwache drücken.«

Sie traten schweigend ins Badezimmer und versammelten sich um die Wanne. Im Hintergrund erklang »Ihr Kinderlein kommet«.

Sie hatten sich abgesprochen. Rita hatte das Buch gefunden und alle angerufen! Ihm wurde mulmig. Das war das Ende seiner Macht über sie. Jetzt hatten sie Verbündete, und er konnte nichts mehr ausrichten. Und dennoch waren sie gekommen! Wollten sie ihm am Ende nur zeigen, dass sie ihn mochten, dass es gar nicht nötig war, sie unter Druck zu setzen, um sie hierher zu bekommen? Oder wollten sie vielleicht etwas ganz anderes ...

»Also, hört mal Mädels ...« Er griff nach einem Handtuch und begann sich furchtsam in der Wanne aufzurichten.

»Du wolltest uns doch hier haben, Charlie«, ertönte Ritas Stimme irgendwo aus der schweigenden Mauer von Frauen. »Du hängst doch so an alten Traditionen. Und schließlich ist heute Weihnachten. Ich glaube, du warst nicht immer ein braver Junge, kleiner Charlie! Und böse Jungs kommen in den Sack. Das weißt du doch!«

Und plötzlich streckten sie ihre behandschuhten Hände nach ihm aus. Schweigsam, verbissen, wie Zombies. Ihre hasserfüllten Augen mit dem ganz und gar unweihnachtlichen Glanz waren das Letzte, was Charlie sah, bevor der Sack von irgendwoher kam. Das Letzte, was er hörte, war Ritas Stimme, die boshaft und feindselig klang: »Aber keine Angst, Charlie! Die Rute, die bleibt heute stecken!«

Alles kommt wieder

Ein verführerischer Duft kündigte das an, was nun kommen würde. Juppes rieb sich die rauen Hände, dass es leise knisterte. Auf der anderen Seite des Tisches schluckte Päul das Kinnwasser herunter.

Dann kam Lotte mit dem Wels.

Heute war Montag, und am Montag war Ruhetag im *Gasthaus zur Alten Post*. Und da kochte die Lotte nur für sich und Juppes. Manchmal brachte er jemanden mit, so wie heute den Päul, der mit ihm auf dem Bauhof der Kreisstadt arbeitete.

Später dann, nach dem Essen, nach fünf bis zehn Pils und nach ein paar Obstbränden, würde der Besuch dann abziehen, und der Juppes würde noch ein bisschen bleiben. So bis um sechs Uhr am Morgen vielleicht. So lief das fast immer.

Der Wels roch prächtig und dampfte verheißungsvoll. Juppes betrachtete erregt Lottes flinke Finger, die das zarte Fleisch in kleine Portionen zerteilten. Fast wie in Trance schaufelte er sich Salat auf den Teller, während Päul nach den kleinen Kartöffelchen fischte.

»Bei Wels«, begann Juppes, und die beiden anderen wussten, was nun folgen würde, »bei Wels muss ich immer an den armen Manni denken.« Juppes musste immer bei *irgendwas* an *irgendwen* denken. Bei Wels eben an Manni.

»An Manni?« fragte Päul, und nahm die Salatschüssel. »Welcher Manni?«

»Der Frührentner. Manni, der mit seiner Frau unten an der Bahn gewohnt hat. Der kleine mit der halben Lunge.«

Päul nickte. »*Der* Manni!«

Lotte hatte ihre Arme verschränkt, lehnte sich auf ihrem Sessel zurück und betrachtete Juppes mit rotglänzenden

Bäckchen. Sie liebte ihn, wenn er erzählte. Päul hielt ihr den Salat hin, aber sie winkte ab. »Safttag«, sagte sie beiläufig. Irgendeine Diät. Brigitte oder so. Lotte kochte gerne und konnte gut zugucken. Und zuhören.

»Wat war jetz mit dem Manni?«

»Manni«, fuhr Juppes fort und tat so, als müsse er erst die Hauptdarsteller seiner Geschichte vorstellen, »war so ein kleiner, schmächtiger, der im Straßenbau beschäftigt war. Der Teer, der Qualm ... Jedenfalls haben sie ihm einen Lungenflügel rausgeholt. Oder so ähnlich. Auf jeden Fall war er im Nu in Rente. Da begann eigentlich das Unglück. Denn seine Frau, die Margarethe ...«

»Ach, die mit den großen Füßen!« rief Päul dazwischen. »Margret! Wer e Margret zo Huus hätt, bruch kene Kettenhongk!«

»Na, also die Margarethe habt ihr ja gekannt. Ein Scheusal. Ein Drachen. Also so ein Weib, von dem man sich losrostet, wenn man drauf festgeschweißt wird. Und doppelt so groß wie der Manni war sie. Aber man soll ja nicht schlecht von den Toten sprechen, nicht wahr?«

Die anderen beiden nickten schweigend. Dann schoben sie sich eine Gabel Fisch in den Mund und verharrten für einen Augenblick in andächtiger Stille.

»Trotzdem war sie ein grässliches Weib«, murmelte Päul zwischen zwei Bissen. Für Juppes das Signal fortzufahren. Ein Schluck Bier, und weiter ging es: »›Alles kommt wieder‹, so hat sie immer gesagt, wenn irgendwer sich über ihre Klamotten amüsiert hat. Die ältesten Fetzen, die man sich vorstellen kann. Geradezu biblisch, ihr Geiz. ›Farbenfrohe Kostüme aus vier Jahrzehnten‹, haben wir immer gesagt. Und sie sagte dann immer: ›Alles kommt wieder‹. Naja. Und ihren Manni hat sie so knapp gehalten, wie es nur eben ging.

Der arme Tuppes. Wenn der hier an der Theke mal mit 'ner Runde dran war, ging der pinkeln.«

Lotte kicherte. »Immer hat er die anderen so lange bequatscht, bis die den Peter Alexander jedrückt hatten, weil er selbs kein Jeld für die Musikbox hatte.«

»Und irgendwann ist bei dem Manni dann die Sicherung durchgebrannt. Er hat ihr den Spaten über die Rübe gezogen, und dann hatte er seine Ruhe. Es war an einem Samstagabend, nachdem er von hier nach Hause gegangen war. Ein fieses geblümtes Nachthemd hat sie getragen. Ich sag' nur: ›Alles kommt wieder‹. Der arme Manni. Jetzt stand er da mit seiner fiesen Alten. Mit seiner toten fiesen Alten mit den großen Füßen. Was fängt man nun mit so einem toten langen Elend an? Und da muss ich nun zugeben, dass der Manni eigentlich eine ganz gute Idee gehabt hat, obwohl er nun wirklich nicht der Hellste war.

Seit er nicht mehr arbeiten ging, war jede Minute, die er zuhause bei Margret verbrachte, ein halber Tag seines kümmerlichen Lebens weniger. Und dann fing er irgendwann das Angeln an. Frühmorgens raus auf den See. Rein ins Bötchen und hinaus in die Stille. Margret hat ihm das immer erlaubt, weil ja jeder Fisch, den er nach Hause brachte, nicht gekauft und teuer bezahlt werden musste. Ich glaube heute, dass Manni genau der richtige Typ fürs Angeln war. Ruhig und besonnen. Keine hektischen Bewegungen. Er hatte ja, wie gesagt, nur noch ne halbe Lunge. Und er hat auch immer viel gefangen. Forellen, Karpfen, und auch diese kleinen silbernen ... wie heißen die noch. Ich kenn mich da nicht so aus ... Egal. Also der Manni, da waren wir, glaube ich, stehen geblieben, der steht da vor der Leiche und weiß nicht wohin und woher, denn mit so was hat er ja keine Erfahrung. Also denkt er sich: Ab in den Teich mit der Alten. Rein ins tiefe

Wasser, weg mit ihr, und fertig ist die Laube. Und so kam es, dass der Manni am nächsten Morgen, noch vor dem Tagesanbruch wie immer mit dem Auto zum See runterge- fahren ist, wobei er immer den Forstweg nahm. Er hatte da so einen Vierkantschlüssel für die Schranken.

Die Margret, die hatte er ordentlich verpackt. Der Neffe sollte zum Abitur einen Schlafsack kriegen. So einen Mumienschlafsack, wo man sich ganz drin reinmummeln kann. Den hat der Manni dann zweckentfremdet und seine tote Frau reingepackt. Mit ihren großen Füßen, das war gar nicht so leicht, das hat er später erzählt. Mumienschlafsack ... find ich richtig passend in dem Fall. Dann hat er Paketklebe- band drumrumgezurrt und sie richtig schön zusammenge- frößelt. Und die großen Füße standen unten ab wie die Heckflossen bei einem U-Boot. Und dann ging's ab zum See.«

»Un dat alles mit ner halben Lunge.« Lotte grinste verson- nen. Juppes nutzte die Unterbrechung und schob rasch eine Gabel Fisch in den Mund.

Kauend fuhr er fort: »Also irgendwie hat es unser Manni dann tatsächlich geschafft, den alten Besen zu verpacken, wobei er klug genug war, der Mumie noch ein paar Brocken aus dem Steingarten als Grabbeigabe mit in den Schlafsack hineinzupacken. Und irgendwie hat er sie zum See gekriegt. Und vom Auto ans Ufer und dann aufs Boot. Wenn's ums Überleben geht, dann wächst man über sich hinaus. Da hat man plötzlich unmenschliche Kräfte. Wie bei der Liebe.« Er zwinkerte Lotte zu. »Also raus auf die Mitte des Sees. Stellt euch das vor: Totenstille. Die Vögelchen werden gerade mal wach, die Sonne ist überm Wald zu erahnen. Kühle, dunstige Luft, und mitten auf dem Teich nimmt unser Manni eine Seebestattung vor. Habt ihr so was schon mal im Fernsehen gesehen? Der Körper rutscht über den Rand des Bootes.

Lautes Klatschen, riesige Kreise auf der Wasseroberfläche, und leises Gluckern, und der Schlafsack samt der toten Margret sinkt in die Tiefe.«

Päul faltete sich ein riesiges Salatblatt in den Mund und murmelte »Der Schatz im Silbersee.«

»Aber jetzt kommt's«, fuhr Juppes fort, und seine Stimme bekam mit einem Mal eine dramatische Färbung. »Das Bündel sinkt ganz langsam. Gaaanz langsam. Und immer wieder gluckert es, und Luftblasen steigen aus dem dunkelblauen Schlafsack hoch, und Manni guckt nervös in die Tiefe, und da, plötzlich ...«

Als Juppes an dieser Stelle in aller Gemütsruhe eine Kartoffel in seinem Mund verschwinden ließ, vergaßen die beiden anderen für einen Moment das Atmen.

»Pohls Hannes, Leyendeckers Rudi und der Schmitze Fuss betreten die Szenerie. Plötzlich sind die drei am Ufer und rufen: ›He, Manni, biste aber schon früh hier!‹ und ›Haste schon wat jefangen?‹ und ›Warte, mir kommen bei dich!‹ Und dann klettern sie in das zweite Boot, und ehe sich's Manni versieht, halten sie schon auf ihn zu. Was tut nun unser Manni?

Jetzt heißt es, einen kühlen Kopf zu bewahren. Er wirft in aller Eile die Angel aus, und tut so, als säße er schon mindestens seit einer Stunde in der Morgenstille auf dem Teich und angele, so wie jedes Wochenende.«

Juppes trank und rülpste zufrieden. »Der Schmitze Fuss ist ja so ein penetranter Typ. Auch heute noch. Der ruderte und ruderte und hielt mit dem Boot voll auf den Manni zu, und es hätte nicht viel gefehlt, dann wären beide Boote gekentert. Der Schmitz musste dann auch noch unbedingt zu dem Manni rüberlangen und ihm auf die Schulter klopfen, so auf seine joviale Art. Und der Hannes, der hat erst mal ein paar

Flaschen Bier aufgezischt. Da hat Manni dann auf einge-
schnappt gemacht und sagte: ›Bei dem Krach wird das hier ja
sowieso nix‹, und wollte sich aus dem Staub machen. Aber
als er die Angel einholen wollte, hatte die sich inzwischen
irgendwo verhakt. Er zerrte, nix passiert! Und da guckt der
Rudi ins Wasser und sagt: ›Manni, jetzt kannste dich freuen.
Kaum kommen wir, da haste auch schon wat an der Angel!‹
Und der Manni zerrt und zieht, und plötzlich ist da ein dunk-
ler Schatten zu sehen. Lang und U-Boot-förmig und mit großen Heckflossen, und der Schmitze Fuss ruft: ›Ich wird
bekloppt! Manni, weißte wat? Dat is'n Wels. Aber wat für'n
Kaliber, Mannomann!‹ Und alle starren gebannt ins Wasser,
und der Manni weiß gar nicht, was er machen soll.
›Blödsinn‹, sagt der Manni. ›Wels ... So'n Quatsch‹ ›Doch,
doch!‹ schreit der Fuss und hüpft auf seinem Boot rum. ›Ein
Riesenwels! Die werden über zwei Meter lang. Sogar drei!
Die fressen Enten, und die schmecken prima! Dat is ein richtiger Monster-Wels, Manni!‹ Und dann springt der Hannes
auf Mannis Boot rüber, schubst ihn zur Seite, nimmt ihm die
Angel weg und sagt: ›So blöd wie du dich aber auch
anstellst.‹ Und dann kämpft er einen einsamen Kampf mit
dem größten Wels, der je in einem Eifelgewässer gesichtet
wurde.«

»Der alte Mann und das Meer«, kicherte Päul, der früher
gern ins Kino gegangen war.

»Ihr könnt euch natürlich vorstellen, was die drei für
Gesichter gemacht haben, als sie irgendwann dann merkten,
was sie sich da geangelt hatten. Ich weiß gar nicht, ob einer
von denen jemals wieder raus auf den See gegangen ist.
Leyendeckers Rudi, das weiß ich sicher, isst nur noch
Tomatenfisch aus der Dose, weil man da nicht mehr merkt,
dass der irgendwann mal geangelt worden ist.«

»Un der Manni? Wat hat der jemacht?« wollte Lotte wissen und zündete sich eine Zigarette an.

»Der Manni saß nur noch ganz apathisch im hinteren Teil des Bootes, während die drei den Schlafsack an Bord hievten und aufmachten. Und als dann der toten Margret das Wasser aus der blau angelaufenen Nase und aus den Ohren gluckerte, da hat er nur gemurmelt: ›Es kommt alles wieder ... Es kommt alles wieder.‹«

Der blaue Stern von Bethlehem

Weiß«, ging es Bauer Wilfried durch den Kopf, als er den Blick über das tiefverschneite, hügelige Land rings um seinen Aussiedlerhof mitten im Münstereifeler Höhengebiet schweifen ließ. Kalt und weiß leuchtete die Landschaft zwischen dem Hof und den Lichtern des nahen Dorfes. So weiß wie der Gips um seinen rechten Fuß. Grinsend betrachtete er das gute Stück. Kein schlechter Gedanke, sich den Fuß zu verstauchen. Er war zu Hause, während die anderen im Dorf die Christmette besuchten. Er humpelte zum Sofa und ließ sich ächzend nieder. Nicht, dass er etwas gegen eine Messe am Heiligen Abend einzuwenden hätte, aber er musste weit weg sein von den anderen, damit kein Verdacht aufkam. Weit weg von Hilde.

Hilde ... Bauer Wilfried seufzte. Ohne Hilde und ihren brennenden Ehrgeiz hätte er das alles nie zustande gebracht. Der große Hof, der Maschinenpark, die glänzenden Bilanzen, die beiden Miethäuser in Blankenheim ... und so weiter und so fort. Ohne Hilde und ihren brennenden Ehrgeiz wäre es anders. Er hätte noch den alten Hof seiner Eltern im Dorf, den geliebten ollen Trecker, keinen Ärger mit dem Finanzamt und den Mietern. Er spülte den Wust bitterer Gedanken mit einem Aufgesetzten runter. Schlehe. Hatte Hilde gemacht, schmeckte hervorragend. Alles, was Hilde machte, war perfekt. Allein er machte immer nur Mist. Hilde. Das ganze Jahr über war sie zu ertragen, wenn er auf dem Feld war und im Stall. Bei Regen und in brütender Hitze. Früh morgens und spät abends. Jaja, in Frühling, Sommer und Herbst, da konnte man es mit ihr aushalten. Aber im Winter, an diesen nicht unendlichen Abenden, an diesen bitterkalten, arbeitslosen Tagen, da brach es über ihn herein, ihr nicht enden wollendes Gekeife und ihre ewigwährende Nörgelei. Da gab es nur noch wenige Dinge, die ihm über den ganzen Kummer hinweghalfen: die wenigen Stunden zwischen dampfendem Kuhmist im Stall, der Aufgesetzte und schließlich Mandy, das appetitlich braune Thai-Mädchen, das für sich und für irgendwen, den er nicht kannte und der ihn nicht interessierte, in einem gemütlich warmen, plüschigen Zimmerchen in der Nähe von Mechernich etwas dazuverdiente. Sie lebte unten im Dorf, und tagsüber sah er sie selten. Aber abends, wenn er sie dann an ihrem Arbeitsplatz besuchte ... Mandy ... Im Glanz von Bauer Wilfrieds feuchten Augen spiegelten sich die Lichter des Weihnachtsbaums wieder.

Ein Geräusch ließ ihn aufhorchen. Rasch trank er das Glas aus und humpelte zum Fenster. Ein bläuliches Flackern näherte sich dem Ort von Norden, aus der groben Richtung Tondorf. Es strahlte heller als alle lichterbeketteten Tannenbäume, an denen es vorbeihuschte. »Mein blauer Stern von Betlehem«, murmelte Bauer Wilfried und drückte seine Nase an die Scheibe. Der Sirenenton, der das blaue Licht begleitete, zerriss die Festtagsstille und verebbte erst, als der Krankenwagen am Kirchvorplatz anhielt. Bauer Wilfrieds Wangen glühten vor Erregung. Es war geschafft! »Früher als geplant«, stellte er bei einem Blick auf die Uhr fest. »Je eher, desto besser.« Dann begann sein neues Leben. Vorsichtshalber humpelte er schon mal zum Schrank, holte eine weitere Flasche Aufgesetzten hervor und Geschenkpapier, worin er das hochprozentige Gesöff einpacken wollte. Wo war das Tesafilm? Ob Mandy schon mal echten Schlehenaufgesetzten getrunken hatte? Bei dem Gedanken an ihr Wiedersehen zwischen den Jahren überkamen ihn nicht nur weihnachtliche, sondern auch noch ganz andere Gefühle. Jetzt aber hieß es zunächst warten. Es konnte nicht lange dauern, bis man ihn benachrichtigte. Wieso war auf einmal alles so glatt gegangen?

Damals, im ersten Jahr, war es eher ein Zufall gewesen. An der Lichterkette, die er unter Hildes strenger Aufsicht um den Baum wickelte, entdeckte er damals eine lockere Stelle. Das Kabel war blankgescheuert, und um ein Haar hätte er den Stromstoß selber bekommen. Sachte markierte er die Kerze in unmittelbarer Nähe der gefährlichen Stelle mit einem roten Klebestreifen. »Wo ist die Kerze, an der du den Baum ausgemacht hast, Wilfried?« »Da, wo das rote Klebeband ist!« Sie drehte, der Baum erstrahlte, nichts geschah. Die Sache flog später auf, als Kater Möhrchen am ersten Weihnachtstag den Baum »markieren« wollte. »Wahrscheinlich ging alles ganz schnell und schmerzlos«, tröstete sich Bauer Wilfried, als er später versuchte in der hartgefrorenen Erde ein Katzengrab auszuheben.

Im zweiten Jahr war es die vereiste Kellertreppe, die Hilde benutzen sollte, als Ewald sie »versehentlich« aussperrte. Mit enormem Aufwand und langwierigen Bewässerungsarbeiten hatte er die siebzehn Stufen in eine Eiskaskade verwandelt, die so glatt blinkte und glänzte, dass Meister Proper seine helle Freude daran gehabt hätte. Dass Hilde gar nicht daran dachte, durch die Nacht hinters Haus zu tappen, sondern kurzerhand das Klofenster neben der Haustüre eindrückte, war nicht vorherzusehen gewesen. Ein Einbrecher, der in der Silvesternacht während ihrer Abwesenheit einen Versuch machte, auf bequemem Wege in ihr Haus zu gelangen, verhalf Bauer Wilfrieds frostigem Kunstwerk schließlich doch noch zu seinem Einsatz.

Das dritte Jahr brachte schließlich wieder neue Inspirationen und neuen kriminellen Ehrgeiz: Die Eisdecke war nur sehr dünn, auf die Hilde sich wagte, nachdem er sie während eines

Spaziergangs dazu überredete. Dick genug aber erstaunlicherweise, um die große, kräftige Frau zu tragen, obwohl es bereits bei ihm, dem weitaus schmächtigeren, am Vortag, als er einen »Testlauf« machte, gefährlich geknackst hatte. »Das muss an einer anderen Stelle des Baggersees gewesen sein«, dachte er noch, während er sich sachte vorwärtstastete. Da brach er auch schon ein. Um eine Lungenentzündung kam er nicht herum, und auch Hildes Dauerbombardement von Vorwürfen und Verwünschungen blieben ihm nicht erspart.

Der vierte Anlauf schließlich sollte ihn endgültig zum Ziel führen: Eine besinnliche Adventszeit, friedvolle Feiertage, Gemütlichkeit zwischen den Jahren und ein geruhsamer Jahresbeginn sollten ihm bis an sein Lebensende Jahr für Jahr sicher sein! Mit Pflanzenschutzmitteln war das so eine heikle Sache – nicht nur aus ökologischer Sicht. Was da so im Giftschränkchen eines Landwirtes schlummerte, konnte leicht dazu dienen, die gesamte Bevölkerung einer Kleinstadt unter die Erde zu bringen. Warum nicht auch Hilde? Sie hantierte stets mit äußerster Vorsicht mit den kleinen Aluminiumgebinden herum, aber wer konnte das schon nachweisen? Zum Christfest bekam Wilfried für gewöhnlich immer einen Schlips in gedeckten Farben, eine Tube Frisiercreme und eine Flasche Rasierwasser mittlerer Preisklasse. Das ging in Ordnung und bewahrte ihn vor etwaigen Überraschungen. Hilde verbarg die drei stets gleichgeformten Päckchen stets hinter dem guten Porzellan im Wohnzimmerschrank. Es war ein leichtes für ihn, sie hervorzukramen und in dem Giftschrank im Keller des Hauses zu verbergen. Dort ruhten sie nun hinter E-605 und anderen Pülverchen mit ähnlich verheerender Wirkung. Der Schlüssel zu dem kleinen Schränkchen allerdings klimperte seit einer Stunde in Hildes Manteltasche, in die er ihn hatte hineingleiten lassen, während er ihr in den wärmenden Kunstpelz half. Es würde sich für die ermittelnden Beamten ein messerscharfes Bild ergeben, wenn Hildes Ableben untersucht würde: Die Geschenke für ihren Mann hatte sie im Giftschrank versteckt, zu dem nur sie den Schlüssel bei sich trug. Das Gift, das zum Tod führte, konnte er ihr unmöglich verabreicht haben. Schließlich war er ein paar Kilometer weiter weg und durch ein Gipsbein ans Haus gefesselt. Wahrscheinlich hatte sie sich die Hände nicht gewaschen ...

Ein Schlüssel drehte sich im Schloss, das Tesafilmröllchen rollte ihm aus der Hand und kullerte unter den Tannenbaum. Hildes massige Gestalt erschien im Türrahmen. Ihr Gesicht war hochrot, sie wirkte erhitzt und atmete heftig. »Das hättest du erleben müssen! Der Aufruhr! Der Krankenwagen! Die Polizei!« Sie ließ sich schwer in den Sessel plumpsen. »Was ist passiert?« fragte er tonlos. Hilde atmete tief durch. »Naja, es passierte bei ›O, du fröhliche‹, und wir waren alle mächtig erschrocken.« »Was denn?« »Na, da ist sie plötzlich röchelnd zusammengebrochen.« »Wer?« »Na, diese Ausländerin, die bei Schnichels zur Miete wohnt. Du weißt schon, die, von der man sagt, dass sie in Mechernich ... naja! Auf jeden Fall habe ich ihr noch mein Gesangbuch geliehen, weil sie doch keinen Text konnte, das arme Ding. Ist doch schließlich Weihnachten!« Bauer Wilfried starrte zum Fenster, durch das in der Ferne ein blaues Flackern langsam schwächer wurde. Sein Stern sank wieder. Er dachte an das Gift, an Mandy, an Hilde und an Hildes Gebetbuch, in dem die Gesangsseiten mit den Weihnachtsliedern an der unteren Ecke mit dem tödlichen weißen Pulver eingepinselt waren. Hilde hatte sich immer die Finger geleckt, wenn sie umblätterte. Hatte Mandy das jemals getan, wenn sie sein Geld gezählt hatte? »Und, was soll das?« Hilde deutete vorwurfsvoll auf die halbeingewickelte Flasche. »Kriege ich jetzt schon meinen eigenen Schnaps geschenkt?« Wilfried dachte an das nächste Weihnachten.

Der große Knall

Der dicke Mann fiel fast die Stufen hinunter. Eine üppige Blondine an seiner Seite fasste ihn beherzt um die runde Taille, und beide bogen sich vor Lachen, als sie auf dem Bürgersteig angekommen waren. Er schwenkte ein zierliches Sektglas in seiner linken Pranke, und mit der Rechten griff er nun der Blonden ungeniert ins Dekolleté. Sie schüttelte mahnend den Zeigefinger, aber nur, um Bruchteile von Sekunden später seine Hand zu ergreifen und um so fester gegen ihre dralle Brust zu pressen. Die frostige Silvesternacht schien ihnen nicht das Mindeste auszumachen.

»Der fette Dürenbach grabscht schon wieder an der Przypionka rum«, knurrte Fred gallig und rückte so nahe ans Fenster, dass sein Atem die Scheibe beschlagen ließ. »Das macht der bei jeder Gelegenheit, das fette Ekel. Einmal hab ich sie in der Teeküche erwischt. Ich glaube sogar, der hatte die Hose offen, der Drecksack.«

»Bist ja nur neidisch, weil du nicht bei ihr landen konntest«, kam Uschis kieksige Stimme irgendwo aus dem Raum hinter ihm. Er hörte Geraschel. Sie räumte Dinge hin und her, aber Fred konnte den Blick nicht von dem Restaurant auf der anderen Straßenseite abwenden.

Dürenbach drückte die polnische Sekretärin gegen den kalten Rauhputz der Häuserfassade. Die beiden hatten Spaß.

Die Tür der Gaststätte öffnete sich erneut. Schlösser kam herausgetorkelt. Der alte Hausmeister überquerte zielstrebig den Gehsteig, bückte sich zwischen zwei Autos und übergab sich.

»Selber schuld, alter Sack«, murmelte Fred und kaute an den Fingernägeln. »Bei jeder Betriebsfeier biste blau, und alle verarschen dich so gut sie können. Und am nächsten Tag kriechst du ihnen wieder in den Arsch. Alter Trottel!«

»Wen meinst du?« Uschi klang unbeteiligt. Sie hatte offensichtlich nur das Bedürfnis, das Gespräch mit ihrem Lebensgefährten nicht vollends verebben zu lassen. Schließlich war das eine ganz besondere Nacht. Nicht nur einfach so Silvester, nein, heute war Milehnium, oder wie immer das Ding hieß. Da gab es zwar welche, die behaupteten, das neue Jahrtausend wäre erst nächstes Jahr und das habe irgendwas mit dem Jahr Null zu tun, das nicht da war, oder so ... Aber das war doch Quatsch. So viele Leute konnten sich doch nicht irren. Oder? Uschi wollte Silvester feiern. So richtig volles Rohr. Aber Fred wollte partout zuhause bleiben. Und jetzt klebte er den ganzen Abend am Fenster und guckte auf die andere Straßenseite.

Mit dem Ärmel wischte Fred die Scheibe klar. Hinter sich vernahm er das Geräusch eines knallenden Sektkorkens. Es klang kläglich. Heute war schließlich die Nacht der Nächte. Heute würde es anders knallen als sonst.

Das hatten sie sich so gedacht. Fünfzehn Jahre hatte er es in diesem Sauhaufen ausgehalten und die Drecksarbeit gemacht. Hatte gebuckelt und gebrasselt, und all das für einen Hungerlohn. Und dann war plötzlich zappenduster. Nur wegen der paar Mark, die ja eigentlich sowieso niemand bemerkt hätte. Der Firma ging's schließlich gut, der fette Dürenbach leistete sich das Haus auf Mallorca, selbst die polnische Sekretärin fuhr ein Cabriolet. Nur er hockte hier in Euskirchen in dieser kleinen Drecksbude im ersten Stock, fuhr einen ollen Fiesta und konnte sehen, wie er die Kröten zusammenhielt. Da war es doch kein Wunder, dass man mal auf krumme Gedanken kam ... Was hieß hier »krumm«? Eigentlich stand ihm die Kohle doch zu. Durch seine

Schufterei stand die Firma in voller Blüte. Naja, vielleicht nicht nur dadurch, aber immerhin ...

Wieder tauchte jemand im Licht der Straßenbeleuchtung auf. »Dr. Meißner«, knurrte Fred und ballte die Faust. »Im Smoking, der Großkotz.«

»Lass ihn doch«, sagte Uschi gelangweilt. »Hättest dich ja auch'n bisschen schick machen können. Heut is doch das Jahrtausend zu Ende, oder?« Der Fernseher wurde eingeschaltet. Tony Marshall sang »Heute hau'n wir auf die Pauke!« Fred musste grinsen. Das war das richtige Motto. Heute wurde auf die Pauke gehauen. Nicht so, wie die sich das da drüben dachten. Die wussten ja gar nicht, wie man richtig feiert. Nicht mal Meißner, der feine Pinkel, der sich jetzt gemeinsam mit Fettbauch Dürenbach an der Polin zu schaffen machte. Er, Fred, wusste allein, wie man einen richtigen Knaller zündete.

Sie hatten ihre alljährliche Weihnachtsfeier ausfallen lassen und hatten statt dessen beschlossen, ganz groß gemeinsam den Jahreswechsel zu feiern. Eine Woche später hatten sie ihn dann gewippt. Ihm den Stuhl vor die Tür gesetzt. Fristlos gekündigt. Und dann hatte diese Saubande die Frechheit, ausgerechnet hier vor seiner Nase den dicken Larry raushängen zu lassen. Im Restaurant auf der anderen Straßenseite feierten sie! Direkt vor seinem Wohnzimmerfenster! Der Weihnachtsleuchtstern an der Scheibe tauchte sein grinsendes Gesicht in giftiges Gelb.

»Was kicherst du denn so?« fragte Uschi von hinten. Sie ächzte und war dabei, etwas Schweres zu heben.

»Lass mich kichern, und kümmer dich um deinen Kram!« raunzte er.

Im Keller hatte er in seinem Bretterverschlag einen alten Holztisch, an dem er alles nötige für den Haushalt reparierte.

Manchmal mit mehr, manchmal mit weniger Geschick. Vor Weihnachten hatte er sich mehrere Abende dort unten eingeschlossen, und hatte an einer Überraschung gebastelt. Nichts für Uschi, nein. Die blöde Tucke wusste sowas sowieso nicht zu schätzen.

Eine Überraschung für seine ehemaligen Kollegen sollte es werden. Für die Bande von Arschlöchern, die ihm den Laufpass gegeben hatten, die ihn abgeschossen hatten. »Von euch wird keiner das neue Jahr erleben«, murmelte er hämisch. »Für euch ist heute Schluss im Dom!« Und er dachte an den Sprengstoff. Er dachte an das Tischfeuerwerk im Restaurant gegenüber, und er dachte an eine gewaltige Explosion. Niemand hatte ihn bemerkt, hatte gesehen, wie er die Knallkörper ausgetauscht hatte. Beim Wirt stand er jeden Abend am Tresen. Lange. Er brauchte ja morgens nicht mehr zur Arbeit. Alles war reibungslos gelaufen. Zehn Tischfeuerwerkskörper, die zwischen Bowle und Knabbergebäck gezündet wurden. Er hatte sie natürlich nicht ausprobieren können, aber er war sich sicher, dass es ausreichte, um diese verdammte Bagage noch rechtzeitig vor dem Jahreswechsel wegzublasen. Schade, dass es nur zehn Dinger waren. Er hatte fünfzehn gebastelt, und am liebsten hätte er ihnen ein ganzes Fass Dynamit unter dem Hintern hochgehen lassen. Wann passierte es denn endlich? Irgendwann musste es doch losgehen!

»Wie lange willst du denn noch da warten? In einer Stunde ist Mitternacht, Hase, und du hängst da nur vorm Fenster.« Uschi klang langsam ungeduldig. »Ich dachte, wir machen es uns gemütlich.« Da war ein nöliger Unterton in ihren Worten. »Guck doch mal, Schatz.«

Fred seufzte. Naja, er würde es schließlich hören. Die ganze Stadt würde es hören, wenn die Firma DE-ES in alle vier

Winde verstreut würde. Also drehte er sich um. Auf dem Wohnzimmertisch blitzten Wunderkerzen auf. Uschi, nur in ein durchsichtiges Negligé gehüllt, schaltete gerade das Licht aus. Im Fernseher grinste Roberto Blanco sein breitestes Grinsen. Im nervös flackernden Schein der kleinen knisternden Wunderkerzen erkannte er plötzlich fünf weitere kleine Flämmchen, die wieselflink an ihren Zündschnüren entlangkrochen. »Tischfeuerwerk. Hab ich im Keller gefunden, Hase!« hauchte Uschi und setzte ihr verführerischstes Lächeln auf. »Ich will jetzt nicht mehr länger warten.«

Die Gestalten vor der Gaststätte schraken zusammen, als eine heftige Detonation im Haus gegenüber die Stille zerriss. Glassplitter rieselten um sie herum auf den Gehweg. »Prost Neujaaaahr!« lallte der fette Dürenbach und drückte Frau Przypionka einen nassen Kuss auf die vollen Lippen.

Quellen

Unter allen Wipfeln ist Ruh'
aus: »Kölner Stadt-Anzeiger« (1998, M. Dumont Schauberg, Köln)

Radieschen von unten
aus: »Mord im Grünen« (2001, Gerstenberg Verlag, Hildesheim)

Die Bierfalle
aus: »Jahrbuch Kreis Euskirchen« (1999, Kreis Euskirchen)

Jretche
aus: »Und er hat sein helles Licht bei der Nacht...« (1996, Helios Verlag, Aachen)

Der letzte Vorhang
aus: »Alter schützt vor Morden nicht« (2000, Gerstenberg Verlag, Hildesheim)

Eins Vier
aus: »KBV-Krimi Kalender« (1997, KBV, Hamm)

Kurz vor Schluss
aus: »Jürgen würgen« (1999, Weiß Verlag, Monschau)

Packpapierpaketchen aus: »Der Tod klopft an« (2000, Grenz-Echo Verlag, Eupen)

Fahrendes Volk
aus: »Der Ferienkrimi« (2000, Scherz Verlag, Bern)

Wickert
aus: »Mord mit Biß« (2001, Hannah Verlag, Stade)

Pralinen aus Brüssel
aus: »Kölner Stadt-Anzeiger« (1997, M. Dumont Schauberg, Köln)

Der Koch, der nie etwas anderes sein wollte
aus: »Greiffeinstein« (2001, KBV, Hamm)

Das Gesicht im Nebel
aus: »The soft-nosed Bullet-in« (1999, Von Herder Airguns Ltd., Köln)

Backe
aus: »Mordsgewichte« (2000 Piper Verlag GmbH München)

Hundepension
aus: »KBV - Krimikalender 1999« (1998 KBV, Hamm)

Puckel
aus: »Abendgrauen« (1999 KBV, Hamm)

Schottenkaros
aus: »Kölner Stadt-Anzeiger« (2000, M. Dumont Schauberg, Köln)

De liebe Jung
aus: »Der Tod tritt ein« (2001 Grenz-Echo Verlag, Eupen)

Maison Morteuil
aus: »Mord after Eight« (1999 Scherz Verlag, Bern)

... die Bösen in den Sack
aus: »KBV - Krimikalender 1998« (1997 KBV, Hamm)

Alles kommt wieder
Erstveröffentlichung

Der blaue Stern von Betlehem
aus: »Kölner Stadt-Anzeiger« (1995, M. Dumont Schauberg, Köln)

Der große Knall
aus: »Kölner Stadt-Anzeiger« (1999, M. Dumont Schauberg, Köln)

Jürgen Ehlers
MANN ÜBER BORD
Taschenbuch, 247 Seiten
ISBN 978-3-940077-08-0
9,50 EURO

Von der Fähre gefallen. Sie sind draußen gewesen, letzte Nacht, mit dem Rettungsboot.

Bis zum Morgengrauen haben sie gesucht, aber nichts gefunden. Das Wasser ist kalt im April. Das hält keiner länger aus als eine halbe Stunde.

Unfall? Selbstmord? So genau weiß man zunächst nie, was sich hinter den schwarzhumorigen Kriminalgeschichten von Jürgen Ehlers verbirgt. Hier wird hemmungslos geraubt und fleißig gemordet.

Mit hanseatisch sprödem Charme beschreibt Ehlers die bedauernswerten Verlierer, die bis zuletzt an den großen Coup glauben, die liebenswerten Schlitzohren, die glücklosen Mörderinnen und die zerknirschten Ermittler. Für alle Geschichten dieses Bandes gilt ohne Ausnahme: Es bleibt spannend bis zuletzt. Nicht umsonst ist Ehlers 2005 mit dem Friedrich-Glauser-Preis für den besten deutschen Kurzkrimi ausgezeichnet worden.

»Jürgen Ehlers, Spezialist für die kriminelle Kurzgeschichte, legt ein Meisterstück vor. Die beste Kurzgeschichte des Jahres.« (Gunter Gerlach in seiner Laudatio zur Friedrich-Glauser-Preis-Verleihung)

KBV-KRIMI